L'enfant travesti

DU MÊME AUTEUR

La Nuit dépeuplée, Plon, 2001.

Le Sacre de l'enfant mort, Plon, 2004.

Jacques Canonici, l'Archaïque Renaissant (essai), Alexis Lahellec, 2009.

En vieillissant les hommes pleurent, Flammarion, 2012 (Grand Prix RTL-*Lire*) ; J'ai lu, 2013.

Le Cheval Péguy : un mystère (essai), Pierre-Guillaume de Roux, 2014.

Je vous écris dans le noir, Flammarion, 2015 (Grand Prix des lectrices de *Elle* et Grand Prix des lycéennes) ; J'ai lu, 2016.

Excusez-moi pour la poussière, Le Testament joyeux de Dorothy Parker, Flammarion, 2016 (théâtre).

Femme à la mobylette, Flammarion, 2017 ; J'ai lu, 2018.

JEAN-LUC SEIGLE

L'enfant travesti

ROMAN

J'AI LU

Nous avons tous en nous des plantations et des jardins inconnus ; et, pour me servir d'une autre image, nous sommes tous des volcans en travail qui auront leur heure d'éruption : il est vrai que personne ne sait si ce moment est proche ou lointain, Dieu lui-même l'ignore.

Le Gai Savoir, Friedrich NIETZSCHE

Chaïm Soutine, *La Petite Fille à la poupée*, huile sur toile, vers 1925, collection particulière. Photo © Christie's Images / Bridgeman Images

Avant-propos

C'est moi, la petite fille à la poupée peinte par Chaïm Soutine.

Quand j'ai vu ce tableau pour la première fois, ou plutôt sa reproduction, c'était dans un livre d'art trouvé d'occasion chez Gibert. Je ne sais plus si je l'ai acheté ou volé ; à l'époque je volais plutôt les livres. J'avais vingt et un ans et je venais de quitter définitivement ma vie avec eux, les miens, ma famille et tous ceux de la place où j'avais vécu depuis ma naissance. Cette image découpée dans le livre et collée sur un bristol ne m'a jamais quitté. Perdue quelques fois dans les déménagements. Toujours retrouvée. C'est un mystère les choses qui disparaissent et réapparaissent sans qu'on les ait recherchées, sans même qu'on ait voulu les perdre. Comme la dernière lettre que ma mère m'a écrite. Je la perds et je la retrouve, quelquefois des années plus tard. J'en suis arrivé à me dire que certains objets ont le pouvoir de se déplacer et de jouer avec nous. Les objets font écho à la mémoire : ils sont absences et fragments de souvenirs, grâce auxquels nous pouvons jouer avec le récit de notre vie. Ma vie, à l'image des personnages de Soutine, est faite de lambeaux arrachés au monde et à ma propre histoire.

*

Quand je dis « La petite fille à la poupée, c'est moi », ce n'est pas une formule pour faire vaguement écho à la mythologie flaubertienne. C'est la vérité. J'ai réellement eu l'impression que Chaïm Soutine avait peint l'enfant que j'avais été, mais pas à n'importe quel moment de l'enfance, tout au commencement, dans ce temps sans chronologie certaine qui circule dans la mémoire entre la naissance et l'âge de six ou sept ans. Âge que l'on dit facilement âge de raison et que je n'ai peut-être jamais atteint tant j'ai entendu dans ma vie « Tu es déraisonnable ». Je dois l'être encore si j'en crois l'acharnement, déraisonnable justement, que j'ai mis à vivre dans un grand désordre pour écrire ce livre jusqu'à la maladie, jusqu'à ce que mon cerveau et mon corps me lâchent. Mais ça, toi, Soutine mon ami, mon Chaïm, tu n'y es pour rien, même si tu connais mieux que personne ce que sont la fatigue et l'épuisement.

Oui, « mon » Chaïm ! Certains écrivains et certains peintres sont devenus mes proches, plus fidèles que des chiens. Je les tutoie et je les appelle par leurs prénoms, Gustave, Honoré, Léonor, Gaston, George, Pablo, Marcel, Frida, Georges, Emmanuel, Alberto, François, Chaïm. Ils sont morts et aucun ne peut me refuser son amitié. Pour les vivants que j'admire, c'est plus difficile de les appeler par leur prénom et de les déclarer amis intimes. Je ne sais pas aborder les vivants. Ceux-là, je les laisse venir et s'ils viennent je ne les quitte plus. Les vivants *me font apparaître* dans leurs vies sans que je comprenne pourquoi et après je mets un temps infini à découvrir qui ils sont, sans jamais y parvenir. Je n'ai jamais su faire autrement avec les femmes et les hommes de ma vie qu'en reproduisant avec eux la scène originelle. Ils m'ont fait apparaître dans leurs vies sans avoir l'impression d'y être pour quelque chose, tout comme j'ai l'impression de n'avoir joué aucun rôle lors de ma naissance alors qu'il s'agit de la scène la plus importante de mon existence. Avec les morts c'est plus facile, je décide de mon histoire secrète avec eux. Je peux l'inventer.

Plus j'y pense et plus je me dis que c'est un paradoxe et une folie que l'acte ou l'événement le plus important de notre vie (notre conception) ait eu lieu sans nous et, quoi que nous fassions, notre mémoire en lambeaux se fracassera toujours sur cette étrangeté et ce mystère. Possible alors que pour traverser cette énigme il faille remonter tout ce temps où nous n'étions pas, tellement plus vaste et plein que le temps où nous sommes, pour espérer enfin arriver jusqu'à nous.

Je ne sais pas si ces bizarreries sont en lien avec mon livre. Il me semble que oui, sans que je puisse réellement définir de quelle manière précise. Peut-être qu'à la fin du livre je saurai répondre à ça.

*

Tu m'as donc peint, mon petit Chaïm ! Et qu'est-ce qu'on s'en fout de la vérité et de qui est vraiment peint dans le tableau. C'est peint. C'est même rudement peint, comme tous tes tableaux.

Tes contemporains ne comprenaient pas ta peinture sur laquelle tu ne glosais jamais. Il fallait bien se rendre à l'évidence devant sa force incontestable. Le mot « force » est déjà contestable. C'est ce que l'on dit quand on n'a rien à dire d'un artiste ou quand un artiste nous a impressionnés au point de nous rendre idiots. Donc pas de force incontestable dans la peinture de Chaïm ! Alors quoi ? Une obstination ? Une obstination de l'enfance jusque dans les carcasses de bœufs ? Possible. Une déraisonnable percée dans le silence ? Ça, c'est ce que font tous les peintres ! Pardon, Chaïm, de m'exprimer si mal à ton sujet. Il me faudrait sûrement plus de temps et plus de place mais ce serait un autre livre que celui que je veux écrire ici à partir de l'image de ta *petite fille*.

On a dit de toi que, facétieux, tu peignais toujours tes modèles plus âgés qu'ils n'étaient au moment où ils posaient devant toi. Conneries ! Ce qui était vrai pour le célèbre portrait de *Gertrude Stein* peint par *Picasso* ne l'est pas pour les tiens ; sinon cette théorie du vieillissement s'appliquerait aussi à tes nombreux portraits d'enfants, tout aussi malmenés par ta peinture sans avoir été vieillis pour autant. Il est impossible de vieillir un enfant, même d'une année ou deux ! Ça ne se verrait pas ! Et si on le vieillit de quinze ou vingt ans, ce n'est plus un enfant. Tu le sais ça ! Un adulte, au contraire, peut être vieilli puisque nous portons en nous notre pourrissement.

Tes enfants sont identiques à tes paysages. Tourmentés. Parce qu'il n'y a rien de plus inquiétant dans une vie que ce temps de l'enfance où tout peut arriver sans nous et sans notre intervention.

On a oublié que tu venais d'une religion qui interdit toute représentation divine, humaine et même animale. Et ça ne t'a pas empêché, enfant dans le shtetl de Smilovitchi où tu vivais avec tes parents, de transgresser l'interdit et de peindre déjà ton voisin le boucher. Non pas parce qu'il était un voisin plus intéressant que les autres mais parce qu'il était boucher. Et l'on sait bien que les bouchers ont des mains rouges comme deux morceaux de barbaque fraîche et qu'ils tuent des bêtes innocentes pour le plaisir de tuer bien plus que pour les manger. Déjà tu célébrais *Le Bœuf écorché* de Rembrandt sans avoir jamais vu ce tableau ! On a aussi dit de toi que tu avais enfreint les lois de ta religion d'enfance à cause de ce portrait du boucher et de ceux qui ont suivi. Plus je regarde ta peinture et plus j'ai l'impression que tu renverses le processus défini seize siècles plus tôt par les chrétiens de l'antiquité tardive au sujet du fameux *figurare* qui, en latin, signifie : « déformer la représentation des humains pour donner un visage au divin ». Une astuce, rien de plus. Toi, tu fais l'inverse : tu déformes le divin pour rendre aux enfants, aux hommes et aux femmes l'humanité qu'ils portent en eux avec tout ce qu'elle révèle de notre *chair impassible*[1] : tout ce qui est créé pourrit et tout ce qui est pourriture engendre la vie. Il en est de même pour tes paysages et pour tes nourritures terrestres. La vie, c'est ce que tu cherches à peindre avec toutes ses contradictions. C'est ce que nous cherchons à écrire. La vie ! Qui est aussi la traduction de ton prénom hébraïque : Chaïm.

*

C'est plus qu'une petite fille que tu as peinte, c'est plus qu'un petit garçon en rouge dans *L'Enfant au jouet* ou dans *Le Petit Pâtissier* ou dans tous les autres portraits d'enfants, c'est l'enfance elle-même dans ce qu'elle a de plus terrible, de plus impossible et de moins avouable.

Tu étais déjà mort quand je suis né. Et pourtant c'est bien moi dans le portrait de *La Petite Fille à la poupée*. Qui pourrait dire le contraire ? C'est bien mon enfance, la toute petite enfance si difficile à cerner dans l'écriture. Tu m'as peint en plongée, comme le ferait un cinéaste, créant une impression d'écrasement, réussissant à rendre sur la toile le poids que l'enfance doit supporter tout en étant pris dans une spirale, une spirale infernale dans laquelle la petite fille est enfermée. J'étais enfermé dans la petite robe blanche. Ce qu'on ne sait pas quand on regarde le tableau, c'est si j'ai fini de pleurer parce que je crois que je ne pourrai jamais m'extraire ni de cet état, ni

1. *La Chair impassible,* essai de Piero Camporesi.

de ce temps, ni de ce mouvement, ou bien si je commence à pleurer parce que je viens de comprendre qu'il n'y a pas de vie sans être tourmenté par cette idée effroyable que l'on peut mourir à tout instant, être tué surtout. Ça semble si facile de tuer un enfant !

Toi, ce que tu as peint dans le tableau de *La Petite Fille à la poupée,* c'est le paradoxe de la petite enfance : alors que tout nous appelle à grandir, nous ressentons dans notre corps encore sans objet une chute vertigineuse qui nous enseigne que l'enfance est une défaite.

Devenir adulte, c'est transformer cette défaite en victoire.

Première partie

1960

Le temps indéfinissable

1

Je suis dans un trou. Je ne sais pas quel âge j'ai. Le monde a disparu. Je le crois. Il n'y a plus que moi dans ce trou. Ma jolie robe blanche en dentelle est sale à force de ramper dans la terre. Des larmes plein les yeux. C'est mon premier souvenir. Je ne suis qu'un tas de chairs molles qui tremble. Pas un muscle pour consolider l'armature. Je le sens à mes joues qui vibrent, je suis incapable de les maîtriser, sans défense. Quelque chose de grave va m'arriver. J'aurais voulu que ma mère bondisse, me recouvre entièrement et m'emporte dans sa gueule, qu'elle grogne de toute sa férocité pour repousser la menace. Ma mère n'est ni une louve ni une lionne. Elle n'est qu'une femme avec des bigoudis sur la tête. Je ne suis pas un animal, je ne suis pas une personne non plus. Je ne sais pas ce que je suis.

Bien plus qu'une terreur qui viendrait du monde extérieur, ce trou fait écho à un état que je ressens à l'intérieur de moi, à la mollesse de mes bras et de mes jambes. Une inconsistance. Je hurle jusqu'à la convulsion. Je sens mes yeux qui enflent sous la pression du sang dans mes joues. C'est comme si je tombais à l'intérieur de moi-même.

Je fais le mort. Ma mère ne vient toujours pas.

Au-dessus, le ciel est bleu, d'un bleu sans nuances et sans nuages. C'est irréel d'être dans ce trou, d'avoir ce bleu du ciel en couvercle. Quelque chose pourrait venir du ciel. Je ne pense ni à Dieu ni à un ange. Je ne sais rien de ces choses encore.

Une explosion.

Je ne sais pas que c'est un avion qui vient de passer le mur du son. Ça vient du ciel alors. C'est la première fois qu'une chose pareille se produit. Je ne sais même pas ce que c'est qu'un avion. À ce moment-là je crois que le monde, c'est-à-dire la place, vient d'être anéanti. Et le visage de ma mère surgit au-dessus du trou ! Folle ! Elle crie : « Ma beauté, ils vont nous tuer ! » Elle a attendu que sa propre peur soit incontrôlable pour venir me sauver. Elle me tend ses bras pour me sortir de là et me faire voler dans le ciel.

« Oui, ma petite poupée jolie, ta maman est là ! Tu sais bien que tu es ma poupée jolie. » Elle dit ça, alors qu'elle a l'air de me demander pardon comme pour me dire : « Tu sais bien que je ne te ferai jamais de mal. » Alors qu'elle va m'en faire. Je ne sais pas qu'elle ment. Elle ne le sait pas elle-même.

Je ne fais pas encore vraiment la distinction entre le masculin et le féminin. Être « sa beauté », « sa chérie », « sa poupée jolie » me convient. Je suis ce qu'elle veut que je sois. La place tourbillonne autour de moi. Je vole au-dessus d'elle qui me tient au bout de ses bras tendus, je m'accroche à ses joues avec mes deux petites mains. Si je voulais je pourrais écorcher son beau visage avec mes ongles. Je l'aime à la folie. Je n'ai besoin de rien d'autre. De personne d'autre. Je ne veux qu'elle. Je suis prêt à tout pour ne pas la perdre.

Le trou, c'était le bassin de la fontaine au centre de la place. La fontaine sans eau était devenue un parc pour les enfants qui commençaient à marcher et qui auraient pu échapper à la vigilance de leurs mères pendant qu'elles restaient entre elles à parler et à rire sur le pas de leur porte avant de remettre de l'ordre dans leur maison. Ça ne devait pas être la première fois qu'elle m'avait mis là mais c'était la première fois que j'y étais seul. La fontaine en pierre de lave date du XVe siècle. J'étais dans le trou noir des siècles.

Là, j'ai su que le silence était une forme de disparition. Disparaître occupera la plus grande partie de ma petite enfance, tout en cherchant sans cesse à occuper ce vide que j'avais ressenti en moi jusque dans mes os.

2

Dénouer les fils à broder fut très tôt mon occupation principale. Ni Antoine, mon grand-père, avec ses grosses mains d'ancien combattant et d'ouvrier, ni Rose, ma grand-mère, trop occupée par tous les travaux qu'elle faisait et le gardiennage de la Maison du peuple, ni Louise, ma mère obsédée par son apparence n'avaient la patience nécessaire pour démêler tous ces fils. Personne d'autre que moi ne pouvait venir à bout de ces nœuds que quelqu'un renouait dans la nuit. Seule une folle pouvait s'obstiner à emmêler à nouveau ce que j'avais dénoué avec tant d'application. C'était la mère de ma grand-mère, Mariette, qui allait sur ses cent ans. La pauvre vieille circulait depuis des années la nuit dans la maison, dans sa longue chemise blanche, marmonnant des scènes de son passé tout en dépiautant entre les os de ses doigts les écheveaux qu'elle prenait pour des chapelets.

3

Ma mère n'était pas mariée. Avoir eu un enfant hors mariage aurait dû poser un problème majeur mais personne ne semblait s'en soucier, ni ses parents, ni les voisins, ni surtout les voisines. C'était d'autant plus surprenant et étrange que Jocelyne D., la fille du bistrot qui était tombée enceinte l'année passée, avait dû cacher sa grossesse et partir le plus loin possible pour mettre son enfant au monde, le temps pour sa mère de trouver une solution plus honorable, un mariage forcé avec un pigeon généreux qu'elle était allée chercher en Corrèze. Ma mère, elle, agissait en toute innocence sans que personne, du moins devant moi, lui ait jamais fait la moindre remarque désobligeante, d'autant qu'elle n'était pas non plus du genre à se faire discrète. Elle n'avait que dix-sept ans à ma naissance, et malgré sa jeunesse elle s'accaparait tout l'espace de la maison, telle une actrice qui occupe tout l'écran même quand elle n'y est pas seule. La raison qui justifiait ce traitement si particulier ne pouvait s'expliquer que par sa grande beauté. Même ceux qui la connaissaient depuis l'enfance n'en revenaient toujours pas. C'est comme ça ! La beauté, ça s'impose, puis ça foudroie. Mais ça peut aussi être un supplice ou une malédiction pour ceux ou celles qui voudraient passer dans la vie sans être vus. Ce n'était pas son cas. La beauté fait écho à presque toutes les expressions humaines. Elle peut être discrète, fraîche, tapageuse, remarquable, ordinaire, sensible, sauvage, raffinée, à la différence de la laideur qui n'est rien d'autre qu'elle-même et à laquelle on ne peut ajouter aucun adjectif. La beauté propose toutes sortes de nuances jusqu'aux pires. Elle peut être enchanteresse, divine ou rassurante, comme elle peut être vénéneuse, maléfique ou encore destructrice. Ma mère, elle, était d'une beauté tapageuse et raffinée, un peu dangereuse, en particulier pour ces hommes qui ne peuvent s'empêcher de rechercher des femmes qui les feront souffrir. De ce point de vue-là, elle était la femme idéale.

4

Je pissais debout comme tous les garçons, mais si ma mère me surprenait dans cette position, elle m'obligeait à m'accroupir en plein air ou à m'asseoir sur la cuvette des toilettes. C'était mon grand-père qui m'avait appris à pisser debout dans son jardin. Il ne s'opposait pourtant pas à sa fille quand elle rectifiait ma position. J'avais très vite compris que le plus simple pour moi était de tout accepter d'elle sans jamais lui manifester la moindre opposition. Elle m'aurait torturé physiquement que je n'aurais pas réagi et ne me serais jamais plaint. J'avais une capacité presque inhumaine à supporter l'inacceptable. Comment savoir que c'était la condition même de l'enfance ? Un curieux mélange d'amour et d'obéissance, de bonheur et de soumission. De son côté, elle n'avait rien à me reprocher. Malgré ses démonstrations et ses déclarations d'amour, elle me terrorisait. Je pressentais que le pire pouvait arriver sans être capable d'en appréhender les contours et encore moins de dire quand ça arriverait, ni sous quelle forme. Cette bizarrerie m'obligeait à me maintenir en état de vigilance jusqu'à provoquer une fatigue permanente qui avait fini par marquer de profonds cernes noirs autour de mes yeux. C'était cette même fatigue qui m'empêchait fréquemment de jouer avec les autres sur la place et je restais assis devant la porte de la maison à les observer vivre sans moi.

5

Cheveux très longs, encore blonds, bouclés, coiffés en anglaises ou tirés en queue-de-cheval, tablier à carreaux plissé qui retombait en jupe sur mes cuisses nues, je ressemblais à une « si jolie petite fille », disait ma mère. Elle me fabriquait aussi de vraies robes de fillette à manches ballon et ceinture qui se nouait à l'arrière par de gros nœuds. Me déguiser, même si elle n'employait jamais ce mot, fut longtemps une activité clandestine et nocturne, le plus souvent dans sa chambre. Dans notre chambre puisque je dormais avec elle, dans son lit. Je n'avais pas de lit à moi, pas plus que je n'avais eu de berceau. Je couchais avec elle depuis ma naissance. D'ailleurs quand elle rencontrait un jeune homme au bal, un inconnu sans trop d'expérience, flatté d'avoir été l'élu ce soir-là, elle quittait le bal avec lui sous les regards ébahis de ses copains, le laissait l'accompagner jusqu'à la porte de la maison, se montrait câline, presque entreprenante, puis laissait échapper : « Quel dommage, ma poupée chérie dort dans mon lit ; enfin ma poupée… c'est pas une vraie poupée, c'est ma petite fille. » C'était un test, elle voulait savoir si sa situation de fille-mère poserait un problème en vue d'un mariage éventuel. Les jeunes hommes n'insistaient pas et repartaient soulagés d'avoir évité le pire. Ainsi leur offrait-elle un bon argument pour expliquer à leurs copains pourquoi ils n'avaient pas couché avec elle, sans qu'ils perdent la face. C'était sa façon d'être généreuse. Ensuite, elle venait me rejoindre dans le lit où je dormais depuis longtemps. Elle me réveillait et me racontait la scène qui la faisait bien rire. Son parfum, après qu'elle eut dansé toute la soirée et quelquefois toute la nuit, avait viré sur sa peau, et ses bras dégageaient une odeur de giroflée légèrement passée. J'aimais cette odeur quand elle se collait à moi et me prenait dans ses bras pour me rendormir. Elle avait une telle manière de m'envelopper, de me serrer contre sa poitrine que j'avais l'impression qu'elle m'engloutissait tout entier. Elle me disait des choses pleines de tendresse. « Je t'aimerai pour l'éternité », ou pire encore : « Je t'aimerai pour les siècles des siècles. » Elle me projetait dans un temps impossible et je n'arrivais plus à savoir à quel temps j'appartenais. Des mots qui l'aidaient à s'endormir et finissaient de me réveiller.

6

Étais-je dans cet état de soumission depuis toujours ? En serait-il ainsi jusqu'à la fin des temps ? L'éternité était une notion vertigineuse qui appartenait autant au passé qu'à l'avenir. Mais les contours de l'avenir étaient trop flous, voire inexistants, pour que je puisse m'y projeter, bien plus que ceux du passé auxquels je pouvais me raccrocher. Je ne parle pas du passé familial, qui était encore loin d'occuper ma conscience, mais des vestiges d'antan, qui ont justement, quand on est élevé dans un village, ce pouvoir de rendre visible le temps disparu, même si je n'étais pas capable d'en définir les époques ou la chronologie : la sainte chapelle, la Maison du peuple, les maisons de la Renaissance, les maisons à colombages du Moyen Âge, les porches, les pigeonniers ou les ruines du château féodal où ma grand-mère m'emmenait régulièrement pour me raconter toutes sortes d'histoires de chevaliers et de reines plus extraordinaires les unes que les autres ; comme au cimetière où elle m'obligeait à passer devant toutes les tombes en me racontant les heures de gloire ou de défaite de chaque disparu. Le monument aux morts faisait partie du monde de mon grand-père et contenait à lui seul un nombre impressionnant de personnages et d'histoires.

Sur la place, la maison de mes grands-parents, où nous vivions ma mère et moi, était une représentation parfaite et ronde du monde. Très vite je me suis accroché à ces témoins du passé qui faisaient écho aux récits de ma grand-mère ou d'un voisin nommé le Galérien. C'était d'autant plus impressionnant que j'avançais dans l'enfance sans aucun souvenir de ma naissance, comme tous les enfants, mais je pensais être le seul touché par cette malédiction.

Cette maison commença à jouer un double rôle dans ma vie : lieu d'éveil à une certaine étrangeté des choses, elle me procurait dans le même temps une impression réelle de solidité et de bonheur, si l'on entend par bonheur l'idée que la menace de l'abandon, et même de la mort, peut cesser par moments d'être douloureuse, quelquefois au point de l'oublier. Ce n'était pas tout à fait le cas de ma grand-mère. Combien de fois ai-je entrevu une douleur qui la tenaillait quand elle regardait la photographie de sa fille Marie-Claire, prise à l'âge de cinq ans, avec sa coupe de cheveux à la Jeanne d'Arc et ses créoles aux oreilles ?

Rechercher Marie-Claire devint un jeu, tout en espérant que le jeu ne prenne pas fin. Je cherchais sans chercher malgré toutes les questions que je me posais : pourquoi ne vivait-elle plus avec nous ? Était-elle l'aînée des trois filles, celle du milieu ou la dernière ? Ma tante Véronique non plus ne vivait pas là, mais je savais pas mal de choses à son sujet. En revanche, impossible de savoir quoi que ce soit sur Marie-Claire. Elle avait existé et comme elle ne semblait pas être partie ailleurs, je me demandais si elle ne vivait pas quelque part dans le dédale de cette maison tordue par les corridors et les escaliers qu'il fallait monter, descendre, qui tournaient, viraient, remontaient, dans les pièces qui ne communiquaient pas entre elles et les recoins à n'en plus finir que j'étais loin d'avoir totalement explorés. Par deux fois des voisines s'étaient risquées à évoquer son nom. Mais ma grand-mère avait éludé le sujet à la différence de mon grand-père qui s'était mis à pleurer en silence, s'essuyant les yeux avec son grand mouchoir à carreaux. À force, personne n'osa plus prononcer son prénom. Marie-Claire devint une énigme. J'avais beau chercher, aucune trace d'elle dans la maison, ni dans les armoires, ni dans les greniers. Restait la cave où je ne me risquais pas à cause des oubliettes. Les oubliettes étaient des trous profonds qu'on utilisait au Moyen Âge, m'expliquait ma grand-mère, et dans lesquels on oubliait les personnes qu'on y avait jetées jusqu'à ce que mort s'ensuive. Mais encore fallait-il avoir fait des choses impardonnables... enfin, pour l'époque, ajoutait-elle. Au fond de ces oubliettes, on avait parfois installé de longues lames en acier très tranchantes sur lesquelles les condamnés se brisaient les os et s'entaillaient tout le corps. Au moins, ceux-là se vidaient de leur sang et ne mettaient pas longtemps à mourir, à la différence des autres bougres qui mouraient de faim. Elle était bien plus loquace sur les oubliettes que sur sa fille disparue.

7

Dénouer un à un les fils à broder sans les casser m'obligeait à rester assis des heures sur une chaise, les pieds dans le vide. Mes jambes s'engourdissaient jusqu'à ne plus pouvoir me porter une fois descendu de la chaise. Je m'effondrais sur moi-même, le temps que le sang circule à nouveau. Je me demandais quand et à quel moment mes pieds allaient atteindre le linoléum pour en finir avec cet engourdissement. Et si seulement ça allait arriver un jour. D'après Rose, j'avais grandi de quarante-cinq centimètres depuis ma naissance. Cela semblait beaucoup, entre le moment où j'étais venu au monde et ce jour d'inquiétude qu'elle avait repérée à ma façon de m'asseoir de plus en plus au bord de la chaise, de me tortiller, dans l'espoir que la pointe de mes pieds touche le sol. Elle m'attrapa sous les aisselles, me souleva, m'installa bien au fond de l'assise, prit dans sa travailleuse son centimètre de couturière et mesura la distance qui séparait mes pieds du sol. Dix-huit centimètres et cinq millimètres.

C'était donc la mesure exacte de l'écart que je devais combler pour que mes pieds touchent terre. J'étais convaincu que tant que mes pieds ne toucheraient pas le sol, je ne saurais jamais si j'étais une fille ou un garçon. Je comptais déjà sur mon corps pour me dicter une loi incontestable. C'était le temps que je me donnais pour continuer à être ce que ma mère voulait que je sois, mais une fois ma croissance achevée, une fois mes deux pieds bien à plat sur la terre, je pourrais décider de mon sexe. Je le pensais sincèrement, à cause de la photographie de mon grand-oncle Pierre encadrée dans un ovale en écaille de tortue. Le grand-oncle était habillé lui aussi comme une petite fille avec des anglaises, un énorme nœud blanc sur le côté, vêtu d'une jolie petite robe noire avec une ceinture basse de laquelle dépassait un jupon brodé. La robe était peut-être rouge mais la photographie était en noir et blanc. C'était la seule image de lui.

— C'est mon frère qui est mort à la guerre de 14. Là, il avait ton âge.

Longtemps il me parut normal qu'un enfant habillé en petite fille se soit fait tuer sur un champ de bataille.

8

Dans la chambre au papier peint imprimé de papillons, ma grand-mère venait trois fois par jour s'occuper de sa mère. Elle lui apportait ses repas, l'aidait à manger comme je le faisais avec une poupée, procédait à sa toilette ou lui faisait la lecture, uniquement des romans à l'eau de rose écrits par Delly : *La Lampe ardente*, *La Vengeance de Ralph*, *L'Exilée*, ou les romans de Max du Veuzit : *Arlette et son ombre*, *Le Mystère de Malbackt*, *L'Automate*. Elle raffolait de ces histoires d'amours contrariées, la plupart du temps en raison des différences sociales, que le destin rendait soudain possibles. Ces textes lus à haute voix ont été mon premier contact avec la littérature romanesque. J'aimais les inflexions de la voix de ma grand-mère quand elle lisait. C'était une autre voix, plus appliquée, plus douce aussi qui révélait tout un monde de tendresse et de douceur invisible dans la vie quotidienne. Comme les enfants, Mariette demandait quelquefois que sa fille lui relise le même roman, deux fois, trois fois, dix fois. Les livres étaient écrits gros et la lecture complète durait deux heures. S'il lui arrivait de sauter un passage pour accélérer, Mariette, qui donnait l'impression de s'endormir, réagissait :

— Et le bal où va Georgette, toute seule, il a disparu ?

— Non, j'ai dû sauter la page, maman.

Impossible de tricher. Mariette, dont l'esprit s'évaporait la plupart du temps, gardait, de manière inexplicable pour sa fille, une mémoire parfaite des romans, page par page, comme si elle en était l'auteure, elle qui ne savait ni lire ni écrire.

En dehors de ces courts épisodes littéraires, Mariette n'était plus vraiment une femme, ni même une personne, sa vie après tous ses assauts l'avait réduite au rang d'objet, une sorte de vieille poupée grandeur nature douée de la parole. À cause des papillons peints qui voletaient immobiles sur les murs et du mobilier en bambou, la chambre m'apparaissait comme une contrée lointaine peuplée d'objets plus ou moins étranges, tels la statuette d'un chevalier en bronze et une poupée ancienne qui restait enfermée au fond de l'armoire chinoise. Ce n'était pas une poupée ordinaire comme celles de mes voisines sur la place. Elle avait de vrais cheveux bouclés et de vraies dents qui lui donnaient un petit sourire paralysé. Sur le visage en porcelaine les yeux d'agate ne se fermaient plus. Une petite morte tranquille que l'arrière-grand-mère aimait bercer de temps en temps et qui avait le pouvoir de l'apaiser.

J'avais le droit de regarder la poupée, à condition de ne pas la toucher, comme si elle allait tomber en poussière. Puis elle était repliée avec le plus grand soin dans son papier de soie avant de retrouver sa place au fond de l'armoire. Sinon je jouais à la dînette avec mes petites voisines qui apprenaient ainsi à devenir de bonnes mères de famille en reproduisant les gestes mécaniques qu'elles voyaient tous les jours. Je n'aimais pas leurs poupées en plastique avec de faux cheveux et de fausses dents. Même si j'étais attiré par les jeux de billes ou de ballon, les garçons me repoussaient en me traitant de « fille manquée ». C'était une insulte ! Mais pas au sens où ils l'entendaient. Dans fille manquée, je percevais qu'il y avait quelque chose de raté en moi. Et si je n'étais pas une fille réussie, qu'est-ce que j'étais, et comment ma mère pourrait-elle le supporter ?

Les actions et les mots, le masculin et le féminin, une fois entrés en collision, finirent par me projeter dans un tel état de confusion que je ne savais plus réellement si j'étais une fille ou un garçon. Une vraie fille et un faux garçon ? Un vrai garçon et une fausse fille ? Tout dans le début de ma vie n'a été que mystères et mauvais présages. Je ne pouvais envisager la suite que sous les pires auspices. Ce qui m'étonne encore aujourd'hui, ce n'est pas la capacité que j'avais à accepter l'idée du pire (me faire tuer par exemple) mais à supporter avec le plus grand calme d'être une victime sacrificielle. Je ne savais rien des grands mythes anciens mais j'étais prêt à être immolé sur l'autel de la folie de ma mère par amour pour elle.

9

Quelquefois ma mère me confectionnait des robes avec des journaux. C'était une astuce qu'elle avait trouvée pour m'apprendre à bien me tenir. Le papier journal se déchirait facilement ; au moindre mouvement maladroit ou brutal, la robe finirait en charpie. Il n'en était pas question ! Je devais faire très attention à mes gestes, à chacun de mes mouvements.

— Voilà… C'est ça ! Sois délicate, soigneuse, attentive.

Que serait-il arrivé si je l'avais déchirée ? Je ne le sais pas parce que ça ne s'est jamais produit ; en revanche, la menace était réelle. Ensuite, elle beurrait abondamment mes lèvres de son rouge à lèvres gras et orangé avant de me parer de bijoux à trois balles. Tout ça… pour m'installer au milieu des oreillers de son lit et me transformer en poupée de foire comme celles gagnées au tir à la carabine. C'était un jeu. C'est ainsi qu'elle le présentait même si j'avais l'impression que ces accoutrements n'avaient rien à voir avec un quelconque carnaval. Ils participaient, étape après étape, à son grand projet : que je devienne une fille. Ce désir si puissant devait avoir une raison qui m'échappait et qu'elle ne maîtrisait pas elle-même.

D'après elle, une fille, ça se formait. J'appris le tricot en commençant par le point mousse ; le canevas aussi avec des écheveaux de laine de couleur pour former un papillon, une fleur, un Mickey ou un Donald. Ma grand-mère supportait assez mal ces distorsions dans mon éducation et, au lieu de s'en prendre à sa fille, elle s'en prenait à Walt Disney. Ces figures tirées des dessins animés la dégoûtaient, elle qui voyait dans cette souris aux grandes oreilles noires ou ce canard en costume de marin l'intrusion évidente et sournoise de l'Amérique et des Américains qu'elle craignait peut-être plus qu'elle n'avait craint les Boches. Ma mère n'avait rien à faire de ces considérations politiques qui venaient court-circuiter sa tranquillité. En réponse, elle m'apprit les premiers points de broderie dans la perspective que je puisse un jour broder mon trousseau de mariage. Un jour ! Et je ne doutais pas que je serais la mariée.

10

Ma mère était célibataire et je n'avais jamais assisté à un mariage. En été, si les après-midi de la semaine étaient consacrés au jardin, celui du samedi l'était aux mariages. Tous les enfants attendaient le moment où les jeunes mariés jetteraient en l'air les dragées qui retombaient au sol en se brisant. Le jeu consistait à récupérer le plus grand nombre de dragées intactes. Si les hommes paraissaient toujours engoncés dans leurs costumes étriqués, les jeunes filles et les femmes resplendissaient dans leurs nouvelles robes qui allaient des couleurs pastel pour les plus jeunes aux couleurs vives pour leurs aînées, jusqu'aux plus sombres pour les plus âgées. Malgré cette débauche de joie et de couleurs, la cérémonie du mariage restait une énigme que je n'arrivais pas à résoudre : il semblait y avoir une sorte de marchandage entre deux familles qui se réunissaient dans l'église pour l'occasion. Je te donne ma fille. En échange je te donne mon fils. Étrange passation du père au mari, et de la mère à l'épouse. C'est ce que ma mère avait longtemps dit : « Moi aussi j'entrerai dans l'église au bras de mon père et j'en ressortirai avec un mari. » Elle ne disait pas : « avec mon mari ». Le passage par la sainte chapelle était la dernière étape d'un rituel magique comme s'il s'agissait de passer d'un état à un autre, de la marginalité à la norme, de l'inquiétude à la quiétude, de l'inceste à l'amour conjugal. Cette bizarrerie se renforçait quand la mariée, entrée plus ou moins crispée au bras de son père, ressortait de l'église en larmes au bras de son mari. Tout le monde semblait satisfait de ce contrat passé ce jour-là devant Dieu et j'ai mis très longtemps à comprendre que les deux jeunes gens s'étaient choisis et avaient consenti à cette union. Le seul mariage dont on parlait était celui de ma tante Véronique, la sœur de ma mère. Tout le monde l'évoquait parce qu'il s'était assez rapidement terminé par un divorce ! Les femmes surtout n'en parlaient pas comme d'une chose honteuse, même si c'était le premier divorce sur la place, mais plutôt comme la preuve d'une malédiction. En vérité Véronique, qui vivait désormais près de la Méditerranée, servait d'épouvantail. Son histoire avait pour objet de rappeler que le mariage ne garantissait pas la pérennité d'un couple et qu'il fallait bien réfléchir avant de s'engager. Il était probable que ma mère, traumatisée par l'expérience malheureuse de sa sœur aînée et malgré son désir ardent de se marier, prenait tout le temps de la réflexion, vu le nombre de prétendants qu'elle avait éconduits.

11

Après le point mousse, j'appris le point jersey. Un rang à l'endroit, un rang à l'envers. Je montrais une réelle aptitude pour les travaux d'aiguille. Ma mère tenait à ce que tout le monde soit témoin de cette prouesse. La prouesse ne consistant pas à ce qu'un petit garçon sache faire de la couture, mais à la précision et à la délicatesse incroyablement prématurées dont je faisais preuve qui dépassaient l'entendement et confirmaient ces dons que d'autres petites filles n'avaient pas. Les femmes de la place étaient en admiration et félicitaient ma mère d'avoir une petite fille si habile de ses mains. Elles insistaient sur « petite fille » qu'elles répétaient plusieurs fois jusqu'à énoncer des absurdités telles que : « Cette petite fille est encore plus jolie qu'une petite fille ! » Tout le monde jouait le jeu et j'avançais tant bien que mal au milieu des adultes qui avaient tous réussi à me faire comprendre que ce que ma mère voulait était plus important que ce qu'elle me faisait subir ou ce que je pouvais ressentir.

— Ma fille est comme ça, rappelait régulièrement ma grand-mère. Qu'est-ce que vous voulez que je vous dise ? Et c'est cet enfant qui l'a sauvée. J'espère que quand elle sera totalement guérie tout le reste se remettra en place.

J'avais donc joué un rôle capital dans le rétablissement de ma mère sans savoir de quel mal elle avait souffert et souffrait encore.

12

Un certain flou flottait autour de la figure de mon père. Ce flou doublé de son absence ne me pesait pas et je n'avais aucun désir de faire exister cet homme, ni de lui faire savoir que j'existais. Le seul indice était une boîte recouverte de soie qui contenait un costume d'enfant chinois rouge brodé de fil d'or. La soie n'était pas de la soie, et l'or n'était pas de l'or. Mais tout avait l'air vrai. Cela suffisait à m'émerveiller.

— C'est ton papa qui te l'a rapporté quand il était en Indochine. Regarde comme il est beau, ce pyjama.

— Ce n'est pas un pyjama, c'est un costume traditionnel chinois, rectifia Rose.

— Je sais. Là-bas, même les petites filles portent des pantalons !

Ce costume fut plusieurs fois l'objet de discussions entre ma mère et ma grand-mère qui aurait préféré s'en débarrasser.

— D'où vient ce costume, tu peux me le dire ?

— De René, tu le sais bien.

— Ce n'est pas ça ma question ! Je veux dire que si ça se trouve, c'était le costume d'un petit Indochinois qui en aurait bien besoin, sauf s'il est mort dans un bombardement.

Rose n'avait toujours pas digéré cette guerre contre le communisme et les soldats de l'Oncle Minh. La France victorieuse ne supportait pas de perdre sa colonie, surtout Michelin avec les milliers d'hectares d'hévéas dont dépendait l'entreprise. La plupart pensaient que l'Indochine nous revenait de droit. Si la discussion en venait à ce sujet, Rose n'hésitait pas à rappeler que les représentants du gouvernement vichyste en Indochine s'étaient soumis à l'occupant japonais, allié de l'Allemagne, sans compter les épouvantables exactions, du même acabit que celles des nazis, que les Japonais avaient infligées aux Vietnamiens. La France tomba en juin 40 sous la coupe des nazis et ses colonies sous celle des alliés des nazis et, rappelait-elle régulièrement, sans le moindre acte de résistance de la part des Français sur place ! Pas le moindre ! Si seulement les Français avaient résisté aux Japonais et s'étaient ralliés aux communistes sous la bannière d'Hô Chi Minh, comme chez nous la Résistance avait su le faire avec les communistes, l'Indochine serait probablement restée un protectorat français et le monde serait différent ; peut-être même un peu plus en paix sans cette menace de la bombe atomique depuis cette folie d'Hiroshima ! La ferveur politique de Rose convoquait l'Indochine et Hô Chi Minh dans les conversations de la vie quotidienne, particulièrement à l'heure des repas, au même titre que les Boches, les nazis, de Gaulle et plus récemment Mao ou Ben Barka. J'ai grandi avec ces grandes figures qui, pour l'enfant que j'étais, remplaçaient facilement les dieux anciens.

Je ne pouvais pas encore comprendre ni même imaginer que ce petit costume indochinois représentait à lui seul bien plus qu'une preuve de l'existence de mon père, mais toute la guerre d'Indochine dont il semblait ne pas être encore revenu, à moins qu'il ne se trouvât dans un autre pays, encore plus exotique, encore plus en guerre, puisque son nom était quelquefois associé à celui de l'Algérie.

13

Non seulement le monde proche ou lointain me semblait mystérieux, mais ma vie n'était faite que d'apparitions, de disparitions, de réapparitions. Jamais rien de tangible, ni de palpable, ni de réellement visible. Dès que je croyais saisir les choses elles m'échappaient aussitôt, comme ce père qui à force d'être absent et malgré mes efforts finit par devenir aussi inconsistant qu'une figure imaginaire.

Je n'avais pas d'autre expérience que les pères des autres. Christine Pesan, une voisine de mon âge, s'empressait d'aller chercher les pantoufles du sien quand il rentrait de l'usine. Et Mme Pesan s'affairait immédiatement dans sa cuisine pour préparer un café à son mari. Une fois entré dans la maison, le père s'asseyait à sa place, enfilait ses pantoufles, buvait son café, allumait une cigarette à l'aide de son Zippo dont il faisait claquer le couvercle en le refermant d'un coup sec. J'aimais ce geste d'une seule main qui révélait une certaine habileté. Il fumait et ne bougeait plus, comme si la fumée du tabac avait le pouvoir de le statufier. En été, il restait en tricot de peau toujours à la même place.

Le rituel se répétait plus ou moins dans toutes les autres familles de la place. Cette inertie des hommes m'impressionnait, surtout quand le père de Christine réussissait, après un long temps d'observation et tout en tirant sur sa clope, à choper une mouche sur la toile cirée. *Putain, encore une !* Tout le monde se réjouissait de son adresse quand je ne pensais qu'à la mouche qui venait de mourir par surprise et sans raison.

Les « tueurs de mouches » me semblaient inutiles ou sans fonction précise, au contraire des femmes qui travaillaient toute la journée et dont je pouvais témoigner des efforts et du dévouement à leurs familles. À la différence du boulanger, du boucher ou des paysans, les pères ouvriers, en plus grand nombre sur la place, ne donnaient rien à voir de leurs métiers et n'en parlaient jamais, sauf en période de grève. En dehors de ces rébellions qui leur donnaient une certaine stature, ils n'en tiraient aucune gloire ni aucune honte. Ils partaient le matin et revenaient le soir, ou l'inverse. C'était tout. Leurs retours dans les maisons m'évoquaient une sorte d'occupation, au sens militaire du terme. Des intrus. Ça m'intriguait. À force d'observation je finis par constater que ces hommes qui ne faisaient rien d'autre que partir et revenir, se faire servir, se taire et chasser les mouches, réussissaient en peu de temps à ramener le calme et l'ordre. J'imaginais que cela venait de leur autorité naturelle ou de leur corps musclé et poilu, quand en été ils apparaissaient torse nu ou en tricot de peau comme pour rappeler la faiblesse du corps des femmes et des enfants. Je finis par me dire qu'un père équilibrait quelque chose dans toutes ces familles. La mienne était en constant déséquilibre. Mais tous les pères n'étaient pas aussi rassurants. Le pire était le père de Josiane D., une enfant parfaite, toujours impeccablement mise, même ses tabliers d'écolière étaient cousus main par sa mère. Dès que l'heure du retour de son père approchait, elle interrompait toute activité avec les poupées et les dînettes, prise d'une excitation soudaine qui la rendait fébrile. La petite fille modèle se défigurait. Elle serrait ses yeux plus qu'elle ne les fermait et commençait une étrange incantation à la manière d'une voyante prise de transes.

— Il descend du car des ouvriers, la besace de son casse-croûte est vide. Il a faim, tu comprends... C'est pour ça qu'il marche vite jusque chez nous... Il passe devant la Maison du peuple... Bientôt il va prendre la rue de l'Église... ça y est ! Il longe l'église. Il y a toujours du vent autour de l'église, il relève le col de sa gabardine pour ne pas prendre froid... Il passe devant la boucherie... maintenant sous le porche de la porte Robin... Il traverse la place... Il dépasse la fontaine... Encore quelques pas... Il ouvre la porte en bas... Il monte l'escalier...

La porte s'ouvrait et son père apparaissait : un géant aux mains larges, sa besace en cuir sur l'épaule et le col de la gabardine relevé. L'excitation de Josy atteignait un tel degré qu'il lui arrivait de s'évanouir devant son père. Ce qui lui valait une bonne paire de gifles de sa mère pour la remettre d'aplomb. Son père la soulevait et l'installait sur ses genoux. Elle ne me voyait plus. La petite fille unique n'avait l'air ni heureuse ni malheureuse, quelque chose en elle s'anesthésiait.

14

— Je vais épouser ton père !

Tout le monde connaissait ma mère, ses caprices ou ses indécisions, ses excès ou ses abattements et même si elle avait fait cette annonce avec éclat et détermination rien ne prouvait qu'elle ne la faisait pas en désespoir de cause ou plus simplement pour déjouer son ennui. À vingt-deux ans elle n'avait pas encore décidé de travailler et passait ses journées avec ses parents, une grand-mère qui perdait la tête et sa petite fille chérie. Soit le mariage avec René finirait par avoir lieu, soit elle pourrait l'annuler au dernier moment comme elle l'avait fait deux années auparavant avec Germain Pierfond alors que les bans avaient été publiés. L'avenir de ce dernier s'annonçait assuré, surtout financièrement grâce à la boucherie de ses parents qui avaient amassé une petite fortune en vendant au marché noir et à prix d'or des saucisses et des côtes de porc pendant et après la guerre. Mais, quelques jours avant la cérémonie, Germain, sûrement poussé par sa mère qui ne portait pas sa future bru en grande estime, éprouva le besoin de mettre les choses au point : il ne voulait pas d'un enfant qui n'était pas un vrai garçon et espérait que je resterais à la charge de mes grands-parents puisqu'il n'était pas mon père. Tout lui paraissait simple et logique, tant il était soucieux de fonder une famille à part entière. « À part entière » apparut à ma mère un non-sens. Elle se dit que soulever ce problème aussi tardivement ne pouvait être qu'un piège. Les pourparlers avaient duré plusieurs jours à travers la porte de la chambre où ma mère s'était enfermée avec moi. Si, malgré tous les arguments positifs que ma grand-mère lui avait opposés de l'autre côté de la porte, elle refusa d'entendre raison, ce fut surtout parce qu'elle eut la conviction que Rose sa propre mère s'était faite la complice de Germain et voulait lui voler son enfant. Peut-être même qu'elle mûrissait ce projet depuis longtemps, si ce n'est depuis toujours.

15

De mon père, je ne savais rien à part ce que ma mère en disait. Il est beau. C'est ton père. Il fait la guerre. Il vit très loin. Les mers, les océans, le Pacifique, l'océan Indien, la mer de Chine étaient autant de mots qui pour elle sertissaient son image d'aventurier mais qui étaient vides de sens pour moi. Je n'avais jamais vu la mer. De lui je ne savais que deux choses : il avait fait la guerre d'Indochine et il faisait désormais la guerre en Algérie. C'était un guerrier et probablement que sa barbe noire de samouraï en était l'expression la plus terrifiante.

Quand il apparut sur la place en costume de marin blanc, le béret à pompon vissé sur le crâne et son grand sac de toile sur l'épaule, il n'était pas passé chez ses parents qui habitaient à quelques kilomètres. Il était venu directement, trop pressé à l'idée de serrer dans ses bras sa fiancée qu'il n'avait pas vue depuis plusieurs mois.

Sa visite provoquait ma disparition. Je n'existais plus. Je disparaissais jusqu'à inquiéter quelquefois mes grands-parents qui me cherchaient partout. La plupart du temps je me réfugiais tout près de la poupée en porcelaine, et m'enterrais avec elle au fond de l'armoire en bambou avec la complicité de la vieille grand-mère.

Le marin ne venait que pour ma mère qui le rendait fou d'amour. Fou. Il le disait : « *Je t'aime à la folie. Je suis fou de toi* » ou « *Tu me rends fou* ». Je ne me souviens pas qu'il m'ait adressé la parole ou qu'il se soit intéressé à moi. Ses permissions pouvaient durer plusieurs semaines mais ce n'était jamais assez long, d'autant qu'il devait aussi passer du temps avec sa famille. Ma mère était parfaitement capable d'incarner la femme qu'il croyait voir en elle. Elle se faisait plus câline, presque enfantine. Je ne la reconnaissais pas. Et lui, incapable de lui résister, ne pouvait s'empêcher de la toucher, de la serrer contre lui, d'attraper sa main au passage, de l'embrasser dans le cou, le plus souvent possible afin que les voisins de la place ou mes grands-parents soient témoins de cet « amour fou ». Ma mère et le marin passaient des heures enfermés dans la chambre. Je n'arrivais pas à comprendre ce qui avait empêché leur mariage depuis toutes ces années. Le soir il rentrait dormir chez ses parents et je retrouvais ma mère dont l'odeur avait changé, comme si la sueur du marin l'avait souillée.

Je perdais tout lien avec ma mère pendant ce temps où le marin occupait le terrain amoureux qui, de toute évidence, la comblait bien plus que je ne le pouvais moi-même. La présence de cet homme m'éclipsait et rétablissait un ordre plus naturel qui me remettait à ma place d'enfant. Je n'en éprouvais aucune souffrance. Au contraire, plutôt une sorte de repos. Plus de déguisements nocturnes, plus de maquillage, plus de robes en papier journal, plus de bijoux. Je vivais ces moments, relativement rares, comme un temps de convalescence après une longue maladie. Entre la première fois où je m'étais mis à hurler à cause de sa barbe épaisse et noire et sa dernière visite, mon regard sur lui avait changé. Il ne représentait plus un danger. Je finis même par redouter son départ.

J'aurais voulu qu'il reste. Pour que cet équilibre, même un peu artificiel, dure et que l'on puisse m'oublier !

À chaque départ de mon père, ma mère, parfaitement moulée dans une robe d'inspiration chinoise quasiment cousue sur elle, pleurait toutes les larmes de son corps. C'était le jour où elle redevenait d'une grande beauté, plus sauvage, jouant de sa robe qui donnait à ses hanches en amphore le dessin d'une femme accomplie. Tous ses gestes venaient du cinéma. Elle le couvrait de baisers, jouait la femme éplorée qui voit partir son homme, affirmant publiquement à tous les voisins son statut de fiancée, presque d'épouse abandonnée. Une fois la silhouette du marin disparue à l'angle de l'église, elle cessait instantanément de pleurer. La comédie était terminée. Le drame pouvait recommencer. Le temps de remonter dans sa chambre, elle s'enfonçait dans une sorte de déprime d'intensité variable. Ce n'était pas la perspective de devoir supporter une nouvelle absence qui la mettait dans cet état ; ce ramollissement était la conséquence de tous les efforts qu'elle avait produits le temps de la permission du marin pour le convaincre qu'elle l'aimait toujours. Elle était sincère et pensait que l'amour, le grand, viendrait avec le temps. Elle ne faisait que devancer ce miracle pour lequel elle priait chaque jour de sa vie. Une fois remise, elle pouvait retourner danser au bal du samedi soir de la Maison du peuple et se faire désespérément désirer par les autres hommes.

16

L'impatience de ma mère à vouloir se marier ne venait pas de son âge, même si la plupart de ses amies étaient déjà mariées, mais de l'hyper-préparation au mariage qu'elle s'était imposée avec l'obstination d'un grand sportif visant les Jeux olympiques. Comme Rose, qui n'avait jamais trouvé le moindre plaisir à s'occuper de sa maison, ne risquait pas de l'aider, dans ce domaine ma mère avait tenu, seule, dès l'âge de quatorze ans, après son certificat d'études, à compléter ses connaissances à l'école d'enseignement ménager bien nommée « la Ruche » durant trois longues années. Elle en avait suivi les cours avec une assiduité et une volonté qui avaient étonné tout le monde. La première année elle reçut le premier prix de couture et douze torchons Cholet à broder ; la deuxième année, le premier prix de repassage et un service à café en porcelaine de Limoges de six tasses ;

enfin, la troisième année, le premier prix général (qu'elle visait depuis le début), confirmé par un diplôme de fin d'études et un bon d'achat d'électroménager d'une valeur de deux mille francs, valable trois ans. La direction imaginait bien que même leurs meilleures élèves n'allaient pas forcément se marier dans l'année.

Cette institution était un véritable vivier pour les jeunes hommes des environs qui venaient jauger sur place les filles à la sortie des classes. La Ruche était devenue une sorte de plateforme matrimoniale plus sûre que le bal du samedi soir.

Les temps avaient changé et, depuis la fin de la guerre, cette école que Pétain idéalisait avait repeint ses façades et changé d'objectif pédagogique en soulignant l'aspect résolument moderne de son nouvel enseignement : les jeunes filles n'étaient plus formées à devenir de bonnes ménagères ou les saintes bonniches de leurs familles, mais de véritables femmes d'intérieur. Une sorte de plan Marshall pour les familles. Les ménagères d'avant guerre s'échinaient à faire le ménage, la vaisselle, la lessive à la main en transpirant comme des vaches au-dessus des lessiveuses. Sans esprit et sans beauté, bonnes nourrices pour les gamins, bonnes aux fourneaux, sous-entendu vaillantes au lit une fois par semaine, elles avaient été remisées au placard avec tous les attirails et autres insignes de la collaboration. Si les femmes d'intérieur avaient toujours, comme leurs aînées, l'obligation de devenir de bonnes épouses, elles devenaient surtout des représentantes de qualité pour les nouveaux produits de consommation. La petite

Française de province devait désormais organiser sa maison à la manière de celles que l'on voyait dans les réclames et dans tous les films américains.

À la différence de ses filles, Rose n'aimait pas cette époque qu'elle vivait comme une défaite malgré la victoire. La plupart des femmes de la place avaient connu dans leur enfance les privations et s'en servaient d'excuses pour justifier leurs choix de vie, croyant sincèrement participer à l'invention d'un monde nouveau. L'objectif des écoles d'enseignement ménager ne se bornait pas à fabriquer une nouvelle génération de femmes plus libres mais à répondre aux exigences des industriels et des publicitaires. Elles apprenaient à avoir un brin de conversation sans pour autant s'immiscer dans les discussions professionnelles ou politiques de leurs maris, à faire des canapés de foie de volaille au porto agrémentés d'une fine rondelle de cornichon, à préparer des cocktails maison ou des martinis on the rocks pour ces messieurs. Les cocktails et les martinis avec olive plantée dans un cure-dents étaient une nouveauté que l'on voyait quasiment dans chaque film américain ainsi que les cuisines équipées en formica. L'autre grande nouveauté, toujours inspirée du mode de vie cinématographique américain et de la bourgeoisie, consistait à former la femme d'intérieur à recevoir ! Ma mère, qui déplorait que ses parents n'invitent jamais personne en dehors de la famille et des amies du Front populaire, n'avait pas de plus grand projet que de devenir cette femme-d'intérieur-qui-reçoit.

17

Le seul homme qui participait à ma vie de tous les jours était mon grand-père Antoine, et lui ne m'inquiétait pas. Quand il n'était pas occupé à son jardin, il écoutait les autres avec une attention d'écolier, souvent assis tout près du fourneau. Quel profit tirait-il de ces longues conversations entre son épouse et toutes ces femmes qui lui rendaient visite ? La parole, les échanges de points de vue sur l'actualité et les discussions politiques appartenaient à ces femmes. Les hommes de la génération de mon grand-père, même lorsqu'ils se retrouvaient au café où quelquefois je le suivais, ne parlaient pas ou peu de politique, le plus souvent ils ne parlaient que du jardin, du temps, du sport local, des prouesses de l'équipe de gamins qu'ils avaient tous vus naître. Jamais de conversations sur le sens de la vie ou sur le rôle de chacun sur cette terre. C'était d'autant plus curieux que ceux-là avaient fait la guerre de 14-18 et avaient participé au changement radical de l'ordre du monde. Preuve qu'ils n'en avaient aucune conscience ou, s'ils en étaient conscients, qu'ils s'en foutaient pas mal, voire regrettaient qu'il y ait eu tant de morts pour en arriver là. La Seconde Guerre mondiale, plus dégueulasse que la leur, les avait contraints à un silence définitif puisque d'une part leurs efforts et leurs sacrifices en 14 n'avaient pas garanti une paix durable, et que, d'autre part, le pacifisme de nombre d'entre eux en 39 les avait réduits au statut de traîtres, de collabos et de pétainistes. De quoi la boucler jusqu'au tombeau.

Une seule chose faisait réagir mon grand-père : si on le prenait pour un héros des tranchées, il répondait assez sèchement :

— Les héros, c'est ceux qui sont morts.

Il n'était donc pas un héros. Difficile de le définir. Il était un homme solide dans la vie ordinaire, et l'inverse, presque en apesanteur, le reste du temps, même dans son jardin. Il n'était pas non plus un « taiseux » comme la plupart des gens aiment qualifier ce genre d'hommes qui s'expriment rarement et préfèrent le silence aux bavardages. Le « taiseux » est en général un paysan qui a suffisamment tiré profit des leçons du temps et de la terre pour qu'il ne lui soit plus nécessaire de rajouter quoi que ce soit ni aux mouvements du ciel, ni aux élans généreux de la terre, ni aux idées des hommes. C'était un terrien, cela ne veut pas dire qu'il vivait sur la terre ni qu'il était viscéralement attaché à elle, mais qu'il était comme la terre, qu'il subissait comme elle la bienveillance ou la malveillance du ciel sans rien pouvoir y faire et même sans rien avoir « à y redire ». En réalité, mon grand-père se bâillonnait lui-même pour des raisons qui ne pouvaient pas encore m'apparaître et qui étaient bien plus profondes qu'on n'aurait pu l'imaginer. En attendant, il écoutait les autres, mais il n'écoutait pas tout le monde. Il écoutait Rose, sa femme, qu'il admirait.

Il n'a jamais été pour moi une image paternelle ni un père de substitution. Il était mon grand-père, le père de ma mère, un homme qui savait rester à sa place, celle d'un ancien combattant qui, une fois sorti de l'usine, se rendait dans son jardin pour goûter chaque jour le miracle d'être en vie. Ma grand-mère disait de lui : « Cet homme traverse la vie comme il a traversé les champs de bataille, tête baissée en essayant d'éviter les balles ennemies sans reculer pour autant, utilisant toute sa ruse et tout son sang-froid de paysan pour passer entre les obus et les cadavres. » À la différence de Rose, l'avenir ne l'intéressait pas. Il ne voyait rien venir de bon avec ces avions qui dépassaient le mur du son ou cette compétition dans l'espace entre les Américains et les Russes. Il avait connu les tranchées et le gaz moutarde, le monde de l'usine et l'asphyxie du caoutchouc en fusion, le monde des traîtres et de l'occupation allemande. Il avait acquis une espèce de philosophie, une sorte d'autarcie spirituelle, qui l'aidait à ne croire qu'en ses seules capacités, surtout pas en un gouvernement ou en un patron. Il était anarchiste jusqu'à la racine. Sans jamais avoir revendiqué ce statut, même s'il gardait secrètement une sincère admiration pour Bonnot et sa bande dont il avait suivi les aventures dans les journaux. Pour lui la guerre des tranchées n'aurait jamais eu lieu si Bonnot, un type formidable, n'avait pas été tué en 1912. Lui, il ne se serait pas contenté de discours pacifistes, il aurait assassiné le Kaiser et peut-être même quelques généraux français pour éviter le pire. Antoine ne croyait ni aux Américains, ni en Dieu, ni aux Soviétiques, ni à cette foutaise des extraterrestres dont on commençait à parler, il ne croyait qu'en une seule chose : son jardin et ses ancêtres, ce carré de terre parfaitement situé entre le monument aux morts et le cimetière.

J'aimais mon grand-père comme un enfant aime un animal domestique. Je m'accrochais souvent à lui, aux bretelles de son bleu qu'il ne quittait jamais, même après sa retraite. Je le grattais, je le chatouillais. Il roulait par terre quelquefois. Je m'enroulais dans ses bras solides et dans son rire d'enfant pauvre. Il ne me disait pas un mot, seulement quelques onomatopées qui lui échappaient, des « hou » des « ha » des « ho ! » Sa plus belle expression se limitait à « Ça alors, c'est sûr ! » Quand en été le curé, le père Sarreault, le surprenait sur le trottoir à jouer avec moi qui m'esclaffais de rire, il ne manquait pas de lui dire un mot aimable.

— Alors on n'est pas heureux là, mon ami ?

— Ça alors, c'est sûr ! répondait mon grand-père tout en repoussant sa casquette vers l'arrière, manière de dire « salut et au revoir ».

Tout semblait insignifiant avec lui, mais derrière ce petit dialogue inconsistant entre deux anciens soldats de la Grande Guerre se dessinait la question du bonheur que tout le monde se posait. *On n'est pas heureux ?* voulait dire : « Tu te rappelles comme on a souffert pendant ces années alors qu'il suffit de si peu de chose pour se sentir heureux ? » *Ça alors, c'est sûr* confirmait tout ce qui était sous-entendu dans la première affirmation.

Personne ne s'inquiétait de son silence. Sa mise à la retraite de chez Michelin ne l'avait pas affecté comme certains de ses copains qui ne savaient plus quoi faire de tout ce temps et dont les épouses se plaignaient de les avoir dans les jambes toute la journée. Ce fut, pour lui, le temps merveilleux de sa libération, la fin de la vie en usine, des odeurs de gomme des pneus et du caoutchouc brûlé qu'il avait encore au fond de la gorge et qui avaient fini par être pire que les odeurs âcres du gaz moutarde. C'était fini, il n'avait plus besoin pour nourrir sa famille de respirer toute cette saloperie venue des hévéas de l'Indochine perdue. Il avait travaillé pendant trente-cinq ans dans cette usine et était toujours resté un paysan contrarié.

Bien que silencieux il était attaché aux mots. Il ne supportait pas, par exemple, que l'on désigne le petit revenu versé en échange de plus de trente ans passés dans une usine par le mot de « retraite » qui, dans le langage militaire, signifie un repli, voire une défaite, une honte. C'était sûrement pour cette raison que l'armée appelait « la retraite » des soldats une « pension de guerre », même si cette pension pour quatre ans dans les tranchées était misérable. Retraite ou pension, ce fut quand même sa sortie d'Égypte, son grand retour aux origines, sa terre promise : même si elle était réduite à son jardin.

Le soldat de la Première Guerre mondiale aimait feuilleter *Nous Deux* et *Intimité* que lui refilaient les voisines. Il se régalait en silence de ces bluettes de romans-photos. Un seul livre l'aidait pourtant à renouer avec la parole. C'était un livre de contes. C'était lui qui me lisait des histoires le soir, une en particulier qu'il relisait à ma demande (je ne sais plus s'il s'agissait d'un conte de Perrault ou d'Andersen). Une reine avait tardé à avoir un enfant. Mais les fées étaient venues à son secours et la reine avait mis au monde un très beau petit garçon. Une sorcière jalouse de la beauté de la reine lui avait jeté un sort, comme si la beauté était une insulte ou une menace. Sinon comment justifier la haine de la sorcière ? Le conte déliait la langue d'Antoine et le faisait bifurquer sur des sujets qu'il avait l'air de parfaitement maîtriser, issus des fantasmagories du Moyen Âge venues de son enfance de petit paysan. Il m'expliquait qu'il y avait aussi de bonnes sorcières, qu'elles n'étaient pas toutes cruelles et envieuses des beautés de l'humanité et que le diable n'était pas toujours leur mentor ou leur allié. Sur le diable il était formel :

— Le diable, qui en réalité s'appelle Lucifer, était très beau et si on te dit qu'il est très laid, c'est faux. Tu penses bien que s'il était laid personne ne serait attiré par lui !

Il tenait cette vérité de sa mère qui avait toujours prétendu l'avoir rencontré.

— Elle disait qu'elle l'avait vu pleurer des larmes de sang tellement il était triste.

Après un grand silence il ajoutait : « Sûrement qu'il avait fait la guerre. »

Puis il reprenait son histoire sur ces fées si gracieuses et si bienveillantes qu'on appelle ici les fades.

— Tu vois Jean, les fades c'est un mot de l'ancien temps, un mot qu'on n'utilise plus. Alors il faut que je t'explique. Les fades, ça veut dire fées en patois. Elles étaient les gardiennes des volcans et de l'eau. Toutes étaient d'une grande beauté, comme ta grand-mère. Ha ! Mon p'tit, si tu l'avais connue jeune t'en aurais eu le souffle coupé. Moi je la trouve toujours très belle. Enfin, quand on dit de quelqu'un qu'il est un fada, ça ne veut pas dire qu'il est fou, ça veut dire qu'il est possédé par les fées. C'est un chanceux. Hélas ! un jour où les volcans se sont réveillés, il y a eu un grand éboulement et toutes les fées ont été emprisonnées sous les rochers. Mais elles ne sont pas mortes. Les fées ne meurent jamais ! Elles sont toujours emprisonnées, et un jour, crois-moi, elles se délivreront et viendront nous sauver. En attendant, on ne peut compter sur personne d'autre que nous-mêmes, ça va de soi.

Ses digressions m'éloignaient du conte. Et je n'arrivais jamais à entendre la fin. Je m'endormais bien avant, emportant avec moi une image que je garde encore à l'esprit : une femme endormie dans un pré, habillée d'une robe de velours rouge qui s'étale en corolle autour d'elle, ses longs cheveux blonds débordant d'un filet tressé de fils d'or, son enfant nouveau-né assis dans l'herbe en train de jouer près d'elle. La mère endormie et l'enfant éveillé m'apparaissaient comme les signes d'un mauvais présage. J'étais convaincu que l'enfant allait être volé ou tué. M'endormir vite était le meilleur moyen d'éviter le drame du conte et de figer l'image de la mère et de l'enfant dans cette mise en scène champêtre.

18

Chaque fois que les voisines apprenaient une nouvelle grossesse dans le quartier, c'était l'occasion pour elles de parler de leurs accouchements. Elles rappliquaient chez ma grand-mère à l'heure du café après avoir mis les gamins, ceux qui marchaient encore à quatre pattes, dans la fontaine vide. Les autres les accompagnaient et entendaient la litanie des accouchements avec moi. Le récit évoluait, se gonflait. C'était plus de l'ordre de l'exercice que du pur commérage.

Elles avaient beau dire : « C'est comme le mal du petit Jésus, une fois passé on n'y pense plus », elles rappelaient quand même qu'elles avaient souffert l'enfer et la damnation. Si le lexique légendaire de la religion s'immisçait dans les paroles de ces femmes militantes pour la plupart, et particulièrement de Rose qui était pourtant la plus anticléricale, ce n'était que pour évoquer la douleur et le malheur, se défendaient-elles si elles étaient prises en défaut par un intrus comme François Kramp, le jeune professeur de français qui venait l'été en vacances. C'était la preuve, disait-il, qu'elles ne s'étaient pas débarrassées de ces images que le catéchisme leur avait fourrées dans le crâne toutes petites. Tout de suite les grands mots ! Cela valait mieux que les petits, et François, en excellent professeur, s'obstinait à les inonder de ses connaissances, sans pourtant chercher à les dominer. Pour les plus réfractaires, il se plaisait à rappeler qu'il ne serait venu à l'idée d'aucune d'entre elles de dire qu'elles avaient souffert le goulag et la Sibérie. En revanche, faisait remarquer ma grand-mère, tout le bonheur de la vie ordinaire s'exprimait par le vocabulaire de gauche, celui des hommes et des femmes de bonne volonté, le mérite, le courage, le partage et la collectivité.

Chacune semblait avoir souffert davantage que celle qui venait de parler. Puis suivait le récit du moment où leurs enfants leur avaient été présentés pour la première fois. Le fameux miracle de la maternité qu'elles avaient toutes ressenti à la seconde où l'enfant était apparu ! Ça sonnait faux et le mensonge affleurait dans leurs voix qui soudain se faisaient plus aiguës. Rose, pour mettre fin aux mièvreries de l'enfantement, lança un jour qu'elle n'avait jamais réussi à aimer ses enfants au premier coup d'œil.

— Parce que moi, dit-elle, ça me foutait la trouille cette petite personne toute molle qui était sortie de moi ! C'est comme le premier regard. Je ne sais pas, vous, mais moi le regard des nouveau-nés ça m'a toujours impressionnée et même mise un peu mal à l'aise. Non, non, l'amour est venu... mais après. Pas longtemps après, mais après le premier regard.

J'étais comme mon grand-père, je ne disais rien parce que j'étais bien incapable d'intervenir. Ce qui était normal pour un enfant de cinq ans l'était beaucoup moins pour un adulte qui avait fait la Grande Guerre. La vérité dite simplement créait une minuscule onde de choc repérable aux cuillères à café qui se remettaient à tourner sans raison dans les tasses et faisait bien sourire mon grand-père. Une fois la vérité digérée avec une gorgée de café elles finissaient toutes par convenir qu'elles non plus n'avaient pas eu cet élan « tout de suite tout de suite ». Pour moi les choses étaient claires : ma grand-mère se positionnait toujours du côté de la vérité. Je me souviens d'un jour où elle me serra contre elle et ajouta : « Toi, je t'ai aimé tout de suite, mais c'est pas moi qui t'ai mis au monde. » Comme si aimer son enfant était plus difficile qu'aimer un enfant que l'on n'a pas fait. Ce fut comme si elle m'avait dit : « Ce que tu cherches n'est pas là où tu le crois. » Ce fut aussi comme si elle me disait qu'elle avait été la première femme à m'aimer et cela me parut suffisant pour expliquer ce lien qui me raccordait à elle. Elle avait cette façon unique de s'adresser à moi sans tenir compte de l'enfant que j'étais. Il fallait absolument que je comprenne les choses dites à demi-mot.

19

Ma mère, elle, ne disait jamais un mot sur son accouchement, et pour une raison que j'ignorais personne ne se risquait à lui en parler. En revanche, quand elle était absente, les autres s'en donnaient à cœur joie sur ma naissance. On me rappelait toutes les atrocités que ma mère avait endurées à cause de moi et le courage dont elle avait fait preuve. Je me raidissais dès que le mot « forceps » était prononcé, accompagné de détails sordides. J'imaginais le corps trop étroit de ma mère écartelé par de grandes tenailles en acier pour en extraire le nourrisson que j'avais été et dont je n'avais aucun souvenir. C'est à cette occasion que j'ai entendu le mot « entrailles » pour la première fois. Je finis par comprendre que cette torture avait été infligée à ma mère à cause de ma taille et de mon poids. Déjà trop grand, déjà trop lourd.

— C'est que fallait voir l'animal ! Cinquante-huit centimètres et treize livres ! Vingt-deux heures de travail ! C'est qu'elle aurait pu y laisser la peau. On aurait voulu la punir que ça n'aurait pas été pire. Mon Dieu le souci qu'on s'est fait !

Tout le monde se demandait d'où je sortais. Il était vrai que je faisais une tête de plus que les autres enfants du même âge. J'étais le seul dans cette famille et même sur la place à avoir fait une apparition aussi spectaculaire. Ma mère gardait pour elle le souvenir de cette douleur. Jamais un mot sur le sujet. Pas une plainte. Pas un reproche. Je l'admirais encore davantage. Je ne supportais pas l'idée d'avoir pu lui faire du mal, de lui avoir déchiré le corps et d'avoir transformé ma naissance en tentative d'assassinat. Elle aurait pu y laisser la peau ! Pour accentuer cette impression, on ne manquait pas de me rappeler ce que l'arrière-grand-mère avait déclaré à ma naissance.

— Un gamin qui déchire le corps de sa mère de cette façon, c'est pas normal, allons ! Ce mioche, faudrait s'en débarrasser dans une foire ! Moi j'en ai eu trois et ils sont passés comme une lettre à la poste ! Un gamin pareil, je m'y fierais pas, moi !

Depuis, elle avait oublié les horreurs qu'elle avait proférées et se montrait bienveillante quand il m'arrivait de la rejoindre dans sa chambre.

20

En attendant de se marier avec René, ma mère prit la décision de trouver un emploi. Rien de salissant ni de trop contraignant. Elle voulait économiser pour payer sa robe de mariée, convaincue que la solde du marin ne suffirait pas à la lui offrir comme l'exigeait la tradition. De son côté ma grand-mère, trop contente de se débarrasser de sa fille quelques jours par semaine et de me récupérer, non seulement ne s'y opposa pas mais lui trouva l'emploi qui lui convenait. C'était à Clermont. Elle aurait pu rentrer tous les soirs par le car des ouvriers mais c'eût été trop de fatigue, disait-elle, et elle préféra prendre une chambre dans une pension de famille, chez Mme Vauclin, une ancienne prostituée de la rue des Minimes que Rose avait miraculeusement sortie des griffes de son maquereau en 1936, en plein Front populaire. Ma mère devint ainsi l'unique vendeuse de ce magasin de porcelaine et de cristal. Maison réputée, aurait-on dit dans un roman de Balzac, à laquelle il manquait une perle pour mettre en valeur toutes ces merveilles. C'est ce qu'avait dit M. Lorin. Rose connaissait très bien le patron pour lui avoir donné des cours de grammaire et d'histoire quand il était adolescent, une vraie tête de cabochard, et assez mal élevé avec ça. Tout le monde pensait qu'il ne ferait rien de sa vie, ce fut le cas, hormis maintenir l'héritage familial et se marier trois fois.

Cristal ? Porcelaine ? Je n'arrivais pas à comprendre de quoi il s'agissait. Ma grand-mère décida de me montrer ce qu'étaient le cristal et la porcelaine une bonne fois pour toutes. La séance eut lieu dans l'ancien grand salon qui faisait office de salle à manger au premier étage de la maison, derrière la chambre de mon grand-père. Là, dans le buffet Henri II entouré d'assiettes peintes de Limoges qui représentaient des perdrix, se trouvait enfermé tout un service qu'elle ne sortait qu'une fois par an quand elle invitait toute la famille pour le jour de l'an. Ma grand-mère l'avait exposé sur la table. Assiettes, tasses à café aux motifs de primevères, et un compotier en porcelaine de Meissen.

— Voilà, c'est ça la porcelaine. Et les verres ne sont pas en verre ordinaire, ils sont en cristal justement. Ne me demande pas la différence, je n'en sais rien, si ce n'est que ça coûte beaucoup plus cher.

Je trouvais ça beau. La beauté était ce qui me saisissait, ce qui provoquait un émoi, un éblouissement, presque un aveuglement. J'éprouvais même une certaine fierté d'avoir une mère qui vendait des objets si précieux et si fragiles. La beauté c'était ça aussi, il fallait que ce soit précieux et fragile. Aucun autre critère. Ce fut soudain comme si, loin de moi, ma mère vivait dans un monde transparent ou laiteux mais agrémenté d'un liseré doré. Lorsqu'il m'arriva de m'aventurer seul dans la sainte chapelle, quand la grande porte d'entrée était ouverte, je découvris que les saints et la Sainte Vierge étaient représentés avec des sortes d'assiettes plates serties d'un même liseré doré derrière la tête. Quelquefois, pendant la semaine, quand son absence et mon amour pour elle me submergeaient, j'auréolais ma mère de ce fil doré derrière la tête et la replaçais, sans difficulté, dans les tableaux de l'église, à la place de sainte Catherine ou de la Sainte Vierge ou même du Christ assis au centre du banquet des *Noces de Cana* dans des costumes du XVIe siècle. J'étais moi-même pris dans cette image plus grande que nature et dans laquelle je me perdais. L'exercice n'était pas difficile puisque le personnage central avait, comme ma mère, les cheveux blonds, lâchés sur les épaules avec ce regard d'un bleu presque transparent, un regard qui donnait l'impression de voir à l'intérieur.

C'est ainsi que ma mère commença à disparaître. Elle partait tous les lundis en fin de journée et réapparaissait le samedi pour aller danser au bal. Jc passais mcs scmaincs à l'attendre et je ne savais pas encore qu'attendre ma mère occuperait la plus grande partie de mon enfance.

21

Le dimanche devint un jour sacré. Après sa nuit du samedi passée à danser, ma mère arrivait dans la cuisine, entièrement démaquillée. Sans plus aucun fard, sa blondeur et sa pâleur la défiguraient. On aurait dit que la nuit avait effacé son visage. Je ne la reconnaissais pas. Elle avait deux visages. Deux femmes cohabitaient dans un même corps, l'une d'une laideur presque fantomatique et l'autre d'une beauté parfaite, comme une actrice de cinéma. Ma mère insistait pour que je reste près d'elle, sous prétexte que nous ne nous étions pas vus de la semaine et que nous n'avions pas une minute à perdre. Je me tenais assis sur une chaise, à la regarder. Son père et sa mère étaient priés de sortir. Puis elle se plantait devant l'évier de la cuisine, seul point d'eau chaude, grâce au chauffe-eau ELM Leblanc, retirait son peignoir chinois en soie que le marin lui avait rapporté de Saigon quelques années plus tôt, une sorte de relique d'Indochine un peu défraîchie. Elle apparaissait nue devant l'évier les pieds posés sur une serviette en nid-d'abeilles. J'étais le seul autorisé à assister au rituel de sa toilette. Je la regardais se laver minutieusement au gant, derrière les oreilles, le cou, le visage, tout en grimaçant. Je n'étais pas uniquement spectateur, j'attendais le moment où elle allait jouer à l'aveugle, les yeux couverts de savon avant de m'appeler au secours.

— Ma merveille, vite, vite, viens sauver ta maman qui est devenue aveugle.

C'était plus fort qu'elle, il fallait qu'elle m'affuble de toutes sortes de surnoms au féminin précédés d'un possessif : ma crapote, ma choupette, ou ma beauté jolie, donnant ainsi l'impression du samedi au lundi de restaurer une vérité sur mon sexe que tout le monde tentait d'effacer les autres jours. C'était compter sans ma capacité de résistance. Ma mère savait que je serais son meilleur allié en son absence. Et, pour être sûr d'être encore sa petite fille le week-end, je gardais toute la semaine en moi comme un trésor la certitude que je n'étais pas un garçon, que c'était un mensonge. J'avais fini par m'en persuader et par supporter les brimades des autres enfants sur la place. Je préférais prendre sur moi, ne rien montrer. Tout mon travail consistait à ne pas contrarier ma mère, lui éviter d'atteindre cet état de désespoir qui pouvait s'emparer d'elle au moindre accroc et continuer à avoir le privilège de lui rincer le visage avec le gant d'eau froide qu'elle me tendait pour la libérer. L'idée d'être son sauveur me plaisait bien plus que de lui rincer le visage. J'étais certain que sans mon intervention elle serait restée aveugle, ses grands yeux bleus brûlés par l'acidité du savon. Délivrée, elle me dévorait de baisers.

Elle se mettait à repeindre son visage, dernière étape de la métamorphose : du fond de teint très légèrement sablé, du mascara sur ses longs cils blonds qui devenaient bruns, un trait d'eye-liner noir pour donner plus de profondeur à son regard, du rouge à lèvres légèrement orangé, un coup de brosse dans ses cheveux blonds et bouclés. J'attendais le moment où elle allait se retourner, se planter nue et maquillée devant moi en se surélevant sur la pointe des pieds pour donner à ses mollets le galbe que les talons aiguilles maintiendraient une fois qu'elle serait chaussée.

— Alors comment tu trouves ta maman ?

— Belle.

— Seulement belle ?

— Non ! Très belle, la plus belle du monde.

Ce dialogue insignifiant se répétait tous les dimanches. Rassurée, Louise remontait dans sa chambre deux étages plus haut pour s'habiller et réapparaissait juchée sur ses talons aiguilles assortis à sa robe.

— Comment tu trouves mes chaussures ? Il faut que tu saches que les chaussures, c'est l'élément le plus important de la tenue d'une femme. Tu as beau porter une robe de chez Dior, si tu as des écrase-merdes aux pieds tu peux toujours courir pour gagner un concours d'élégance. Les chaussures, c'est le secret de l'élégance. N'oublie jamais ça.

À la différence de l'élégance, la beauté, d'après ma mère, n'avait besoin d'aucun artifice et se suffisait à elle-même. Si l'on n'en était pas convaincu, elle rappelait comment Sophia Loren en vendeuse de pizzas avec un tablier et des pantoufles éculées était d'une beauté époustouflante !

Elle ne s'habillait pas dans les grands magasins. *Modes & Travaux* était là pour répondre à tous ses désirs. C'était son unique lecture. Elle pouvait passer des heures à éplucher chaque page du magazine, à étudier la mode et comment confectionner une robe. C'était tout le pari : est-ce que le patron proposé par *Modes & Travaux* correspondait bien à ce dont elle avait envie ? Ce n'était pas toujours le cas. Elle se mettait alors à le transformer avec Marie-Thérèse, qui habitait elle aussi sur la place tout près de la porte Robin et qui l'accompagnait les samedis soir au bal. Toutes ses robes avaient été entièrement coupées et cousues par son amie d'enfance.

Elles étaient allées à l'école ensemble, avaient grandi sur la place, s'étaient servi d'alibi l'une l'autre, partageaient toutes sortes de secrets qui les faisaient ricaner comme des enfants. Marie-Thérèse était loin d'être aussi belle que Louise, mais elle cousait comme personne. Elle aussi admirait ma mère pour sa beauté qu'elle prenait pour un don du Seigneur, tout en regrettant de ne pas avoir été aussi bien gâtée par la nature. Elle boitait légèrement mais avait un sourire de Sainte Vierge. Elle faisait partie de ces rares personnes qui vous donnent envie de pleurer si elles ont le malheur de vous sourire. C'était presque du domaine du sortilège.

— T'as pas besoin d'être belle, Marie-Thé, tu couds comme une reine, lui répétait ma mère pour tenter d'équilibrer les forces.

Je ne savais pas que les reines cousaient. J'étais loin d'imaginer que cette petite phrase anodine était une référence à Pénélope, figure de l'Antiquité qui s'était faufilée dans la langue française pour devenir une expression populaire. Non seulement Marie-Thérèse cousait comme une reine, mais elle avait des doigts de fée ! Pour mettre son amie d'enfance en valeur, ma mère ne manquait pas de faire remarquer à qui s'intéressait à sa nouvelle robe la régularité des points, la précision de la coupe et des finitions. Ce qui lui permettait aussi de relever ses jupes et ses jupons au milieu de la rue, histoire de dévoiler par la même occasion la perfection de ses jambes.

22

Tous les dimanches, après sa toilette, ma mère procédait à la mienne, ma grande toilette de la semaine, disait-elle. C'était le moment que je redoutais le plus. Longtemps le jeu consistait à faire disparaître mon sexe de garçon ou mon sexe d'ange, comme elle l'appelait. Pour réaliser ce miracle, elle faisait glisser mon appendice entre mes cuisses qu'elle tenait fermées entre ses mains comme dans un étau. Le pli vertical qui se formait sur mon bas-ventre ressemblait effectivement à la fente d'une fille. Ensuite, elle me montrait l'image de cette ablation factice dans la petite glace qu'elle décrochait du dessus de l'évier. Je la croyais ! Surtout à cause des poupées. J'avais remarqué qu'en dehors des poupons qui n'avaient pas de sexe (comme si le sexe ne se déterminait que longtemps après la naissance), les poupées étaient toutes des filles. Les poupées garçons n'existaient pas. Je finirais bien par devenir une vraie fille si je faisais tout ce qu'elle me demandait.

Ce rituel se répétait de semaine en semaine jusqu'au jour où ma grand-mère fit irruption dans la cuisine, prétextant que cela avait trop duré, que j'avais pris un bain la veille aux bains-douches municipaux, qu'il ne fallait pas autant de temps pour me laver et qu'elle avait le déjeuner à préparer. Elle n'employait jamais le mot « déjeuner », mais plutôt « repas » ou « dîner » ou plus régulièrement « à table, on mange ». Ce minuscule signe fit réagir ma mère qui en profita pour rappeler ses origines à la sienne.

— Le déjeuner ! Mais on se croirait chez les Rothschild, ma parole !

C'était l'arme la plus aiguisée pour la blesser et ma mère le savait. Dans le même temps, elle avait relâché l'étau de mes cuisses et libéré mon sexe d'ange qui réapparut aussitôt légèrement plus grand et plus dur. Ces érections qui me surprenaient me certifiaient que non seulement l'ablation n'avait pas réussi mais qu'elle avait même provoqué l'inverse.

23

À la différence de ma mère, menue, blonde et tout en finesse, ma tante Véronique était d'une beauté volcanique. Ma mère n'appréciait pas les retours de sa sœur avec qui elle était en rivalité dans presque tous les domaines. Véronique ne venait qu'une ou deux fois par an, la plupart du temps sans prévenir, mais ses apparitions créaient une grande excitation sur la place. Tout le monde sortait pour la voir et l'embrasser. Son cousin Paul qui n'avait qu'à remonter la rue était le premier à débarquer pour se jeter dans ses bras. Toute conversation entre ces deux-là prenait des airs de conspiration, même les souvenirs qu'ils évoquaient à demi-mot finissaient par avoir des relents de secrets bien gardés. Si ma mère ou ma grand-mère se pointait, ils changeaient de conversation sur-le-champ. Paul, grand, mince et moustache brune pour diminuer son grand nez, travaillait comme tailleur mais il envisageait d'abandonner la confection pour travailler à l'usine. La solitude du tailleur, dans le silence des aiguilles qui cousent et des ciseaux qui coupent le tissu en faisant inlassablement le même bruit, ne comblait plus sa personnalité excentrique et remuante. Quant à Suzanne, l'amie éternelle, elle venait d'épouser son boucher qu'elle appelait son « pot-au-feu » et s'apprêtait à quitter la place. Face à ses deux amies, ses presque sœurs, Paul faisait le point sur tout ce qu'il s'était passé en l'absence de Véronique : les derniers mariages plus ou moins réussis, les mariées plus ou moins bien habillées, les plus mal fagotées avaient leurs préférences, puis c'était le tour des enterrements, du degré de sincérité des affligées. Suzanne et Paul gardaient le meilleur pour la fin : les histoires d'adultère qu'ils racontaient comme des romans à l'eau de rose mais inversés : leur jeunesse leur donnait une sérieuse avance sur les commères et plus les histoires étaient immorales, plus ils les défendaient : une fille-mère était une fille qui connaissait enfin la vie, un homosexuel avait la chance absolue d'échapper à toute cette morale catholique ou ouvrière dont ils avaient déjà fait les frais et qui les dégoûtait. Paul prêchait pour sa paroisse. Ses penchants naturels le prédisposaient à aimer les hommes bien qu'il envisageât de se marier un jour. Il avait beau être théâtral dans sa façon de s'exprimer, la gravité de sa voix et son épaisse moustache noire rétablissaient l'équilibre. Aucune médisance donc, mais la réelle volonté de restituer de la façon la plus exacte et la plus drôle les événements que Véronique avait manqués. Ils finissaient par pouffer de rire comme des enfants sans malice. Paul admirait Véronique et reconnaissait en elle un « sacré gars », sous-entendu qu'elle ne manquait pas de courage, rappelant au passage qu'elle avait quand même été goal de l'équipe de garçons alors qu'il était, lui, incapable de courir derrière un ballon malgré son père qui était entraîneur de l'équipe de foot.

Le garçon manqué avait disparu et tous les trois semblaient convaincus qu'ils ne vivraient jamais de moments plus importants. Ils étaient jeunes, pas même trente ans, et cultivaient déjà la nostalgie de leur jeunesse. Véronique était leur exemple, leur boussole, elle avait fait tout ce que personne n'osait encore faire. Elle s'était mariée, avait divorcé, vivait à Toulon avec un homme qu'elle n'avait pas épousé et, de plus, elle fumait comme un homme des cigarettes brunes. Des Gitanes sans filtre qu'elle tenait entre ses longs doigts aux ongles parfaitement peints en rouge. Elle détonnait tellement qu'il était difficile d'imaginer qu'elle avait vécu ici longtemps.

Les deux sœurs étaient très différentes et c'était l'occasion pour ma mère de rivaliser de beauté avec sa sœur aînée. Aussi n'apparaissait-elle le matin dans la cuisine qu'une fois passée dans le cabinet de toilette à l'étage auquel elle préférait l'évier de la cuisine le reste du temps, et descendait une fois lavée, maquillée et habillée alors que Véronique traînait encore en nuisette, ses grands pieds dans des mules en cygne et la clope au bec, comme si elle ne doutait pas de sa beauté qu'elle pouvait mettre à l'épreuve des pires réveils. Elle faisait l'admiration de son père qui avait toujours eu un faible pour elle. Il la regardait avec une sincère émotion, laissant glisser dans sa mémoire l'image de sa propre mère. Elles n'avaient pas seulement le même visage mais aussi la même ossature, la même charpente. Des femmes solides, même si l'aïeule était morte très jeune, en 1917, et toute seule au milieu d'un champ.

Dans cette tenue légère, la coiffure encore écrasée par l'oreiller, les yeux charbonneux, Véronique irradiait, flamboyante comme la rousseur de ses cheveux. Une créature sculpturale comme seule cette époque a su en créer, taille fine, jambes qui n'en finissaient pas et poitrine impressionnante à la Jane Russell qu'elle admirait ; tout ce bataillon d'actrices américaines, de Jane Mansfield à Marilyn Monroe, en passant par Rita Hayworth, Myrna Loy, Ava Gardner, Kim Novak ou l'actrice de Federico Fellini, l'idéal de ce type de femme à son apogée : Anita Ekberg. Elle se reconnaissait dans ces femmes pulpeuses, charpentées, généreuses et sexuellement affolantes qui imposaient une image de la femme absolue, presque totémique, devant qui les hommes se devaient d'affirmer toute leur virilité. Ma mère était plutôt du côté d'une Michèle Morgan. Rien d'explosif, tout en douceur, un peu victime aussi mais irréprochable.

Une fois Véronique habillée, la robe parfaitement ajustée à ses formes, la coiffure de sa crinière rousse crêpée et tirée en banane, puis montée sur ses escarpins, elle prenait encore une plus grande ampleur dès qu'elle apparaissait sur la place. Elle ne sortait pas pour éblouir comme pouvait chercher à le faire ma mère quand elle portait une nouvelle robe. Véronique se présentait pour combattre. Malgré leurs différences évidentes, le désir de soumission à un homme était le seul point que les deux sœurs avaient en commun. Véronique passait pour une femme libre, nocturne, fumeuse, buveuse, fêtarde, légèrement excentrique, comme ce jour où elle était apparue avec son amant dans une Buick jaune décapotable aux sièges en cuir grenat sur la place. L'amant se prénommait Harold. Malgré son prénom, il était corse. Très élégant mais légèrement plus petit qu'elle, il était une réplique quasi exacte de son idole, Frank Sinatra. Il avait réussi en peu de temps à charmer toute la famille, sauf ma mère, toujours pleine de suspicion à l'égard des inconnus, qui avait flairé que le type n'avait pas « l'air catholique ».

24

J'avais une adoration pour ma tante Véronique qui me semblait appartenir à un autre monde, celui de la nuit, des actrices américaines et des bars. À chacune de ses visites j'apprenais quelque chose de nouveau comme l'existence des juke-box, de la télévision, des postes de radio portatifs. Cette fois-ci le sujet tomba sur les salles de bains.

— Vous pourriez me dire pourquoi il n'y a toujours pas de salle de bains ici ?

— Pourquoi ? S'il y avait une salle de bains tu viendrais plus souvent ?

— Franchement, maman, je ne comprends pas qu'on soit encore obligé de se laver à l'évier avec des brocs d'eau chaude ! Quand même, on envoie des fusées dans l'espace, y a la bombe atomique qui peut nous tomber sur la gueule à n'importe quel moment et vous vivez encore comme au siècle dernier, finit-elle en recrachant, sûre d'elle, une grande bouffée de fumée de sa cigarette.

— D'abord, le siècle dernier pour lequel tu sembles avoir le plus grand dédain est le siècle des grandes idées. Et justement il est fort possible qu'on se prenne une bombe sur la tête parce que les hommes n'ont jamais inventé des armes pour ne pas s'en servir ! Et si on meurt sous les bombes on aura quand même les fesses propres, je te rassure, comme tous les jours ! On se lave très bien à l'évier, tu devrais le savoir, tu t'y es lavée pendant vingt ans avant de partir faire je ne sais trop quoi avec je ne sais trop qui. Ou plutôt je sais très bien quoi et avec qui !

Incapable de baisser la garde, Véronique maintint sa position et finit par proposer de payer les travaux. Elle avait de l'argent, ça se voyait aux diamants et au rubis qu'elle portait à ses doigts, au manteau d'astrakan avec lequel elle était arrivée, au sac à main en croco au fermoir doré, son étui à cigarettes et son Dupont plaqué or.

On n'était pas loin de l'insulte, même si ma mère accédait facilement à la proposition de sa sœur. Elle qui était si fanatique de propreté ne pouvait qu'apprécier l'idée de prendre un bain ou une douche chaque jour.

— Qu'est-ce que ça peut bien te faire à toi, lui dit Rose, tu n'es pas là en semaine ! Alors si ta logeuse à Clermont n'a pas de salle de bains tu t'en prends à elle, pas à moi. Et je vous rappelle qu'il y a les bains-douches de la Maison du peuple ! Que j'y travaille et qu'il y a un sacré avantage à ça : la location des serviettes et les ventes de savonnettes ou de shampooing arrondissent bien les fins de mois, et même le petit salaire que me donne la mairie. Et encore heureux, parce que la retraite de votre père ne suffit pas, même avec sa pension de guerre.

Elle venait de toucher un point sensible, l'intégrité de leur père que ses filles adoraient sans réserve.

— Et ce n'est pas faute d'avoir travaillé toute sa vie, mais ce pays est comme ça, il se moque de ses ouvriers, poursuivit-elle. Même s'il touche une pension que les ouvriers n'avaient pas avant 36, je vous le rappelle.

— Comment tu fais pour toujours revenir à la politique ? lui lança Véronique.

— Parce que tout est politique, ma grande, tout !

Ma mère intervint alors, non pour souligner la générosité de sa sœur mais, au contraire, avec un air déplaisant qui laissait entendre que cette future salle de bains paierait bien une dette que Véronique semblait avoir envers la famille.

— Elle nous doit bien ça !

Ma grand-mère n'aima pas ce sous-entendu qu'elle jugea malhonnête et malsain. Je sentais bien que quelque chose d'inavouable se tramait entre elles trois, sans que je puisse y avoir accès. Dette ou pas, ma grand-mère s'opposa à ce projet. Non qu'elle n'aurait pas aimé avoir une salle de bains, ni même parce qu'elle ne voulait pas que sa fille aînée finance ce projet, mais pour une tout autre raison.

Véronique avait vu juste, quelle que soit l'équation que posait la moindre discussion, ça finissait toujours par une réponse sociale et politique. Bien sûr que Rose pensait que le monde devait évoluer, se moderniser, rendre les choses plus faciles et les gens plus heureux, mais il n'était pas question qu'elle soit la première sur la place à bénéficier d'un tel avantage « bourgeois ». Personne n'avait de salle de bains et pas question de faire exception. Si Véronique se tournait vers son père et lui demandait d'intervenir, le soldat de la guerre de 14 se contentait de désigner sa femme du doigt, l'air de dire : « Je n'ai rien à voir là-dedans, c'est ta mère qui décide de ces choses. » Son domaine de compétences s'était borné à déposer sur la table tous les quinze jours sa paye de l'usine pendant plus de trente-cinq ans tout comme il y déposait depuis un an sa « pension », à s'occuper du bois pour l'hiver, de sa vigne pour le vin et de son jardin pour les légumes. Domaines dans lesquels ma grand-mère n'intervenait jamais. La discussion entre la mère et ses filles s'arrêta là mais reprendrait à la visite suivante de Véronique. Si ce n'était pas pour la salle de bains, ce serait pour le frigidaire contre le garde-manger ou pour l'acquisition d'une machine à laver le linge contre les éreintements au lavoir ou pour la télévision qui était le seul appareil qui n'avait pas de contrepartie. Propositions qui seraient toutes refusées, même si Rose avait montré un léger intérêt pour la télévision. Dans son appartement à Toulon, Véronique avait la télévision, qu'elle ne regardait jamais puisqu'elle travaillait la nuit et qu'il n'y avait pas de programmes dans l'après-midi. Quand Jean Nohain apparaissait dans son théâtre tout gris pour faire la promotion de certains artistes ou faire rire le public avec Fernand Raynaud dès dix-huit heures, Véronique se faisait donner un coup de peigne chez sa coiffeuse tout près du port avant de rejoindre le Richelieu, le bar de nuit que Harold lui avait acheté. Elle n'était pas dupe du soutien de Louise et pensait qu'elle cherchait à l'amadouer pour la faire taire sur un sujet apparemment brûlant : René, dont ma mère prétendait qu'il était mon père. De toute évidence, Véronique, qui vivait dans une ville de marins où le porte-hélicoptères la *Jeanne d'Arc* faisait escale, le connaissait. C'était obligé. Peut-être même que c'était elle qui le lui avait présenté. Mais elle n'avait pas une bonne opinion de lui.

— Ce n'est pas un homme pour toi. Tu vas souffrir et tu vas le faire souffrir.

C'était sans doute pour cela que Véronique était venue, alertée par sa mère pour l'aider à ramener Louise à la raison, lui dire de ne pas épouser le marin. Il fallait que la chose soit d'importance pour que Véronique fasse trente heures de train, aller-retour, pour un voyage éclair de trois jours.

Les deux sœurs avaient parlé ou plutôt chuchoté toute la nuit. Il y avait eu des larmes mais aussi des gestes de consolation des deux côtés comme lors de grands règlements de comptes.

Véronique était apparue trois jours plus tôt dans la cuisine dans un nuage de fumée et avait disparu de la même façon, ne laissant derrière elle que l'odeur du tabac brun qui mettait plusieurs jours à s'estomper ; ma tante occupait encore toutes les conversations, des semaines après son passage, en particulier celles des voisines qui se demandaient ce qu'elle pouvait bien faire à Toulon, dans cette ville de marins où, paraît-il, on parlait toutes les langues, particulièrement dans le quartier de Chicago où travaillait Véronique.

— Elle apprend les langues étrangères ! Elle tient ça de moi, répondait ma grand-mère pour mettre un terme à ces insinuations et à ces mêmes questions qui revenaient à chaque visite de sa fille aînée.

25

Ces derniers temps, comme si la distance ou l'éloignement renforçait les inquiétudes et rendait toutes les choses de l'amour plus difficiles, René écrivait plusieurs lettres par semaine. Et comme le facteur habitait à quelques maisons de la nôtre, grâce à sa femme qui aimait faire des commérages comme d'autres font des tricots Jacquard en compliquant les points, tout le monde sur la place fut au courant de cette avalanche épistolaire. La curiosité ne venait pas tant de la fréquence des lettres que de leur destinataire : ma grand-mère. C'était risqué mais habile. René voulait s'attirer les bonnes grâces de sa future belle-mère en la séduisant par sa capacité à écrire de belles lettres sans aucune faute d'orthographe. Toutes ses pensées allaient vers Louise, il était inquiet de ses turpitudes et de ses sautes d'humeur. Ses lettres s'achevaient par le même vœu : il remettait sa Louise entre les mains de ses parents en attendant son retour. Ces lettres troublaient Rose. Cette correspondance sur fond de guerre d'Algérie lui rappelait celle de son frère durant la Grande Guerre. René, comme Pierre, minimisait toute forme d'héroïsme en restant très critique sur les événements. Cette volonté de garder du recul par rapport à la situation provoquait en elle un élan d'affection incontrôlable. Il employait les mêmes mots que ceux de son frère. *Ça finira bien un jour…*, *Le monde change…*, ou des formules plus sombres : *Il faut que ça cesse, les hommes sont exsangues mais je garde le moral.* Le ton changeait quand il évoquait son attachement à Louise. Il n'était soudain plus que ce moribond, plein de dignité, certes, mais esclave de son désir et de Louise. En revanche, il oubliait de demander de mes nouvelles, comme s'il n'avait pas eu suffisamment de temps pour s'habituer à l'idée d'être père. Son seul sujet de préoccupation restait sa Louise. Louise. Louise. Louise. La répétition de son prénom déséquilibrait le texte de la lettre qui, sans ce principe, aurait été parfait. Il avait ce besoin irrépressible de prouver à ses futurs beaux-parents son attachement puissant à leur fille et combien il regrettait de ne pas l'avoir demandée en mariage plus tôt en raison de son contrat avec l'armée qui le ligotait corps et biens à la marine. Pas d'héroïsme, certes, mais une certaine victimisation qui ne plaisait pas à Rose. Elle avait déjà son frère comme exemple de guerrier et le petit René ne pouvait en fin de compte pas rivaliser avec cette image que le temps avait sculptée dans le marbre de sa mémoire. Mon grand-oncle Pierre s'était, lui, engagé dans le cadre d'une guerre alors que René était entré très jeune dans la marine pour en faire un métier. Rien de comparable au fond. Alors, que pouvait bien valoir son engagement ? C'était le père de René, un ancien zouave, qui l'avait forcé à s'engager à l'âge de dix-sept ans, quand le bruit courut qu'il était l'amant de son ancien instituteur M. Charles. C'était faux. C'est ce qu'il avait dit à Louise le jour où elle l'avait franchement interrogé sur le sujet avec sa brutalité habituelle. Il avait juré n'avoir fait que poser nu sur des rochers de l'Allier pour des photographies que mettait en scène son instituteur. Éphèbe et rien d'autre. Cette rumeur ne gênait pas Rose, d'autant, disait-elle, qu'il avait été capable de faire un enfant à sa fille. Mais René ne lui paraissait pas le bon choix parce qu'elle ne lui voyait pas d'avenir ni en termes professionnels, ni en termes d'engagement politique : les militaires savent trop obéir pour savoir se rebeller.

26

L'été approchait et François serait de retour pour deux mois, le temps largement nécessaire pour ramener Louise à la raison et lui faire oublier René. Ma grand-mère reconnaissait qu'il était mon père mais ce n'était pas une raison suffisante pour que sa fille engage toute sa vie. François réunissait à ses yeux toutes les conditions pour devenir un mari idéal pour ma mère : pas trop viril, attentionné à coup sûr, intelligent mais pas comme certains intellectuels qui se servent de leurs connaissances pour écraser les autres, leurs femmes quelquefois. Il saurait apprécier les ambitions de Louise de devenir une femme d'intérieur accomplissant à la perfection ses devoirs de maîtresse de maison pour lesquels elle s'était formée à l'école de la Ruche ; il aimerait sa gaieté et même ses bizarreries tant qu'elle ne laisserait pas ses pulsions la déborder. Et pourquoi déborderaient-elles si François, avec une affection aussi stable que son emploi d'enseignant, l'entourait chaque jour de tous ses soins et de toute son attention ? C'est ce dont elle avait le plus besoin : une attention constante. Et pour ça il lui faudrait être aimée sans conditions, peut-être même avec une certaine bêtise. Tout devrait bien se passer, la balance des forces, des désirs et des sentiments s'équilibrerait parfaitement. Mais Rose savait que rien, dans le domaine de l'amour et du mariage, n'était jamais aussi simple, et que la nature humaine, surtout celle de sa fille, était bien plus complexe et bien moins maîtrisable qu'elle ne l'aurait espéré. Louise n'était pas non plus Anna Karénine. Si l'héroïne de Tolstoï n'avait pas été capable de dompter le monde qui l'entourait parce que les forces sociales et politiques de son temps étaient plus puissantes que sa passion, Rose doutait fort que Louise y parvienne. Mais peut-être que l'absence de passion de sa fille pour François était un bienfait et finirait par tempérer les excès de son esprit fragile ?

*

Mon enfance a été enveloppée de toutes sortes de mystères. D'abord ma naissance, pourquoi ma mère refusait-elle d'en parler ? Pourquoi Pierre, le frère de ma grand-mère mort à la guerre en 1917, n'avait pas son nom sur le monument aux morts ? Pourquoi prononcer le prénom de Marie-Claire provoquait un tel malaise ? Pourquoi être une fille était pour ma mère plus important qu'être un garçon ? Pourquoi le marin, s'il était bien mon père, n'avait pas déjà épousé ma mère ? J'avais plus de facilité à dénouer les écheveaux de fil de soie que ces énigmes, toutes plus ou moins liées les unes aux autres.

Deuxième partie

1918-1919
Les métamorphoses de Rose

Rose
11 novembre 1918

Rose vient d'avoir quatorze ans et l'armistice provoque en elle à la fois un effondrement et un réveil. C'est aussi une flagellation. Toutes les nuits, somnambule, dépenaillée, elle affronte seule la bête qui a dévoré son frère dans l'abattoir à ciel ouvert. La terre ne peut plus absorber le sang des hommes. Ça coule en rigole entre ses pieds. Des hommes jeunes et vigoureux ne sont plus que des dépouilles en lambeaux qui nourrissent les corbeaux affamés. Elle danse sur les cadavres, elle pleure sur les cadavres. Elle est perdue. Son frère adoré se relève d'entre les morts. C'est bien lui. Elle le reconnaît à ses cheveux roux, à ses yeux bleus et à son sourire. Elle l'accueille en elle à bras ouverts. Il a des choses importantes à lui dire. Elle se réveille trempée, sa chemise de nuit inondée. C'est son corps tout entier qui pleure le disparu.

Elle ne sait pas qu'un artiste, le Douanier Rousseau, a peint, à quelques détails près, la guerre exactement de la même façon. Alors, comme elle n'est pas peintre, Rose, sans même le comprendre, ne trouve pas d'autre lieu pour enterrer son frère que de le porter en elle et faire de son corps de quatorze ans un tombeau.

*

Rose s'interroge sur des choses qu'elle n'a jamais imaginées, ni rêvées. Des choses que son frère ne verra pas et ne connaîtra pas. Quel genre de femme sera-t-elle ? Quelle vie aura-t-elle ? Si c'est pour mener la même existence que sa mère, à fabriquer des parapluies et les vendre, c'est non. Mais quelle vie alors ? Chacun devrait connaître son destin pour mieux s'y préparer. Elle n'arrive même pas à concevoir qu'elle se mariera un jour. Avec qui ? Quel sera l'homme qu'elle choisira ou qui la choisira ? Où est-il en ce moment ? Il est né depuis longtemps déjà, il ne sait pas qu'elle l'attend et qu'elle aimerait déjà le connaître. Le temps des fiançailles lui paraît bien trop court pour ça. Ça ne peut pas être un des hommes qu'elle connaît. Aucun ne l'attire. Aura-t-elle des enfants ? Combien ? À quoi ressembleront-ils ? Quels genres d'hommes ou de femmes deviendront-ils ? C'est vertigineux, et c'est déjà un fardeau. Le seul point rassurant, c'est de se dire qu'eux ne sont pas là. Elle ne peut pas imaginer, à la différence de son futur mari, qu'ils sont quelque part. Mais qui seront-ils ? Jamais elle n'a pensé à ces choses avant. Parce qu'avant, elle était heureuse avec son frère. Ça lui suffisait. Se marier et avoir des enfants, ce serait ça, la recherche du bonheur ? Elle se méprise tout d'un coup. Elle pense à des choses sans intérêt, des questions que toutes les filles se posent à son âge. Pas besoin de la guerre pour ça. Alors qu'est-ce que la guerre a changé et qu'elle ne voit pas ? Elle n'est même pas capable d'imaginer sa vie, alors comment pourrait-elle faire pour imaginer le monde ? Parce qu'au fond, c'est ça ce que la guerre, une fois terminée, lui demande de faire. C'est ça que les morts exigent. C'est ça que son frère Pierre attend d'elle. Comment faire pour pressentir le temps qui vient et qui ne sera plus celui qui est passé ?

Ça commence dans son corps. Elle doit bien se l'avouer : elle n'est plus tout à fait une enfant et constate les premiers effets de sa transformation dans l'image que lui renvoie la glace de l'armoire. Elle voit bien que son corps n'est plus le corps qu'elle habite depuis l'enfance, c'est un autre dans lequel elle a l'impression d'avoir été déplacée en une nuit. Sur son lit la poupée en porcelaine que sa mère lui avait fait fabriquer avec ses anglaises de petite fille et ses dents de lait ressemble à son enfance morte mais une morte qui ne se décomposera jamais. Le mécanisme des yeux est cassé et le regard de la poupée est fixe.

Elle saigne tous les mois mais depuis un an seulement. Dans un pays en guerre quand ça tue tous les jours, quand tous les jours on apprend la mort d'un jeune soldat, d'un ami, d'un voisin ou d'un frère, l'apparition de ce saignement entre ses jambes est équivalent pour elle à un stigmate, une plaie qui s'ouvre dans sa chair et célèbre tous les mois depuis un an, depuis la mort de Pierre, le souvenir des hommes tués sur les champs de bataille. Ces saignements sont aussi la mort sûre de l'enfance. C'est pour ça qu'elle range la poupée en porcelaine au fond de l'armoire. Et pour toujours. Rose sent bien qu'elle ne pense plus de la même façon, elle peut formuler ses pensées dans des phrases construites qui traduisent bien ce qu'elle a dans la tête. C'est à cela qu'elle mesure la métamorphose bien plus qu'à ses saignements, ses seins, ses formes ou ses poils. C'est le miracle des mots et de la grammaire pour penser. C'est la récompense de ces années d'école mais surtout la conséquence de sa correspondance avec son frère au front. Le corps et les pensées, ça va ensemble, faut croire.

Elle n'a rien dit à sa mère. Puis le saignement s'arrête et met un mois à revenir, à lui tordre le ventre. Pas de stigmates sans les douleurs qui les accompagnent. Elle l'a appris au catéchisme. La lessive des grands draps de lin ne se fait qu'une fois par an et Mariette a mis une année à découvrir les draps tachés de sang. Douze draps tachés qu'il faut d'abord laver à l'eau froide. La discussion n'est pas longue entre la mère et la fille, moins longue que le temps qu'il faut pour frotter les taches puis les faire disparaître dans un bain bouillant de cendres si elle veut ravoir les draps.

— Maintenant tu peux faire des enfants, et à cause de ça, tu vas souffrir tous les mois comme toutes les femmes… et pas seulement tous les mois.

Cette perspective de la souffrance qui mettrait fin à l'enfance résonne comme une malédiction millénaire. Quel est ce calvaire que sa mère lui prédit et qu'elle devra endurer toute sa vie ? Sans se plaindre. Sa mère ne l'a pas dit mais elle l'a entendu. Pas de chichis, pas de mensonges. La leçon de choses se fait dans un pré à regarder un taureau saillir une vache.

— C'est les hommes qui font tomber les femmes enceintes et après c'est plus leur problème. Par contre, le mariage règle tout.

Sa mère doit avoir raison. Tant qu'elle ne rencontrera pas d'homme elle ne fera pas d'enfant. C'est la solution. Elle doit se tenir loin d'eux. Elle se le répète : il n'y a pas d'autre solution. Je dois tenir les hommes loin de moi. Il n'y a qu'un seul point qu'elle oublie parce qu'elle ne le maîtrise pas encore : le désir. Comment faire taire le désir ? De ça, sa mère ne dit pas un mot.

— C'est ça l'histoire des hommes et des femmes. Rien d'autre, ma p'tite. Ça se monte dessus et c'est fini.

Le moment venu, faut dire les choses comme elles doivent être dites et Mariette n'a aucune hésitation. La vraie vie n'est rien d'autre que la réalité. Ne pas se raconter d'histoires.

Si c'est ça être une femme, Rose n'est pas sûre d'avoir envie d'en devenir une. Elle n'a aimé être une petite fille qu'avec son frère qui la traitait comme telle et qui la protégeait, sinon elle jouait avec les autres garçons autour de la cathédrale noire. Sa mère le disait : « Je ne sais pas ce qu'on va en faire de celle-là. » Elle ne savait pas que sa fille pendant ce temps apprenait à connaître les hommes. Seul son frère a eu le pouvoir d'exciter l'enfance en elle. Qui va l'accompagner maintenant ? Sa mère ? Sûrement pas. Rose est seule. La guerre a fait d'elle une orpheline. Elle est piégée entre l'enfant qu'elle n'est plus et la femme qu'elle n'arrive pas à être. Pas encore.

*

Tout semble dans un équilibre fragile comme dans les natures mortes de ce jeune Espagnol que son frère avait vues à Paris. Il les avait redessinées pour elle. Il se souvenait de tous les tableaux. Il dessinait bien. Elle a gardé le dessin. Ce n'est plus un dessin de Picasso, c'est un dessin de son frère. Elle ressent la fragilité de cet équilibre même si rien n'est encore visible. Si elle se penche à la fenêtre de sa chambre et regarde la place, rien ne semble avoir changé. Pourtant c'est là. C'est dans l'air. Diffus. Impalpable. Le ciel aussi a changé. Il est plus bleu. C'est ce qu'elle dit à sa mère :

— Regarde comme le ciel est plus bleu.

— Comment c'est donc possible ça ?

— Parce que c'est un ciel qui ne voit plus la guerre, maman.

— Dis donc pas de bêtises, ma pauv' fille.

— C'est pas toi qui parles toujours du ciel habité par la sainte Famille ? Et tu penses que tes saints dans le ciel ne sont pas heureux de la fin de la guerre ?

Elle a bien failli s'en prendre une mais Mariette se retient.

— Bien sûr que si.

— Alors le ciel est obligatoirement plus bleu ou alors il n'y a personne dans le ciel.

Elle est infernale avec ses idées à la noix depuis quelque temps. Mariette referme la fenêtre, descend, se remet à fabriquer ses parapluies et ses ombrelles ou à les vendre. C'est tout ce qu'elle aime dans le commerce, cette façon de s'oublier pour être aimable et disponible.

Elle ne comprend pas que sa fille a besoin de se raconter les choses à sa manière pour donner un peu de sens à toutes ces métamorphoses qu'elle pressent sans être encore capable d'en apercevoir les contours. Oui c'est là ! C'est effroyablement là. Ça, elle en est sûre et ça lui fait peur aussi.

*

Elle n'a dans la tête que cette phrase écrite par son frère dans l'une de ses dernières lettres : « La guerre ne peut pas nous ramener là où elle nous a pris, nous tous, pas seulement les soldats, toi aussi ma petite Rose chérie. »

Sa chemise de nuit relevée jusqu'à sa poitrine, elle regarde son corps qu'elle n'a jamais autant caressé du regard. Se regarder comme un homme la regarderait. Elle s'y fera. Il le faudra bien. Aucune joie pourtant.

Rose commence à mesurer ses nouvelles ambitions, même si elles sont encore confuses, à ce goût irrépressible qu'elle ressent violemment depuis quelque temps pour la vitesse. Elle veut tout faire vite, manger vite, lire vite, étudier vite, marcher vite, aimer vite. Si elle pouvait, elle conduirait bien une automobile pour aller le plus loin et le plus vite possible sur les routes.

Même avec une voiture, il faut du courage pour s'aventurer sur ce chemin sans destination précise. Le courage en ces temps d'après guerre ne se révèle plus dans la capacité à dépasser sa peur, comme les soldats justement l'ont fait, c'est un courage d'une tout autre nature dont la première difficulté consiste à marcher sans honte sur les morts, même à danser sur les cadavres comme elle le fait dans ses cauchemars. C'est étrange que Pierre soit mort le dernier jour de la bataille du Chemin des Dames, lui qui aimait tant l'histoire. Les Dames en question étaient Adelaïde et Victoire, deux des filles de Louis XV. Ce chemin à peine carrossable à l'époque fut entièrement empierré pour leur venue et pour cette occasion exceptionnelle on lui donna le joli nom de Chemin des Dames. Tout ça parce qu'elles allaient rendre visite à Mme de Chalus, ex-maîtresse de leur père ; peut-être aussi pour rendre visite à leurs demi-frères. Il faut savoir que Mme de Chalus avait épousé M. de Narbonne, mais hélas le pauvre homme était dans l'impossibilité de procréer. Il eut au cours d'une bataille fameuse une partie de la verge emportée par un coup de feu ainsi qu'un testicule. La guerre avait déjà fait des ravages par ici. C'est ce que Pierre racontait aux copains dans les tranchées, histoire qu'ils n'oublient pas de se protéger les couilles.

Adélaïde et Victoire ont contemplé ce paysage d'une grande tristesse que Pierre a vu lui aussi, mais aucune des deux enfants royales ne pouvait imaginer qu'un siècle et demi plus tard mourraient de si beaux jeunes hommes et en si grand nombre sur ce chemin. Pierre dans une de ses lettres proposait de le débaptiser pour le nommer le Chemin des Hommes.

C'est comme si les morts de cette guerre avaient formé une sorte de pont invisible pour la conduire, elle et les autres, plus loin, au-delà de la guerre, sans savoir ce qu'ils trouveront de l'autre côté. Il y a sûrement derrière tout ça une idée du bonheur mais encore bien trop floue. Elle ressent l'idée du chemin comme ça. Un chemin difficile et sans paysage.

Mariette ne voit pas les choses comme sa fille, même lorsqu'il s'agit de Pierre. Elle, elle dit « Mon fils est mort au champ d'honneur », et à chaque fois Rose se crispe mais se raisonne pour ne pas entrer en conflit avec sa mère que Pierre adorait. Elle a hérité aussi de cette adoration de son frère pour sa mère et dont elle ne sait que faire. Rose est bien obligée de constater que sa mère est devenue la relique vivante et sacrée du fils mort. Malgré tous ses efforts, cette idée du « champ d'honneur » lui est insoutenable. Elle se retient, une fois, deux fois, dix fois puis un jour ça éclate.

— Quel champ d'honneur, maman ? Comment on peut appeler ça un champ d'honneur là où tant de soldats sont tombés ! Là où mon frère est tombé ! Ton fils ! C'est juste une idée des militaires ça, pour nous faire avaler l'infamie de ce massacre. Tu sais ce que ça veut dire : « Votre fils est mort au champ d'honneur » ? Ça veut dire : tais-toi et agenouille-toi, pauvre femme, et remercie la guerre, remercie cette enflure d'empereur Guillaume, cette grosse pourriture à grosse moustache avec son casque à pointe, d'avoir permis une chose aussi grande, aussi antique à ton pauvre gamin qui n'aurait pas valu grand-chose s'il n'avait pas donné sa vie. C'est ça, ce que ça veut dire « le champ d'honneur ». Rien d'autre.

Rose sait une chose : désormais les mouvements du monde, des plus insignifiants aux plus importants, auront une influence sur sa vie comme cette guerre des tranchées en a eu sur son corps d'enfant. Elle écoutera chaque jour les battements du monde. Et la seule manière d'être sûre de les écouter sera de s'engager à sa transformation. Il lui reste tout à faire, tout à reprendre, à commencer par la lecture des livres de son frère, l'autre héritage.

Antoine
20 décembre 1918

Entre Verdun et l'Auvergne,
pas loin d'Avalon

Comment dire ? Comment leur dire ? Comment je vais répondre à leurs questions. Quoi ? Comment dire à ceux qu'ont pas été là, à ceux qu'ont rien vu, rien senti, tout ça, toute cette merde, toute cette puanteur, toutes ces horreurs, tous ces morts ? Antoine n'a que ça dans la tête.

Il n'est plus très loin. Ça fait presque cinq semaines qu'il marche en plein milieu des routes. À découvert cette fois-ci. C'est pas comme ces dernières années où il fallait sans arrêt se camoufler. Ne plus être une cible. Marcher sans craindre d'être abattu c'est pas rien, bordel ! Et seul surtout ! Dans des paysages qu'il ne connaît pas mais qui se ressemblent tous. Pas à cause de la guerre, à cause de l'hiver. Être en vie après ce qu'il a traversé c'est un miracle ! Il a envie de danser puis il a honte aussitôt. Pour qu'il y ait miracle il faudrait encore croire en Dieu et il n'y croit plus au Dieu de sa mère. C'est dégueulasse le miracle en temps de guerre, une saloperie qui le dégoûte ! Avec tout ce qui colle aux guêtres, la merde et le sang, la boue et la pluie, c'est tout ce dont il se souvient : la charpie des corps déchiquetés sous la pluie d'obus. Et puis les gaz, la vomissure, la chiasse. La canicule, c'est pire encore. On peut lutter contre le froid, même s'il faut apprivoiser de gros rats pour qu'ils viennent te tenir chaud. Ça, il l'a fait. Il doit la vie aux rats, pas à Dieu ! Ça c'est sûr ! Mais la canicule en temps de guerre, rien à faire, t'étouffes. Pas question d'aller se jeter à poil dans la rivière comme il le faisait enfant dans les ruisseaux autour d'Orcines et de Solagnat. Il faut bien un souvenir d'été pour supporter toute cette froidure.

Personne ne sait qui il est quand il traverse un village. Lui non plus ne sait pas qui sont ces gens qui ne dessaoulent pas et célèbrent la Victoire depuis plusieurs semaines. Avec un grand « V ». Surtout ceux qui n'ont pas fait la guerre. Les gens le dégoûtent. Pas envie, lui, de s'arrêter et de festoyer sans les autres, pas les vivants, les autres, ceux qui ne sont plus là. Personne ne danse avec les morts. Lui il se pèle le cul et les couilles. C'est tout. C'est ça la réalité du soldat qui n'a pas été tué.

Les doigts brûlés de sa main gauche s'agrippent à la crosse de sa baïonnette, les doigts de sa main droite ne cherchent même pas à se réfugier dans une poche de sa capote, il ne commande ni ses mains ni ses pieds ni son cœur qu'il entend battre dans ses oreilles et qui semble être un autre cœur que le sien. Chaque partie de son corps s'isole des autres, ça laisse encore plus le froid pénétrer par les jointures des os ; ses godillots percés mangent la neige par petits paquets glacés ; sa barbe gèle et se cristallise, ses lèvres gercées attrapent l'air qui les blesse encore davantage, sa bouche n'est plus qu'une plaie béante qui voudrait accueillir la vie. Mais la vie a disparu de ce paysage qui pue depuis son départ. Ça ne vient pas du paysage ! C'est lui qui pue la cendre et la charogne. Ses mains puent. Ça met du temps à lui revenir, le temps que l'odeur envahisse tout le paysage. Il se souvient. Il est resté des jours avant qu'on annonce la fin de la guerre à se réchauffer contre le ventre de son cheval mort, à lui ouvrir les tripes pour fourrer ses mains gelées dans les entrailles encore fumantes. L'odeur des tripes devient le fantôme du cheval qui le suit. Toujours cette impression que quelque chose pourrit en lui. Ça devrait le rendre heureux que la guerre soit finie ! Mais non ! Il ne peut pas. Ou alors il est mort en lui. Non ! Mort à lui. À lui ? En lui ? Comment ça se dit bien en français ça ? Ils s'en foutent, ils ne parlent que patois ceux qu'il rejoint.

Le paysage craque de partout, les branches des arbres craquent sous la neige, la route craque sous ses pas. Ce n'est plus son corps qui pèse, c'est juste son barda. L'horizon se fissure, le ciel croasse, la terre transpire en dessous, il le sait. Une image de lui écolier lui revient. Pourtant il n'est pas allé longtemps à l'école. Ça lui paraît absurde la leçon de choses aujourd'hui. Le souvenir est tenace : la germination sous la terre en hiver. Il ne sait plus si c'est à l'école qu'il l'a appris ou si c'est son père qui lui a dit ça un jour d'hiver où la ferme était silencieuse. Ses souvenirs travaillent sous son képi vissé sur son crâne. Depuis combien de temps il n'a pas quitté ce képi ? Des jours ? Des semaines ? Des mois peut-être ? Si ça se trouve il ne pourra plus jamais l'enlever. Ça le fait rire.

— Personne pour me tuer, putain de bordel de merde ?!

Son cri a fait peur aux corbeaux. L'écho lui renvoie la question sans réponse.

Pourquoi il a quitté son régiment à la seconde même où le capitaine leur a annoncé officiellement que la guerre était finie ? Tu parles d'un bazar que ça a foutu ! C'était quand même une bonne nouvelle que les frisés aient capitulé ! Il n'avait pas dû pouvoir attendre sinon il ne serait pas seul sur cette route. Pourquoi il a fallu qu'il foute le camp sur-le-champ, sans attendre et tout seul ? Ses copains d'Auvergne doivent le chercher. Ils auraient pu faire le chemin ensemble. La guerre est finie ! Quatre mots qui résonnent encore et qui l'ont expulsé du malheur. Pour quoi faire ? Le jeter sur les routes et l'envoyer valdinguer dans la désolation des paysages ? Il n'avait pas mesuré ce que ça voulait dire « la guerre est finie », il se l'était racontée combien de fois avec les copains cette fin de guerre ? Pas tant que ça après tout. Au début oui, c'était leur conversation préférée. Ils en parlaient parce qu'ils croyaient tous que ça n'allait pas durer. Quand on croit que les choses ne vont pas durer, c'est qu'on n'a rien quitté vraiment, on s'est juste absenté de ce qu'on connaît de sa vie. Pas grand-chose en vérité. Facile d'imaginer le retour.

Salut ! Moi c'est Antoine, moi Julien, je viens de Carcassonne (je ne savais pas où ça se trouvait Carcassonne), moi c'est Firmin des Greuses, près d'Alençon (je ne savais pas non plus où était Alençon et celui d'Alençon ne savait pas non plus où se trouvait Carcassonne), moi c'est Alfred, moi c'est Philémon (je me souviens plus d'où c'est qu'ils venaient ces deux-là), moi c'est Gustave d'Arromanches (moi je ne savais pas où ça se trouvait Arromanches, ni celui de Carcassonne, ni celui d'Alençon)... Je connaissais que le Puy de Dôme. Jamais rien vu d'autre. Je savais même pas qu'autre chose existait. C'est une folie d'apprendre dans un trou que le monde est vaste ! Tous ces gars venaient de l'invisible. Je vous aime tellement ! Ce qu'on a ri nom de Dieu et ce qu'on s'est chié dessus aussi !

On se marrait juste pour essayer de distiller la trouille qui nous tenaillait tous. Une contagion, cette pute, à travers les éclats de rire. J'invente rien : il suffisait d'aller aux chiottes, y avait que ça, de la chiasse. Je me souviens pas d'avoir vu une belle merde flotter. C'était la peur et ce vin qu'ils nous donnaient qui faisaient ça. Et dire que l'armée vendait la merde aux paysans pour fumer leurs champs. Là-bas la terre est faite de ça, de la chiasse des hommes qui avaient peur, du sang des soldats et de leurs corps qui pourrissent. C'est ça que je dois leur dire ? Ou alors que la nature humaine est bien étrange : plus la guerre avançait (et tant qu'elle n'avait pas tué tout le monde), et plus on finissait par se faire à cette idée. D'ailleurs, la chiasse disparut comme si le corps, une fois habitué à la peur de tout perdre, refusait de se vider bêtement avant que la mort ait fini son sale boulot. Puis quand on s'est rendu compte que ça n'en finissait pas, l'idée même du retour est devenue une souffrance abominable, une chose si impossible ou si heureuse que ça pouvait rendre fou d'imaginer qu'il y avait un bonheur possible, ailleurs, mais que ça serait pas pour nous. Penser au retour c'est penser au bonheur, non ?

On s'est jamais raconté vraiment nos vies mais on avait quand même réussi à devenir des frères ! Des frères de sang versé pour la patrie. C'est pas rien ça ! Ferme ta gueule, sinon ils vont croire que t'es devenu brelot à parler tout seul !

Sur cette route, Antoine est prêt à tout accepter, prêt à perdre son nom, sa famille, tout pour ne pas devoir répondre aux questions. En plus, des questions qu'ils vont poser en patois ! Et lui ne veut plus jamais parler patois ! Pour la première fois en quatre ans il envie ses copains morts. Il est le seul survivant sur les dix-huit de son escouade. Mais aux autres, aux mères, aux femmes, aux fiancées, aux enfants, aux sœurs, aux frères de ceux qui ont disparu à tout jamais, qu'est-ce qu'il va pouvoir dire ? Il a fait des promesses à des copains : passer voir leur femme et leurs gosses pour leur dire des choses intimes. Comment on trouve l'Artois ou le Dauphiné sur une carte quand on sait pas lire ? Gaston Cuvelier lui a fait jurer d'aller voir sa femme pour lui dire qu'il l'aimait. Tu lui diras que je l'aime. Tu lui diras hein, Antoine ? Il lui avait demandé ça deux minutes avant que sa tête explose, comme s'il avait pressenti la chute de l'obus. Aimer. Je t'aime. Tu m'aimes. Nous nous aimons. C'est un verbe qu'il n'a jamais conjugué. Il n'ira pas. Il n'a rien promis après tout. Mais s'il avait eu le temps, il la lui aurait faite cette promesse ! C'est pareil alors. Aimer. Le mot lui fait perdre l'équilibre. Rien que de prononcer « Aimer » sur ses lèvres gercées provoque en lui une espèce d'étourdissement, presque une ivresse tant la douceur de ce mot s'oppose à tout ce qu'il a vu ces dernières années de haine et de fureur. C'est impressionnant ce mot qui, à peine murmuré, produit tant de douceur en lui. Le seul message qui vient de cette guerre est un message d'amour qui tient en peu de mots : « Je t'aime. » Il se rend compte dans le même temps qu'il dira « Je t'aime » pour la première fois de sa vie à la place d'un autre et à une femme qu'il ne connaît pas. Il ne sait pas encore que ce mot sera un chemin dans sa vie.

Faut dire qu'il n'a jamais beaucoup parlé non plus. Et puis, il ne pense plus qu'en français ! Il rêve en français. La terre glisse sous ses pieds. Elle va s'ouvrir. C'est ça qu'il veut : se coucher sur la terre froide et qu'elle l'engloutisse tout entier ! Dessous, à quelques centimètres, c'est chaud. Ça, il le sait.

Il s'arrête. Il se met à chercher dans son patois s'il n'y a pas d'autres mots, des mots plus justes qui pourraient l'aider à dire ces horreurs qui le hantent déjà. Il n'a pas parlé patois depuis quatre ans, ou très rarement, quand il rencontrait un gars d'Auvergne. Là-bas dans les tranchées il a parlé la langue de l'école mais il a quitté l'école à neuf ans. Ça y est, l'école lui revient encore. Maintenant c'est sûr, l'école lui a servi à faire la guerre, les chemisiers fleuris de son institutrice Mlle Archambaud qui l'avaient tant ébloui quand il était entré dans la classe lui ont appris à faire la guerre aussi, la cour de récréation, à force de jouer à « On va récupérer l'Alsace et la Lorraine », l'a préparé à la guerre. Le catéchisme lui a appris le latin, le latin d'église, le latin phonétique qui lui a au moins servi à enterrer les morts là-bas mais très vite le latin n'a plus eu aucun sens devant tout ce malheur. On a fini par enterrer les morts sans visage dans le silence et le silence était devenu la seule vraie langue de la guerre. Du reste, ce n'étaient plus vraiment des morts, juste des morceaux de morts, des morceaux de corps, rien de plus, pas un ne fut enterré entier ! Et le latin, le français, le patois se fissurent et foutent le camp. Impossible de suivre une idée ! Tout le ramène sans cesse au front alors qu'il s'en éloigne.

Quel jour on est aujourd'hui ? Il ne sait pas combien de temps il a marché depuis que le capitaine a lancé « La guerre est finie, les gars. » Plus il avance, plus l'idée de devoir reparler en patois l'écœure. Il n'avait pas pensé que ça l'écœurerait. Il a presque envie de vomir. L'envie seulement.

Cette guerre, c'est impossible à dire. Je sais pas pour les autres guerres, mais celle-ci c'est pas possible. Comment ça se dit quand c'est impossible ? C'est quoi la phrase en français pour dire que ça se dit pas ? C'est trop dur, presque aussi dur que la guerre. C'est au-delà de tout. Comment dire l'au-delà ? Ce que nous avons vécu n'a pas de mot, ça se raconte pas. On passerait pour des menteurs ou des rigolos.

Ça va rester enfoncé en lui. Comme ces cadavres qui s'enfonçaient dans la terre, même gelée. Ça finira peut-être par le tuer à force de l'étouffer. Et puis c'est quoi ce qu'on peut pas penser et ce qu'on peut même plus imaginer ? Il leur en veut, à ceux qui n'ont pas connu la guerre dans les tranchées, d'avoir pu continuer à dormir et à travailler.

Alors comment leur dire la perte de qui nous étions, tout entiers dans la pisse des hommes et des chevaux, dans les vomissures des gaz quand ça nous tuait pas. Nous avons marché sur les morts.

Il se souvient d'avoir enfoncé ses pieds dans les viscères d'un cadavre, un ami, un « pays »... Il savait qu'il ne fallait pas marcher sur le ventre des morts, on le leur avait assez répété ! Seulement sur le dos ! Mais le gel l'avait si bien statufié celui-là qu'il crut pouvoir transgresser cet avertissement quasi sacré. Tout ça pour ne pas s'enfoncer dans la boue ! La boue a été son pire ennemi. La terre était devenue folle, là-bas, à Verdun ou dans la Somme...

Ça n'en finira jamais, ça recommencera chaque jour et chaque jour deviendra une éternité. Il sait tout ça et il en a rien à foutre.

Comment tous ceux qui croient encore en la patrie autant qu'en Dieu pourraient-ils comprendre que, dès le départ, nous n'étions déjà plus rien, juste du vivant jeté à l'abattoir ? Et puis même si nous réussissions à dire tout ça, rien que ça, nous n'aurions rien dit vraiment.

Nous. C'est ce « nous » qui naturellement s'insinue depuis un petit moment dans ses pensées qui vient le réchauffer un peu. Nous. C'est comme ça qu'il faudra dire. Il ne faudra plus dire Je. Il faudra leur dire Nous. Il est devenu « nous », il est « les vivants et les morts ». Il n'est plus Antoine, il est Firmin, Alfred, Joseph, Philémon, Gustave, André, Julien et tous les autres... Il a donc fallu tout ce pourrissement du monde pour que ce « nous » surgisse. Il y a donc eu un bienfait dans cette guerre ? Il n'arrive pas à croire que c'est possible.

Oui, Nous en sommes revenus, oui, Nous avons traversé le pire des enfers, mais Nous ne pourrons jamais plus voir comme avant, Nous les vainqueurs, Nous les survivants. C'est bien ça. Nous sommes les survivants ! Nous sommes les vivants au-dessus du vivant.

Mais c'est quoi, un vivant au-dessus du vivant ? Antoine a un frisson qui remonte le long de sa colonne vertébrale. L'éclaircie est finie. Au-dessus du vivant, ça doit sûrement être tout près de la mort. Antoine comprend qu'il est un revenant.

Rose

Dans ce temps des lectures, Rose endormie oublie son corps et laisse les mots et les phrases la triturer jusqu'à extirper son enfance, lui former un nouveau corps. Pas d'autre moyen que cette chirurgie littéraire pour lui permettre d'atteindre la guérison totale. Être enfin déclarée apte à son tour à chercher dans les livres de son frère et d'autres livres encore, peut-être même des livres qu'il n'avait pas eu le temps de lire.

Elle doit entrer en possession de la chambre. Ce mot qui désigne tant de choses importantes comme la Chambre des députés, ou même la Chambre obscure de l'appareil photo est à jamais associé à son frère : la Chambre de Pierre ! Cette expression que sa mère et elle emploient régulièrement prend une dimension particulière. Le Larousse est formel : le mot chambre vient de cambre, voûte, autant dire grotte. La chambre de Pierre est une grotte. D'ailleurs il le disait souvent : « Je vais dans ma caverne. » Rose remplace chambre par caverne et s'aperçoit qu'un mot peut radicalement changer notre perception des choses : la Caverne des députés, la Caverne des lords, la Caverne des magistrats, la Caverne du commerce et la Caverne obscure. C'est amusant et ça change tout !

*

Dans la chambre de Pierre, le cadre en laiton doré qui avait contenu la photographie de sa mère et de sa petite sœur en tablier d'écolière devant le magasin de parapluies est vide. Pierre les aimait au point d'avoir pris leur image avec lui. Il l'avait emportée dans la poche que sa mère avait cousue à l'intérieur de sa capote bleue pour qu'il puisse y fourrer le seul bouclier qu'elle était en mesure de lui procurer : son portefeuille en cuir épais et son porte-cigarettes en métal argent.

— Faut-y être bête pour oublier de mettre une poche à cet endroit dans l'uniforme d'un soldat, si ces militaires étaient des mères ils y auraient pensé.

C'est ce qu'elle avait dit après lui avoir cousu la poche dans laquelle il avait aussi glissé la photographie qui aujourd'hui doit être pleine de sang séché. À moins que l'obus qui l'a tué ne l'ait pas touché au cœur. C'est ce que sa mère espère. Qu'aurait-elle pu faire, elle, fabricante de parapluies, pour lui éviter d'être décervelé ? Un parapluie en métal dur ? Une armure ?

Mariette voit bien qu'il se passe quelque chose d'inhabituel. Elle connaît sa fille, du moins suffisamment pour voir que ça ne tourne pas rond ! Rose ne circule pas dans la maison. Elle ne déambule pas. Elle erre dedans comme dehors.

Impossible pour sa mère de trouver le moindre accès à elle et, quoi qu'elle dise, quoi qu'elle propose, elle se heurte à un refus. Cette mollesse dans le corps de sa fille est en contradiction avec son nouvel état de jeune femme. Elle aussi a eu ses premiers saignements assez tard mais ça lui avait donné un coup de fouet, comme si son corps était devenu un objet de pouvoir. Ce changement dans le corps de sa fille ne devrait pas la ramollir. Elle se dit que cela provient peut-être de sa peur de ne rien savoir des hommes, sans imaginer que pour l'instant sa peur vient de ne rien savoir des livres. De son incapacité à ouvrir un livre de son frère et à le lire. Comment pourrait-elle le savoir, elle qui ne sait ni lire ni écrire ? Elle décide donc de lui parler des hommes. La leçon est courte. Il faut se méfier des hommes, de tous les hommes, ce sont des bons à rien qui ne pensent qu'à violer les filles. Rose ne répond rien. Elle ne sait rien des hommes qui désirent ou qui épousent.

*

Le manque n'est pas le vide mais plutôt une absence qui ne supporte pas d'être comblée. Rose comprend que l'absence n'est pas non plus une dissolution, ni une évaporation. C'est une empreinte. C'est le corps d'un être aimé devenu intouchable, à la parole inaudible. C'est un supplice.

L'héritage de Pierre l'oblige à se poser toutes sortes de questions qui dépassent la compréhension des textes, des questions telles que : Quel lien doit-elle faire entre la lecture du Manifeste du Parti communiste *et la photographie de l'Africain qui regarde l'horizon sur son promontoire ? Que dit Pierre dans cette distance qu'il a lui-même signifiée entre cette image et ce livre ? Son frère n'a pas mis cette image ni celle des Bédouins et des chameaux par hasard dans sa chambre. La chambre lui apparaît comme une organisation précise des pensées et des projets de son frère. Pierre ne sera pas mort tant qu'elle lira les livres qu'il a lus, qu'elle soulignera les phrases qui lui sautent à la gorge tout près de celles que son frère a soulignées, tant qu'elle n'aura pas décrypté le mystère de cette chambre.*

Rose commence par relire toutes les lettres de son frère. Les mots simples et engageants qu'il a écrits avec des pleins et des déliés sur du papier sale font du jeune homme mort une espèce de devin qui aurait tracé une voie pour elle et pour sa mère. Il sait qu'il va mourir bien plus qu'il ne croit pouvoir survivre, et s'il ne se projette plus lui-même dans l'avenir, même proche, comme il le faisait au début de la guerre, il exhorte les siens à le faire pour donner du sens à sa mort qu'il pressent : « Je voudrais être là pour prendre soin de vous, de toi ma petite maman et de toi aussi ma petite Rose chérie. » « Même si tu es seule, sache que la vie est trop courte pour ne rien en faire. » « Une fois que tout cela sera fini, une fois la paix signée parce qu'il faudra bien qu'il y ait la paix, tu devras tout reconsidérer. » « N'oublie pas tous ces livres qu'il te reste à lire. » *Elle pleure comme une perdue, puis s'arrête net à la fin de la lecture.*

— Pleurer ça ramollit, ma p'tite ! Ça ramollit, je te le dis ! Alors arrête de chialer sinon tu vas plus ressembler à rien et après tes beaux yeux seront tout délavés.

Mariette qui n'a jamais été molle sait qu'il faut économiser ses larmes de la même façon que ses sous ou les tissus de ses parapluies dans sa façon de les couper. Tout coûte. Tout se comptabilise, même la douleur. Ce n'est pas pour rien que le mot « penser » se dit aussi en patois « calcular ». Qu'est-ce tu fais ? Je calcule. Entendez : « Je pense. » Penser ne nécessite pas de savoir lire et écrire. Faut juste avoir un peu vécu. Beaucoup c'est encore mieux. Rien ne vaut les expériences.

Elle dit que son mari est parti, mais c'est faux. Elle a divorcé. Elle a réussi ce prodige sans savoir lire ni écrire et elle a obtenu la garde de ses enfants. C'était il y a très longtemps. Mais en divorçant de son mari elle a divorcé de la langue française. Le patois, c'est la langue maternelle de Mariette. Le français appris avec son mari n'est pour elle qu'une langue commerciale qu'elle a aussi utilisée avec ses enfants par la force des choses, à cause de l'école qui leur apprenait la langue du père, la langue de l'homme qui à force de la battre l'avait une fois laissée pour morte. Le français est une langue ennemie pour elle. Le patois, c'est la langue qui apaise le français dont elle se sent exclue, une sorte de remède. Elle explique à sa fille qu'en patois les hommes ne meurent pas mais qu'ils s'éteignent, contrairement au feu qui, lui, meurt et ne s'éteint pas. Elle lui enseigne le miracle du mot « empurgar » qui explique toute l'attitude de Mariette devant la mort de ses enfants. Yvonne et Pierre dans son patois ne sont pas morts, ils sont empurgués. Ça ne veut pas dire qu'ils sont au purgatoire. Ça veut dire qu'ils sont nés dans la mort. Naître dans la mort, ce n'est pas rien, ça. L'analphabète le dit : il n'y a pas d'autre langue au monde qui a un mot pour dire avec tant d'assurance ce passage de la vie à la mort. Elle ne sait pas que Victor Hugo commence son poème Ce que c'est que la mort par : « Ne dites pas : mourir ; dites : naître. » Elle s'en fout des poètes et de Victor Hugo, elle n'aime que les petits romans d'amour que lui lit sa fille. Elle sait juste une chose, que le mot « mort » est le dernier mot de la langue française. Il est sa limite. Le patois, lui, traverse la mort et en définit la nature véritable, pas de dissolution ni de dislocation, ni même de liquéfaction des corps. Il s'agit bien d'une naissance. Et si l'on accepte l'idée que l'on puisse naître dans la mort comme l'on naît dans la vie, cela signifie bien qu'il y a une vie après. Elle en est sûre. Elle y croit. C'est dans l'au-delà que ça se passe ! Il n'y a pas d'autre résurrection possible. Mariette tente comme elle peut d'expliquer ces choses qui se disent dans une langue et pas dans une autre. D'ailleurs, il lui est impossible de croire que l'on parle français au paradis ! C'est pour ça qu'elle parle à ses enfants qui sont nés dans l'au-delà avec la langue de son enfance.

Au-delà du patois, et si étrange que cela puisse paraître, c'est le monde moderne qui lui offre une chance de se reposer du français quand elle ne supporte plus d'entendre cette langue qui la fatigue : le cinématographe. Les films muets agissent sur elle comme si elle était sourde, tout en lui permettant de suivre l'action bien mieux encore qu'au théâtre où la langue est trop puissante. Une fois le cinématographe devenu parlant elle ne mettra plus jamais les pieds dans les petites salles obscures. Qu'est-ce que c'est que cette histoire, disait-elle, de faire parler des images ! Pour Mariette c'est toute la langue française qui est morte avec Pierre.

Et pourtant Mariette dit à qui veut l'entendre : « Pour moi mon fils aurait fait écrivain. » Comme tous les gens qui ne lisent pas, et puisque l'écriture est inatteignable, Mariette la met au-dessus de tout. En vérité, dans ce propos invérifiable, elle dit : « Nous avons perdu ce qu'il n'était pas. » Ce qu'il était, ça, elles ne le perdront jamais.

*

Quand Rose entre dans la chambre de Pierre, elle le revoit avec ses cheveux roux bouclés, ses yeux bleus, ses mains fines comme celles des filles, toujours cravaté, le col amidonné, en train de lire, assis à sa table de travail. Table. Il ne supportait pas le mot « bureau » qui lui évoquait le monde étroit des petits fonctionnaires de Balzac ; d'autres fois, il lisait assis à la table de la salle à manger, donnant l'impression que la lecture exigeait un effort équivalent à celui de l'écriture. Pierre écrivait souvent. Il fermait un livre et ouvrait un cahier. Comme s'il y avait un glissement naturel de la lecture à l'écriture. Souvent des lettres dont personne ne connaissait le destinataire, son journal et même quelques poèmes. Dès le jour de sa mobilisation, Rose, trop petite encore pour ne pas croire en la force de la prière, courut jusqu'à la sainte chapelle pour demander à Dieu deux choses : si son frère devait être blessé à la guerre, qu'il perde ses jambes plutôt que ses bras et ses mains ; mais si ses mains devaient être touchées, il fallait absolument sauver sa main droite.

*

Relire inlassablement toute la correspondance de son frère. Pas une plainte dans ses lettres. Elles évoquent davantage celles d'un voyageur. Pas si différentes des lettres qu'il avait envoyées au cours de son voyage en Italie en 1912.

Combien de fois a-t-il fait voyager sa petite sœur en ouvrant son grand atlas qui laissait supposer que le monde était vert d'eau, vert pâle et vert bouteille à cause des reliefs montagneux qui y étaient représentés dans ces teintes ? Pierre avait toujours rêvé de devenir un explorateur. Découvrir les contrées les plus reculées, même si cette guerre l'avait empêché d'aller plus loin que Naples. C'est sûr qu'il envisageait d'aller au-delà des frontières visibles. La preuve : la photographie de cet Africain qu'il avait aussi bien encadrée que s'il s'était agi d'un membre de la famille. L'homme d'ébène est presque nu, il semble sculpté par le soleil et par le vent, de longues mains de tisserand qui tiennent une sagaie, le cou et les épaules couverts de bijoux qui ont l'air de lui servir de vêtements, assis sur un piton rocheux, le monde infini à ses pieds, un regard vif et apaisé posé sur l'horizon. Qui a pris cette photographie ? Quand ? Comment est-elle arrivée là ? Si Rose a l'impression de la voir pour la première fois, c'est parce que quand elle entrait dans la chambre de son frère elle ne voyait que lui. Il l'éblouissait et éclipsait tout le décor. Depuis qu'il n'est plus là, le regard de Rose s'est ouvert sur le reste de la chambre. Le seul souvenir autour de cette image de l'Africain fut le jour où Pierre l'avait montrée à leur mère. Mariette était partie d'un grand éclat de rire devant ce carnaval ! Ce fut la seule fois que le fils adoré regarda sa mère avec mépris, mesurant dans sa réaction spontanée la faiblesse de sa pensée, son étroitesse d'esprit, voire son absence de vision du monde.

Rose est fascinée par la photographie du guerrier africain qui domine la savane. Le Massaï étreint d'un seul regard le paysage et semble se poser toutes les questions sur notre place sur terre, sur le sens de la vie, sur le chemin à parcourir, sur la façon dont le temps s'écoule inexorablement jusqu'à la mort. Rose se dit qu'il faudrait réaliser une colonisation à l'envers. Demander aux peuples d'Afrique de nous réapprendre à supporter aussi bien la vie que la mort, nous réapprendre à nous tenir dans le fleuve furieux de l'humanité, d'être aussi bien l'ancêtre que celui qui n'est pas encore né.

Heureusement que sa mère ne l'entend pas faire ce rêve immense.

Dans l'album de photographies il n'y a pas d'image équivalente à celle du Massaï. Il n'y a pas non plus d'image de son père. Elle ne l'a pas connu et ne s'est jamais intéressée à lui. Tant que Pierre était vivant, il faisait écran à ce père insignifiant qui ne lui a jamais manqué. Comment était-il ? Quels souvenirs Pierre, en qualité d'aîné, avait-il gardés de lui ? Pourquoi n'en parlait-il jamais ? Leur mère l'avait-elle aimé ? Pourquoi était-il parti ? Elle pourrait poser ces questions à sa mère mais Mariette n'est pas une femme et encore moins une mère à qui l'on pose des questions, sauf sur les choses de la vie matérielle qu'elle connaît sur le bout des doigts. Comment cuisiner une soupe ou une volaille ? Comment faire un pli ? Comment repasser une dentelle ou un plissé ? Comment faire un ourlet ? Comment cirer un parquet pour ne pas avoir à le refaire toutes les semaines ? Comment fabriquer un parapluie ? C'est sur le principe d'une vie simple, ordinaire mais exigeante que Mariette a bâti sa vie de femme, ses rêves de mère et même quelquefois ses ambitions.

*

L'Afrique était le rêve d'enfance de Pierre. Désormais ce rêve reposera sur sa table de nuit. À tout jamais. Pierre ne peut pas avoir de plus belle sentinelle, lui qui voyait dans l'Afrique le continent de nos rêves les plus anciens. Pour autant il ne mettait pas en doute les vertus coloniales qu'il croyait morales parce qu'il aimait les merveilles que cette même colonisation pouvait ramener jusqu'à nous ; tout comme les océans ont été capables par le passé de rapporter sur les côtes d'Espagne ou du Portugal des essences de bois inconnues venues d'un autre continent, là-bas, de l'autre côté de la barrière d'eau : l'Amérique des Indiens. Le rêve d'un nouveau monde commença par la preuve forestière qu'il existait : quelques morceaux de bois flottés mais d'une essence rare et non répertoriée par les botanistes européens. L'image du guerrier massaï prend la place centrale du totem. C'est à lui que Rose demande de veiller sur son frère, à aucun autre saint, même pas à Jeanne d'Arc dont la statue miniature et dorée sert désormais d'appui à la photographie de l'Africain.

Jeanne d'Arc, la grande héroïne de ses livres d'histoire, était pour Pierre le plus beau symbole de la résistance à l'ennemi, la conscience du devoir, l'exemple même du courage. Mariette s'en fichait de cette Jeanne qui était morte depuis si longtemps. Elle ne pouvait pas être une raison suffisante pour aller faire la guerre. Au contraire, Pierre rétorqua qu'il voulait en même temps que la Lorraine retirer Jeanne des griffes allemandes, redorer son blason et la remettre à sa place, au cœur de la République, là où elle avait toujours été.

Tais-toi donc ! C'est qu'une statue que tu vas nous rapporter !

L'argument de Pierre n'avait eu aucun poids. Il avait tenté de jouer sur l'inculture de sa mère qui ne savait pas que Domrémy ne faisait pas partie de la Lorraine annexée à l'Allemagne. Et sur sa croyance aussi puisque depuis quelque temps s'était mis en place tout un réseau de curés pour faire béatifier la petite guerrière, cinq cents ans plus tard ! C'était, après la séparation de l'Église et de l'État, le dernier combat des curés contre la République : lui ravir son plus grand symbole de résistance à l'ennemi. Les curés avaient déjà en partie réussi leur coup, mais sans vraiment savoir ce qu'il fallait faire de cette fille habillée en homme dans leurs églises, et qui reste encore la seule sainte à qui personne ne demande jamais rien. Mariette, loin de ces considérations, avait déniché chez un brocanteur une reproduction miniature en bronze de la Jeanne d'Arc de Frémiet qui trône place des Pyramides à Paris, couverte d'une dorure tape à l'œil.

— Tu vois, moi, je te l'ai trouvée ta Jeanne, inutile d'aller la chercher, mon garçon.

Pierre serra sa mère contre lui, vaincu et rassuré.

Antoine
Fin décembre 1918

Le soldat qui marche dans la neige ne ressemble pas à un homme qui a gagné la guerre. Personne ne reconnaît Antoine à cause de sa barbe qui lui mange le visage et de la visière de son képi qui couvre son regard noir et ses grands cils. La dernière fois qu'il était venu au village, c'était pour l'enterrement de sa mère, puis il était reparti au front trois jours après l'avoir mise en terre. Personne ne l'attend. Son père est mort il y a longtemps et sa mère en plein milieu de la guerre. Il avait oublié qu'ils étaient morts et qu'il ne lui restait plus que sa petite sœur, Marie-Antoinette, qui vient d'atteindre ses onze ans. Elle vit chez les tantes et doit servir de canne à celle qui est aveugle.

La porte est ouverte. Il entre. L'unique pièce de la maison lui apparaît inchangée, simplement désertée. Chaque chose est à sa place, la maie à droite en rentrant, la grande table en bois que son père avait fabriquée, solide, en travers de la pièce, collée à l'unique fenêtre, la cheminée avec tout son barda de poêles noires et quelques cuivres qui donnent un peu d'éclat à la suie qui a recouvert les murs. Le feu est mort. Le lit en fer où dormaient ses parents est toujours près de la cheminée mais recouvert d'un drap blanc reprisé de partout. Le matelas de laine déformé semble dessiner deux corps sous le drap. Sur sa gauche, l'armoire aux fusils de chasse. Au-dessus, l'étagère suspendue pour que les rats ou les souris ne puissent pas atteindre le pain. Mais il n'y a plus de pain. Derrière cette pièce se trouve le cellier. Il a faim. Il pousse la porte. Il fait noir là-dedans. Il allume son briquet d'amadou. Les étagères sont vides. Plus une conserve. Les tantes ! Ces salopes se sont servies. Surtout la tante aveugle, la plus méchante et la plus grosse. Les tantes vivent ensemble dans une maison carrée. Elles sont les sœurs de sa mère, toutes vieilles filles. Il ne dormira pas là.

Dans l'écurie, il reste un cheval, son cheval ou plutôt le squelette de son cheval. Plus de foin. Le foin aussi a été pris. Volé. Il a envie de tuer les tantes. Il détache la bête bien trop faible. L'herbe est gelée sous la neige. Ça sert à rien de le faire sortir. Il le fait boire à l'aide d'un seau qu'il est allé remplir à la fontaine. Personne ne se montre. Tous le craignent depuis toujours. Tout le monde sait qu'il est vif et nerveux. Il s'en fout d'eux ! Il ne pense qu'à son cheval. Il lui parle. Il n'a jamais eu peur de parler aux bêtes. Le cheval le reconnaît, de toute façon il n'a plus la force de ruer. Il remue la maigre mèche qu'il reste de son panache. Pas longtemps : trois fois. Il semblerait bien qu'il n'y ait que son cheval qui l'ait attendu, même si c'était pour mourir. Il boit en soulevant ses lèvres épaisses et noircies par la déshydratation et le froid. Doucement, doucement. C'est à peine si le cheval réussit à ouvrir ses paupières. Antoine pleure toutes les larmes qu'il n'a pas versées durant cette guerre. C'est une chance que l'écurie ait une porte fermée. Personne ne pourra entendre ce séisme qui le dévaste.

Il pose enfin son barda et se rend à grandes enjambées chez un voisin, le Miaule, qui n'est autre qu'un cousin germain du côté de son père, entre dans la grange et en ressort avec un ballot de foin. Personne n'a osé bouger derrière les fenêtres. Ça ne risque pas ! Pas trop de foin à la fois, ça pourrait lui faire éclater la panse. Il ne lui en donne qu'une grosse poignée pour le réhabituer à manger. Demain, il en aura un peu plus. Il lui laisse le seau d'eau qu'il accroche à hauteur de ses lèvres pour qu'il ne se fatigue pas à baisser la tête jusqu'au sol. Demain ça ira mieux. Après-demain encore mieux. De toute façon, si le cheval meurt, Antoine meurt aussi.

Même s'il n'y a plus de vaches dans l'étable, il s'installe là pour la nuit, la première nuit de son retour, dans le lit du vacher qui fut le sien dès l'âge de six ans. Il a dormi toute son enfance dans la chaleur des bêtes et de son chien qui repoussait les rats venant téter aux pis des vaches. S'il fait le bilan, il est simple : il a dormi dans une étable de six ans jusqu'à dix-huit ans. Il est parti à la guerre. Quand il est parti la maison vivait grâce à son courage et aux efforts surhumains de sa mère depuis la mort de son père. Quand il revient, tout est immobile et sans vie mais il a le sentiment d'avoir retrouvé sa maison. Ce n'est pas le mot « maison » qui lui vient, plutôt le mot « foyer » qu'il traduit de son patois, comme si la maison n'existait qu'à partir d'une cheminée. C'est une histoire de chaleur et une histoire de femmes ; ce sont elles qui allument le feu tous les matins. Retrouver son foyer, c'est retrouver sa mère qui ordonne le feu, c'est-à-dire la vie. En Auvergne le feu est une activité volcanique que l'on reproduit dans la cheminée. Et ce feu des volcans est gardé par les grandes fées, les fades. Antoine n'est absent ni de ce paysage ni de ses légendes qui ne sont pas de simples contes pour enfants mais des récits qui ont façonné leurs esprits. C'est pour ça qu'il fait du feu dans la cheminée, non pas parce qu'il a froid, mais parce que c'est un chemin, la cheminée est le chemin des pensées, des rêves et de la poésie. Il ne l'a jamais autant compris que cette nuit-là.

*

On l'a vu, l'Antoine. Où donc ? Ce matin de bonne heure, juste après le lever du jour. Il aurait pu faire ça de nuit, mais non. Qu'est-ce qu'il a fait encore ? À poil ! Devant la fontaine en train de se laver de la tête aux pieds malgré le gel de la nuit. On dit qu'il a cassé la couche de glace en surface. Nu ? Oui, totalement nu. Quel beau gaillard il fait maintenant ! Tout en muscles ! Il était déjà musclé avant. Avant quoi ? Avant, c'est tout ! Quand il était venu pour l'enterrement de sa mère, on avait bien vu qu'il avait pris un coup. Il avait l'air fatigué faut dire. Mais là il ressemble à un athlète de plus de trente ans alors qu'il n'en a que vingt-deux. Je le sais, on est de la même année. On s'en fout de ça ! À peine arrivé, il recommence à faire honte à tout le monde. Il en a toujours fait qu'à sa tête ! Même gamin, son père, paix à son âme d'ivrogne, le disait : « L'Antoine a la tête plus dure que la pierre. » Tu parles d'un héros ! Rappelle-toi le jour où il a coupé l'oreille d'un représentant de commerce, un gentil gars, d'un seul coup de lame, tout ça parce que le pauvre s'était approché trop près de sa mère. C'est la guerre qui lui a évité la prison ! Faut être honnête, faut pas se raconter d'histoires maintenant avec cette guerre ceci et cette guerre cela. Et s'il est pas mort à la guerre c'est que, filou comme il est, il a bien su se débrouiller pour pas y laisser la peau. C'est le seul d'ici qu'est revenu... Et m'est avis que c'est pas franchement un hasard.

*

Il aurait mieux fait de crever là-bas. Mais il s'est fait propre et rasé de près. Il s'est fait une moustache en taillant sa barbe. Il n'a pas remis ses habits de paysan d'avant la guerre, ni les sabots ni la ceinture de flanelle. Il a mis une chemise et le vieux pantalon de son père, celui des foires, ses bretelles qu'il a retrouvées dans l'armoire aux fusils, et ses godillots de soldat qu'il a réparés et cirés.

Aucune des tantes en gounelles noires ne pose les questions qu'il avait imaginées. Ça l'arrange plutôt. Il sait qu'elles ont quelques pièces d'or cousues dans les ourlets. C'est ce qui donne de l'aplomb à leurs longues jupes noires. Elles n'ont rien à faire de cette guerre et trouvent les hommes bien fous de s'adonner à ce genre de divertissement. Elles n'ont rien senti de la guerre qui se passait si loin. Tout ce qui les intéresse est de savoir ce qu'il compte faire et s'il compte se laver tous les jours la queue à l'air devant tout le monde comme un animal. Elles ne parlent pas un mot de français et Marie-Antoinette sa petite sœur non plus. Tout se dit en patois, tout se traite dans la langue maternelle, les affaires de famille et les ragots comme les contrats. Tu vas faire quoi maintenant, hein, tu peux nous le dire ? Tu comptes reprendre la ferme ? Mais c'est une ferme sans avenir. Tu crois pas que tu devrais tout vendre ? La vie de paysan n'est peut-être plus une vie pour toi maintenant que tu as vu du pays ?

Antoine est assis au bout de la table. Du coup, il a la fenêtre en vis-à-vis et derrière la fenêtre le paysage qui descend à perte de vue devant la ferme. Il a le ciel bleu qui lui fait face. Il ne répond pas. Il mesure combien il a toujours aimé ce paysage, cette pente qu'il a dévalée avec les skis de fortune qu'il s'était fabriqués avec deux planches, qu'il a dévalée aussi en été en courant jusqu'à ce que ses jambes emportées par la vitesse ne le portent plus ou en se laissant rouler dans l'herbe jusqu'en bas. Il laisse dire les tantes qui devant son mutisme font les questions et les réponses. Il ne voit que Marie-Antoinette qui a besoin de lui et qui a l'air d'être heureuse de le revoir. En d'autres temps, il aurait abondé dans le sens de ses tantes, par respect pour elles et pour sa mère qui n'aimait pas les histoires. Sauf qu'il y a eu cette guerre qu'elles ignorent ou qu'elles feignent d'ignorer. L'absence d'Antoine les a autorisées à piller la maison de leur sœur, la seule qui s'était mariée et qui avait eu deux beaux enfants. Il faut aussi que les enfants leur appartiennent. D'un côté, elles élèveront Marie-Antoinette et, de l'autre, Antoine deviendra leur ouvrier agricole. Plus tard, ils hériteront. Rien n'est donc perdu. Tout n'est qu'une question de temps. Parce qu'il faut pas oublier non plus : depuis la mort de la mère d'Antoine, qui paie ?

Un grand silence, un de ces silences incompréhensibles après tant de questions simples et qui provoquent vite l'agacement. Antoine reste la tête baissée comme si sa nuque avait fléchi tout d'un coup sous le joug des contraintes qu'il avait endurées depuis l'enfance jusqu'à la fin de la guerre, sans avoir eu un seul jour à lui. Les tantes croient à une capitulation.

— Dehors...

C'est le seul mot qu'Antoine leur oppose et il le fait en français. Il ne pense pas à lui. Il pense à sa petite sœur.

— Sauf Marie-Antoinette. Elle reste avec moi.

On n'imagine pas ce que c'est que de s'opposer à l'ordre familial constitué en clan depuis des siècles, basé sur des lois qui lui sont propres et que personne n'avait jamais remis en question.

— Je ne vends pas, je reprends la ferme qui me revient de droit. Vous allez me rendre tout le foin que vous avez volé et les conserves de ma mère. Le reste je m'en occupe. Et quand Marie-Antoinette sera en âge de se marier, je lui céderai la ferme.

Ça lui fera une dot. C'est tout ce que je peux faire pour elle. Mais je le ferai.

Puis il ajoute dans son latin phonétique de première communion : « Ejecta est. » *Du latin, oui mais pas un mot de patois. Plus jamais.*

Rose
Printemps 1919

Elle s'appelle Alice MacFergus. La rencontre se passe au premier étage où le mobilier petit-bourgeois détonne avec les boiseries de l'ancien grand salon Louis XV.

D'après son nom et sa chevelure rousse il est évident que la visiteuse est d'origine écossaise. L'exotisme de son nom s'efface quand elle se présente en qualité de fiancée de Pierre avant de s'excuser pour le temps qu'elle a mis à venir les rencontrer. Enfin, pas vraiment fiancée. Pas officiellement. Mariette comprend mieux que son fils n'ait jamais eu besoin d'une marraine de guerre puisque Alice lui a écrit une lettre par jour. Comment Rose a-t-elle pu l'oublier malgré le nombre de fois où son frère l'a évoquée dans ses lettres ?

Alice n'est pas une jeune fille. C'est une femme. De toute évidence légèrement plus âgée que Pierre. Ils se sont rencontrés au cours de son voyage en Italie en 1912. Deux Clermontois en Italie ! Elle a une façon très simple de leur raconter ce jour de leur rencontre, même si elle tient à faire entendre le jeu que le hasard avait joué dans cette histoire.

— C'était au musée des Offices, à Florence. Nous regardions chacun un tableau et nous nous sommes reculés pour mieux appréhender la peinture, et à force de reculer nous sommes entrés en collision lui et moi, dos à dos.

Elle est mal à l'aise et ne sait pas ce qu'elle doit ajouter, ni même si elle a eu raison d'évoquer leur rencontre. Elle regrette déjà d'être là. Elle n'est pas à sa place. Elle n'est ni la mère, ni la sœur du défunt, ni même une cousine éloignée, ni la fiancée officielle. Ça lui échappe. Elle dit :

— Nous avons connu un grand amour, Pierre et moi.

Pour Rose, le « grand amour » n'est encore qu'une formule construite avec des mots ordinaires contenant tout un monde réservé aux seuls amoureux, un monde qu'elle ne connaît qu'à travers les romans qu'elle a lus et dans lesquels les héroïnes meurent le plus souvent quand elles sont délaissées. Elle se rappelle les phrases de Pierre au sujet d'Alice : « Alice me rappelle tellement que je suis vivant qu'il n'est pas impossible que je le croie encore, une fois mort. » « Un jour tu la rencontreras et elle sera pour toi une sœur. » « Je n'ai jamais réussi à définir la beauté et il aura fallu la guerre pour qu'elle se révèle dans le visage d'Alice. Sans son visage devant moi je n'arriverais même plus à dormir. » *Ces dernières phrases de Pierre sont d'autant plus étonnantes qu'Alice n'est pas ce qui s'appelle une belle femme, du moins ce n'est pas ce que l'on pense d'elle au premier regard. Mais elle a de l'allure, elle a du style. Alice sait surtout écouter et donne de l'importance à celui ou celle qu'elle écoute, toujours intéressée et sombre à la fois. Attentive. Il faut, pour qu'Alice apparaisse, agir avec elle comme dans l'obscurité, patienter jusqu'à ce que le regard finisse par apercevoir des formes rassurantes et une sorte de luminosité dont on ignore la source. La conversation dévie sur d'autres sujets plus anodins comme la mode, l'élégance des femmes, la beauté des ombrelles de Mariette qu'elle a remarquées dans la vitrine de sa boutique et dont Pierre lui a souvent parlé. Aucune flagornerie, la sincérité toute simple sur les choses de la vie ordinaire. C'est vrai que les ombrelles de Mariette sont d'une remarquable finesse d'exécution, en particulier celle en soie noire. Alice finit par demander s'il lui est possible de voir la chambre de Pierre. Elle le demande comme s'il s'agissait d'un privilège. Elle y met les formes et les précautions d'usage pour ne froisser personne. C'est pour ça qu'elle est venue. Ça ne fait aucun doute. Rose n'attend pas la réponse de sa mère. Elle se lève et propose de l'accompagner.*

C'est la première fois qu'Alice entre dans la chambre de l'homme qu'elle aime. Elle n'arrive pas à employer le passé quand elle évoque son histoire avec Pierre. La présence d'Alice fait vibrer l'air. Peut-être à cause des papillons sur le papier peint japonisant. L'air est soudain comme leurs ailes poudreuses. Alice et son sourire ont pour effet de ramener un peu de vie dans cette chambre où tout est resté figé. Elle est à sa place. Et la chambre n'est plus le tombeau du frère disparu dans la guerre.

Elle est exactement comme Alice l'imaginait. Pierre était son amant. Pas son fiancé. Elle tient à cette nuance qu'elle précise uniquement pour Rose. Dans amant il y a amour. Dans fiancé il n'y a que la promesse d'un engagement à vie pour tous les mariages qui finissent par devenir des mariages de raison.

Pour l'heure, Alice profite de la chambre par grandes inspirations comme elle profiterait d'un magnifique bouquet de fleurs avant qu'il ne se fane. Tout est conforme jusque dans les papillons du papier peint. Alice aime quand une maison, un appartement ou une chambre devient un lieu, c'est-à-dire quand le décor est l'expression non plus d'un temps, d'une mode ou d'un style, mais d'une personne, quand le musée intérieur prend le pas sur l'idée de décoration. C'est pour ça qu'elle peut retrouver Pierre dans cette chambre et que ces papillons prennent une importance que personne ne peut imaginer et que Rose découvrira un peu plus tard. Puis Alice finit, à cause des livres sur l'étagère, par s'intéresser aux lectures de Rose. Alice n'est donc pas seulement venue pour rencontrer la mère de Pierre ni pour voir la chambre de l'homme qu'elle aime, mais plutôt en messagère du frère mort. Cette impression se confirme quand Alice indique à Rose par quel livre elle doit commencer et qu'elle vient de sortir de l'étagère : le Manifeste du Parti communiste *de Marx et Engels.*

Commence alors pour Rose le temps de la lecture. Dès la première ligne, « Le spectre du communisme… », elle trébuche. Ça la renvoie à sa pauvreté intérieure. Toujours à se comparer à son frère qui, au même âge, lisait déjà ces livres sans discontinuer, le crayon à la main. Elle oublie qu'elle n'a que quinze ans. Et cette terreur face aux mots qui ne vont s'animer qu'en les lisant, aux phrases qui finiront par révéler l'indicible et l'innommable pour l'aider à former une pensée plus grande qu'elle, la pétrifie. Un jeune lecteur n'est pas un lecteur jeune. Elle sait que c'est un lecteur qui ouvre un livre pour la première fois. Un vrai livre, écrit par de grands auteurs et de grands penseurs et qui sont devenus grands parce que leur œuvre les a dépassés. Elle est ce lecteur. C'est aussi impressionnant que d'aborder pour la première fois un tournant de sa vie sans la tutelle de personne. Elle est prête à refermer le livre. Mais si elle le fait, elle sait qu'elle n'en ouvrira plus jamais. C'est comme renoncer à un suicide devant un précipice. Avoir plus peur de la chute que de ce qui conduit devant le vide. Ce serait une manière de se mépriser encore davantage. Et peut-être aussi qu'elle ne verra plus jamais Alice. Rose a la conviction, sans savoir que c'est un désir, que sa capacité à penser par elle-même sera le meilleur chemin qu'elle pourra prendre jusqu'à cette femme, jusqu'aux autres et au monde. Lire, il n'y a pas d'autre salut possible.

Presque deux ans que Pierre est mort et que le peuple russe a pris son destin en main. C'est la même chose pour elle. Cette Russie nouvelle n'est rien d'autre au fond que le corps exalté de son frère. Rose l'imagine encore en train de voler au-dessus de la Russie révolutionnaire à la manière des personnages dans les peintures de Chagall. Elle aime ce peintre à la folie. Elle le dit : « Chagall, c'est comme ça que je vois les choses. » Rien d'autre ne l'apaise plus que cette image du corps vigoureux de son frère survolant la révolution.

Plus elle relit les lettres, plus elle entend la voix de son frère, quelquefois aussi son image qui surgit en filigrane. Le corps de Pierre entièrement dissous dans son écriture, dans la façon de former ses lettres serrées entre elles, au graphisme ascensionnel, ses « L » et ses « F » en flèche de cathédrale comme son corps sec et élancé. Elle retrouve aussi dans ses phrases les traits de son caractère, une sorte d'élégance dans sa volonté de les protéger, elle et sa mère, en essayant le plus possible de ne pas leur raconter la guerre telle qu'il la vivait ni telle qu'elle était. C'est flagrant. Pas un mot inquiétant, pas une description des champs de bataille, ni du sang, ni des morts, ni de l'angoisse, ni des corps des soldats qui pourrissent près des lignes ennemies. Ces images qui hantent ses cauchemars lui viennent du roman d'Henri Barbusse, Le Feu, publié chez Flammarion dès 1916. C'est le seul livre qu'elle a réussi à lire depuis l'armistice avec une espèce de férocité. Le seul qui semble dire la vérité et s'opposer à la mollesse de la presse qui ne pense plus qu'à la paix. Elle n'a pas osé le lire à haute voix à sa mère.

TROISIÈME PARTIE

1960
La mort qui court partout

1

Ma vie se résumait à celle d'un oisillon dans un nid. La seule chose qui me rassurait était de savoir qu'il fallait un arbre puissant pour soutenir cette structure si fragile. L'arbre ne se bornait pas à la maison mais à la place tout entière. La plupart de ceux qui vivaient là circulaient autour de moi dans une espèce de brouillard, des ombres bien plus que des personnes. Ce fut comme si durant ces premières années de l'enfance j'étais aveugle, évoluant dans une sorte d'opacité qui n'avait rien de terrifiant mais de laquelle ne surgissaient que quelques figures : ma mère, mes grands-parents, la vieille grand-mère Mariette, quelquefois ma tante Véronique ou le cousin Paul et, de manière sporadique, la figure du marin. Tous les autres sont longtemps restés des figurants anonymes malgré le va-et-vient permanent des voisins pour quémander un conseil ou un service à ma grand-mère préposée aux écritures en tous genres avec sa machine à écrire Underwood ; ou à mon grand-père, préposé, lui, à la toilette des morts.

Les deux premiers personnages sur lesquels le brouillard s'est dissipé et qui m'apparurent comme de vrais phénomènes étaient Albert le boucher et sa mère Gilberte. Albert était une force de la nature, immense, les mains rouges, son tablier noué laissant le bavoir pendre sur sa poitrine afin de bien dégager ses épaules sur lesquelles il portait deux carcasses de bœuf à la fois. Gilberte, sa mère, était une vieille sèche, fripée, avec deux oreilles immenses et décollées. Mauvaise et piquante comme une ronce. Elle devait atteindre les quatre-vingts ans, marchait dix kilomètres par jour et fleurissait l'église tous les samedis pour la messe du dimanche. Non seulement Albert était un costaud, mais il était bel homme et le savait. En bon commerçant, il ne pouvait s'empêcher de complimenter ses clientes sur leurs tenues, leur maquillage, leurs cheveux, surtout s'ils étaient longs et bouclés, tout en laissant sa grosse main rouge glisser sur leurs mains délicates quand il y déposait le paquet de viande préparé avec autant de soin que s'il venait de leur emballer un cadeau précieux. Je l'ai vu faire plusieurs fois avec ma mère qui, loin d'y trouver à redire, en profitait pour exiger une ristourne. Quelquefois quand il me voyait, il me donnait un bifteck en me disant : « Tiens, tu donneras ça à ta mère, les belles filles faut que ça mange, sinon, ça flétrit sur pied. » Il y avait donc un lien évident, du moins pour lui, et que je ne m'expliquais pas, entre la beauté et la viande. Sa mère, qui tenait la caisse les samedis ou les jours de marché, perchée sur son haut tabouret qu'elle utilisait comme un mirador, suivait tous les gestes de son fils, les caresses volées. Une fois, deux fois, trois fois, puis, excédée, elle s'indignait ouvertement de son attitude qu'elle qualifiait d'obscène.

— Tu es obscène !... Tu me dégoûtes !

Si Albert avait le malheur de lever les yeux au ciel ou de la remettre à sa place, c'était parti et les insultes pleuvaient. Gilberte quittait la caisse de la boucherie en traitant son fils de tous les noms, et le fils sortait en attrapant une tête de veau ou de cochon persillée qui ornait sa vitrine pour la balancer en direction de sa mère.

— Fous-moi le camp ! Mais ça va pas crever, cette charogne !? Tu vas m'emmerder la vie encore longtemps, dis !?

Sa mère ne supportait pas d'avoir mis au monde un homme aussi costaud, aussi poilu et aussi musclé. Peut-être parce qu'elle l'avait eu très tard et qu'elle avait vécu cette grossesse tardive comme une punition.

— T'es bien comme ton salopard de père !

— Tu vas te taire, vieille carne ! Tu sais pourquoi je suis devenu boucher ? C'est parce que t'es tellement sèche, ma pauvre vieille, que je devais manquer de viande dans ton ventre !

Jamais aucune mère n'avait manifesté autant qu'elle de dégoût pour son fils unique et jamais aucun fils n'avait manifesté autant de haine envers sa mère. En revanche Gilberte adorait ma mère qu'elle appelait « ma petite Louise ». Elle trouvait qu'elle m'élevait exactement comme il fallait élever les garçons si on voulait les civiliser. C'était le mot qu'elle employait, réduisant le monde des hommes à la sauvagerie des barbares, à la différence des femmes qui avaient su, grâce au grand exemple de la Vierge Marie, atteindre le ciel sans violence. Et cette « civilisation » passait par une castration. De temps en temps Gilberte rendait visite à ma grand-mère pour se plaindre et pour la prendre à témoin :

— Qu'est-ce que vous voulez que je vous dise ! Ce gamin m'a toujours dégoûtée, toujours ! Vous vous rendez compte qu'il est né en se tenant l'engin ! Personne n'avait jamais vu ça et c'est tombé sur moi ! J'aurais dû comprendre et j'aurais dû le tuer ! Ah oui, j'aurais préféré ! Parce qu'il a passé son enfance à se trifouiller. C'est pas les bœufs qu'il faut castrer ! C'est les hommes !

— Mais ce serait la fin de l'humanité, Gilberte, objectait Rose qui espérait avoir trouvé l'argument susceptible de mettre fin au délire de sa voisine qu'elle n'appréciait pas particulièrement.

Gilberte comprenait bien qu'elle venait de se piéger toute seule et réfléchissait avant de trouver une sortie acceptable.

— Oui, vous avez raison, comme toujours. Ah !... si seulement on pouvait redevenir des animaux. Eux aussi perpétuent la race, mais ils ont leur saison des amours et après c'est fini, chacun retourne à ses occupations et les femelles élèvent les petits toutes seules. Ça, pour moi, c'est le monde idéal. Mais quand ils ne pensent qu'à ça et qu'ils vous tournent autour toute l'année, sans vous laisser le moindre répit, tous les jours que Dieu fait et même ceux qu'il n'a pas faits, pour ça, y a de quoi devenir folle ! La nouvelle génération doit changer tout ça ! Louise est d'accord avec moi ! Hein, Louise ?... Elle aussi pense que les hommes ne valent pas grand-chose. Et moi je lui ai dit : te marie pas, reste comme t'es, garde ton gosse et continue à l'élever aussi bien ! C'est pas comme votre Véronique qu'on aurait pu croire raisonnable après son divorce, mais qui, la pauvre, ne pense qu'à… enfin vous savez ! Il n'y a pas que les hommes qui pensent qu'à ça !

— Véronique mène sa vie comme elle l'entend et ça, c'est une chance pour une femme, d'autant qu'elle ne demande rien à personne.

— Soit ! En attendant, je te le dis, Louise : pense à ta vie plus tard parce qu'il faut penser à la vieillesse qui vient à grands pas et qui pour moi fut une délivrance, je l'avoue. À votre avis, Rose, vous qui êtes si intelligente, pourquoi les hommes meurent les premiers et pourquoi les veuves n'ont pas l'air si affligées une fois l'enterrement passé ?

— Je ne sais pas, Gilberte, je ne sais pas.

— Pour qu'on ait, nous les femmes, quelques années de répit. On le mérite, et ça, notre Seigneur le sait.

La situation était donc sans issue pour moi si ma mère suivait la prescription de Gilberte. Si elle ne se mariait pas j'allais rester dans cet état toute ma vie, condamné à vivre dans le trou de la fontaine. La folie de la mère du boucher, peut-être à cause de sa voix aiguë, faisait écho à celle de ma mère et à son obsession de faire de moi une fille. Le premier homme que j'ai regardé en me disant : « C'est ça, un homme », fut donc le boucher. C'est vrai qu'il avait quelque chose de terrifiant, ses mains surtout, sa carrure hors normes et ses cheveux roux qui blanchissaient déjà, mais j'avais remarqué qu'il possédait autre chose dont personne ne parlait jamais : un sourire légèrement carnassier qui lui faisait plisser les yeux et illuminait son visage. C'était ce sourire qui faisait chavirer ses clientes, même les plus vieilles. Ma mère semblait avoir avec lui une relation particulière, une complicité, presque une admiration mutuelle comme deux étrangers qui découvrent qu'ils sont du même pays. Et il lui servait des morceaux de choix qu'il comptait au prix des morceaux ordinaires.

Lui aussi se plaignait des absences hebdomadaires de ma mère depuis qu'elle disparaissait du lundi au samedi soir. Comme il était le seul à posséder un téléphone, chaque fois qu'il sonnait il espérait que ce soit elle.

— Je vais lui dire, moi, à la Louise, qu'elle ne téléphone pas assez souvent. Va savoir ce qui peut arriver à une fille toute seule et aussi belle dans une ville comme Clermont !

2

Je n'arrivais pas toujours à saisir ce qui se passait entre les adultes et, pour supporter les absences de ma mère, je jouais à l'aveugle comme si je préférais être responsable de ses disparitions. Je déambulais les yeux fermés dans la maison de mes grands-parents.

C'est à cette période que j'ai ressenti que cette maison allait jouer un rôle déterminant dans ma vie. Si les plafonds étaient hauts et les volumes immenses ce n'était pas pour que je me perde ou que je me sente diminué : c'était, au contraire, pour que je puisse me développer à mon aise et occuper avec mon corps le plus d'espace possible. Je pouvais grandir.

Pour ressusciter mon désir de conquêtes, j'avais fini par connaître toutes les fissures dans les enduits du couloir et du grand escalier qui transformaient les murs de la maison au cœur de la place chargée d'histoire en de gigantesques cartes de géographie dont je suivais les dessins sinueux. Chacun d'eux me rappelait qu'il existait d'autres mondes que je ne connaissais pas. Loin de l'idée du déchirement, les fissures ont maintenu en moi la promesse d'un monde plus vaste que ma grand-mère appelait « l'Afrique ». Pour elle, tout ce qui n'était pas l'Auvergne était l'Afrique. Elle ne l'évoquait pas avec dédain ou mépris. Au contraire, dans sa façon même de le prononcer, elle laissait supposer qu'il s'agissait d'un trésor qui se révélerait un jour à moi. Je constatais aussi l'élargissement de certaines fissures, les cours d'eau devenaient des fleuves ou des précipices, et dans le même temps elles me prévenaient de l'imminence d'un tremblement de terre, d'un effondrement. La tentation d'explorer le monde inconnu et la terreur de l'effondrement du monde connu, l'élan et la menace, se sont chevauchés toute mon enfance. En attendant que quelque chose arrive et me délivre, je me suis accroché à ce que je connaissais sans renoncer à « l'Afrique » mais en la cantonnant au monde des rêves et de l'imagination.

Si j'avais parfaitement métabolisé l'imminence d'un effondrement ce n'était pas par peur de la mort. La crainte d'un effondrement m'avait aussi appris à être fataliste, comme les habitants qui vivent au bord d'une falaise ou au pied d'un volcan en activité. Plus les inquiétudes et les menaces étaient grandes, plus je réussissais à ressentir dans la maison et uniquement dans la maison le bonheur par petites touches. Et cela, fait nouveau, même en l'absence de ma mère.

3

Je me souviens de cette période comme si je n'étais jamais sorti de la maison, ce qui est fort peu probable. Ce fut un temps joyeux où ma grand-mère prit chaque jour un peu plus possession de ma petite vie en me racontant les histoires de ce « palais » en mauvais état où nous habitions. Il était suffisamment vaste pour accueillir sous ses hauts plafonds, dans son escalier de pierre noire en colimaçon, dans ses deux cours, ses trois caves, ses deux greniers, et ses fissures, toutes sortes de récits et de personnages qui se croisaient sans se gêner et à toutes les époques. Plus encore que par les pierres, cette maison semblait soutenue par ces récits légendaires qui faisaient écho à la grande histoire. Revenait souvent le spectre du château féodal disparu nommé le palais aux mille chambres et sur les fondations duquel la place avait été édifiée. Les rois de France avaient séjourné ou simplement dormi ici. Elle n'était pas la seule à me nourrir de ces histoires. Le Galérien, notre voisin, qui passait une fois par semaine pour saluer mon grand-père, me racontait lui aussi les passages en triomphe d'Henri IV avec son panache blanc, de Catherine de Médicis avec son fort accent italien, ou de la reine Margot, répudiée et maintenue en exil tout près, au château de La Chaux-Montgros. Ces récits s'accompagnaient de commérages qui, de siècle en siècle, étaient devenus des légendes. À en écouter certains, dans le château de Buron qui dominait la plaine aurait vécu un loup-garou. Ces légendes étaient reléguées au rayon des contes, comme des terreurs nécessaires mais inoffensives qui n'empêchaient cependant pas de croire que les monstres se cachaient sous le lit ou dans l'armoire. Sauf une. Celle de la reine Margot, reine sanguinaire qui prenait des bains de sang d'enfants innocents fraîchement assassinés pour conserver sa jeunesse. Ce qui me foutait une trouille bleue n'était pas tant les bains de sang que l'assassinat des enfants perpétré sans que personne s'en émeuve plus que ça. Elle était belle avec des yeux bleus et une peau de nacre. Tout le portrait de ma mère.

Ma grand-mère, elle, se tenait loin des légendes. Elle détestait les livres pour enfants, les *Sylvain et Sylvette*, et autres *Club des cinq*, Bibliothèque verte ou rose, et n'espérait qu'une chose : que je lise enfin des romans, des grands romans. Elle insistait sur ce point. Elle ne croyait qu'en l'Histoire et aux histoires. Les deux se confondaient dans ses récits qu'elle racontait comme si elle les avait vécus. Elle avait quatre grands sujets de prédilection : Jeanne d'Arc – « Ah, fallait la voir la gamine sur son cheval avec son armure, et belle fille avec ça ! » ; Louis XIV – « Ce Louis d'or comme je l'ai toujours appelé était tout auréolé comme un soleil » ; François Ier – « Un géant celui-là, barbu avec ça, tout d'un ogre, la méchanceté en moins, qui n'aimait que la beauté, les belles choses et les belles femmes » ; et Napoléon – « Un nabot revanchard et prétentieux qui devint empereur ». Cette familiarité qu'elle entretenait avec ces grandes figures eut deux effets : le premier, de leur donner une proximité comme s'ils étaient les racines de notre arbre généalogique, et le second, de brouiller ma relation au temps. Jeanne d'Arc, Louis XIV, François Ier et Napoléon appartenaient à un même temps et un même monde : le passé, c'est-à-dire avant moi. Le temps d'avant ma naissance devint une sorte de fourre-tout, une matière vivante plutôt qu'un temps révolu ou mort. Les récits se multipliaient et elle mettait de plus en plus d'ardeur et de conviction à me raconter le bûcher de Jeanne à Rouen où je finissais par croire que la jeune guerrière avait été assassinée par les nazis tellement elle tissait de liens avec la Résistance. Louis XIV et sa folie versaillaise où la galerie des Glaces réfléchissait toutes les richesses possibles et imaginables pour mieux tenir enfermée la noblesse dans son palais doré qui coûta la mort à des milliers d'ouvriers. La chute du « petit Napoléon », qu'elle ne nomma jamais autrement pour rappeler à quel point il ne fallait pas « péter plus haut que son cul ». L'architecture venait compléter ses récits et continuer de brouiller les repères temporels : « Là, tu vois, cette maison à colombages existait du temps de Jeanne d'Arc, là cette maison aux grandes fenêtres à petits carreaux fut construite au temps de Louis XIV, une époque où ils avaient tous la folie des grandeurs, tu vois cette fenêtre en quatre parties qu'on appelle fenêtre à meneaux, elle a été construire sous le règne de François Ier qui a pensé à tout embellir, tu te souviens de ce roi ? C'est le plus intéressant. » Et, pour couronner le tout, elle n'hésitait pas à me conduire chez le notaire, prétextant avoir besoin d'un renseignement ; une fois que nous étions sortis, elle me disait : « Tu vois, tous ses meubles datent du temps du petit Napoléon, c'est assez moche comme tu peux le constater. » Ainsi je compris, d'une part, l'usure du temps jusqu'à l'effacement et, d'autre part, la capacité, grâce aux bâtisseurs, d'inscrire éternellement le temps dans les choses solides qui nous entouraient. Il n'y avait pas de plus bel héritage pour elle que ces maisons surgies du passé et pour rien au monde elle n'aurait rêvé comme ses filles d'habiter dans des maisons neuves.

L'Histoire finit par avoir sur moi une prise bien plus importante que l'histoire familiale qui ne se présentait à moi que sous forme d'énigmes ou de mystères. Sans le vouloir et sans même le chercher, j'eus souvent l'impression de remonter le temps en marchant dans les rues de Vic-le-Comte. Parmi toutes ses histoires, la plus spectaculaire fut celle de Jeanne de Bourbon-Vendôme, comtesse d'Auvergne, dont le mari était parti en croisade[1] délivrer Jérusalem. Rien que ces mots « croisade », « délivrer », « Jérusalem » me mettaient dans tous mes états. C'était comme si une partie de moi endormie depuis une éternité se réveillait. Ces mots dont je comprenais parfaitement le sens sans jamais les avoir entendus étaient comme des portes, des sésames qui avaient le pouvoir de réussir à eux seuls ce que je ne parvenais pas à faire : transpercer cette gangue épaisse qui m'empêchait d'atteindre les autres rives du monde. Ils me transportaient immédiatement dans les déserts les plus arides et les oasis les plus luxuriantes comme si je les connaissais depuis toujours.

*

Pierre, le frère de ma grand-mère, tenait une place de premier plan dans ces récits historiques et légendaires. Cent fois elle me raconta la même histoire : si Mariette, la vieille grand-mère, avait choisi de quitter Clermont-Ferrand

1. Cet épisode historique n'a rien à voir avec les croisades. Le troisième époux de « la Belle » Jeanne, François de la Pause, ne put supporter la mort de sa bien-aimée, le 22 janvier 1511, alors qu'il était absent depuis trois semaines. À son retour, il la fit déterrer et continua de l'adorer en l'état de décomposition. Il la fit ensuite sculpter, grandeur nature, décharnée, le ventre enflé par les vers. Là où tout le monde ne voyait qu'abomination, il ne voyait que beauté. « C'est l'amour au-delà des apparences », disait Rose. Après avoir trôné pendant plus de deux cent cinquante ans dans l'église des Cordeliers de Vic-le-Comte, cette sculpture en pierre se trouve aujourd'hui au musée du Louvre.

pour installer son magasin et sa fabrique de parapluies et d'ombrelles à Vic-le-Comte près de sa sœur Anna, c'était son fils qui avait choisi la maison pour une raison que je n'aurais jamais pu imaginer : le grand salon Louis XV qui était resté intact depuis le XVIIIe siècle. Il n'avait fait aucun doute, pour lui, que les occupants de cette époque avaient largement dû lire, commenter, voire épouser les grands philosophes et les grandes idées du siècle des Lumières. Le *siècle des Lumières* est une expression que j'ai connue bien avant de savoir ce qu'elle signifiait. Taraudé par la recherche incessante des mots et de leur sens, il fallait à tout prix que je donne une définition aux nouvelles expressions. C'est à peu près le seul avantage de la petite enfance : pouvoir inventer ses connaissances. Le *siècle des Lumières* fut donc pour moi un temps sans obscurité, sans nuit, sans peur donc. Et si cela avait eu lieu, cela pouvait revenir.

J'ai souvent fait répéter à ma grand-mère cette histoire qui me rassurait sur la relation manifeste que son frère entretenait avec les fantômes. Je le croyais d'autant plus capable de repousser la nuit, d'imposer sa volonté sur le choix d'une maison, de prendre des décisions importantes avant de mourir au combat le fusil à la main et en pleine lumière que je n'arrivais pas à imaginer mon grand-oncle autrement que dans ce costume de petite fille. C'était lui dont j'aurais eu besoin pour me guider dans ce labyrinthe des premières années de ma vie. Il était devenu fantôme à son tour et je n'attendais qu'une seule chose : qu'il m'apparaisse et m'éclaire. Il y avait malgré tout un revers à ce portrait auquel je pouvais en partie m'identifier : quel enfant extraordinaire Pierre avait dû être ! Et quel enfant misérable j'étais comparé à lui.

4

La mort et les morts occupèrent tout mon temps en cette année 1960. J'avais cinq ans et je ne me souviens pas d'avoir été travaillé par autre chose. J'ai découvert mon premier mort dans le jardin de mon grand-père : une mésange à la petite tête couronnée de bleu. La pauvre bête était couchée sur le dos, ses deux pattes frêles repliées sur elles-mêmes, ses ailes grandes ouvertes comme si elle venait de dire en mourant « je capitule » ou « je renonce ». Elle était cachée sous les grandes feuilles larges et fraîches d'une rangée d'oseille. Je n'ai pas appelé, je n'ai pas demandé d'explication. Quelque chose se révélait à moi et à moi seul. L'oiseau mort était une réponse à mes questions. J'éprouvais un réel chagrin pour lui et dans le même temps une immense joie parce que j'allais peut-être grâce à cette découverte comprendre où s'en allait la vie. Bien avant de croire en l'âme humaine, je croyais que seul le corps mourait mais que la vie se déplaçait ailleurs. Où donc la vie d'un oiseau allait-elle se réfugier ? Je ne pouvais faire appel qu'à l'observation et garder secret ce petit cadavre. Rien ne rendait plus heureux mon grand-père que lorsque je l'accompagnais au jardin. Ainsi je pouvais donc assister à l'évolution du petit corps sans vie, jusqu'au jour où les tripes de l'oiseau dans lesquelles des mouches avaient pondu leurs larves furent exposées en plein air. On aurait dit que son ventre avait explosé. Je crois même avoir vu son cœur et m'être dit qu'une musaraigne ou un mulot finirait bien par le dévorer. C'est sûrement ce qui arriva quand quelques jours plus tard les viscères disparurent. J'assistai à une nouvelle phase de la décomposition : l'assèchement. En moins d'une semaine l'oiseau s'était raidi et avait perdu tout son volume malgré les plumes qui subsistaient. Il s'était complètement aplati jusqu'à ne plus être que le dessin d'un oiseau. Les plumes ressemblaient à des petits coups de pinceau épars et finirent par se détacher de l'ossature et se disperser. Enfin, il ne resta plus sous les feuilles d'oseille qu'une sorte d'empreinte osseuse et le squelette de la mésange ressembla à un bijou entièrement serti par la bave argentée des escargots qui étaient passés et repassés sur le petit cadavre. Cette image était assez jolie. Même si cette expérience ne répondait pas à ma question sur l'endroit où la vie passait après la mort, il y avait quand même une certaine métamorphose. Mais si la taille de l'oiseau favorisait sa transformation en bijou, qu'en était-il de nous ? Ce sont ces interrogations incongrues de l'enfance qui finissaient malgré tout par me conduire aux questions et quelquefois aux réponses majeures. La métamorphose de l'oiseau en broche argentée sous-tendait l'idée que peut-être je me métamorphoserais en fille et réaliserais ainsi le désir de ma mère. Que je sois mortel était acquis ; mais je commençais à croire que ma mort comblerait ma mère de joie. Et même si ses absences me pesaient de moins en moins, même si elles m'offraient un certain champ de liberté, j'étais quand même prêt au sacrifice.

Que ce soit à la maison ou sur la place, tout le monde parlait de la mort tout le temps, presque tous les jours. Ils en faisaient une sorte de consommation homéopathique mais à doses régulières comme pour s'y habituer. Le cousin Paul en particulier assistait à tous les enterrements et en tirait des récits hilarants. Certains de ceux qui participaient au cortège se tenaient à carreau s'ils savaient qu'il était dans l'assistance, de peur de se faire épingler en bonne et due forme. Chaque enterrement était pour lui source de comédie, ce qui n'enlevait rien à son chagrin, surtout s'il enterrait un proche, un ami d'enfance ou un membre de la famille. S'il était le plus doué des conteurs dans ce domaine, il n'était pas le seul à parler de la mort avec la plus grande légèreté, et même de sa propre mort. L'évoquer chaque fois que c'était possible était une manière de provoquer le sort et le sadisme du destin. Pour réussir à faire de la mort le ferment de la vie quotidienne, il fallait la traiter comme une voisine malfaisante. Je sais que t'es là mais je te tiens à l'œil ! Pas question de se laisser embobiner ! C'était aussi une manière de l'apprivoiser, de l'amadouer en lui opposant le plus souvent une réelle joie de vivre, une joie presque déconcertante. C'est ce dont les voisines malfaisantes et la mort manquent le plus : la joie. Pour Paul ou ceux de la place c'était le seul moyen de supporter la pire des injustices avant de la combattre dans un ultime face-à-face. Le but n'était pas de la vaincre, mais de faire dire à chacun de nous après le décès d'un proche : « Il a aimé la vie et il en a bien profité, alors il peut mourir en paix. » Sous-entendu : « La mort ne peut rien contre nous. »

Ma mère, seule, ne supportait pas que l'on parle de la mort de façon si désinvolte. C'était sur ce point qu'elle divergeait du reste de la famille. La mort la terrorisait. Pas seulement l'idée de sa propre mort, mais la mort en général, même lorsqu'il s'agissait d'une personne qu'elle connaissait à peine ; elle était immédiatement prise d'un chagrin apparemment inconsolable. Ça ne durait pas. Juste le temps de justifier son absence à l'enterrement.

5

J'étais loin d'appréhender la fin de la vie avec autant de gaieté que les adultes. Aussi, dans les méandres de ma petite vie, continuais-je mon exploration, non plus cette fois-ci avec un oiseau mais avec un sujet de taille : la vieille grand-mère. Je ne l'ai pas connue autrement que dans cet état délirant, alors que, en d'autres temps, sa seule parole aurait suffi à calmer tous les esprits. La vieillesse avait fini par la vaincre. Je ne ressentais aucune affection particulière pour elle. J'espérais bien grâce à mon sens de l'observation être témoin un jour du passage de l'état de vivant à l'état de fantôme puisque les êtres humains ne se transformaient pas en bijou comme les animaux. À cause de l'oiseau mort j'étais convaincu que ce passage se faisait à une vitesse prodigieuse et qu'il fallait une attention constante pour assister à ce miracle. Durant toute une période je me rendis chaque jour, plusieurs heures par jour, dans la chambre aux papillons. Dès que je me levais je demandais à ma grand-mère comment allait la vieille grand-mère Mariette tant j'avais peur d'avoir raté la métamorphose dans la nuit. Tout le monde, mes grands-parents y compris, était ému par tant de dévotion de la part d'un gamin de cinq ans et par la soudaine gentillesse de Mariette qui me laissait entrer dans son sanctuaire, à la différence de n'importe quel visiteur qu'elle aurait immédiatement mis à la porte prétextant ne pas le connaître, même s'il s'agissait d'un proche. Plusieurs fois elle n'avait pas reconnu sa sœur Anna, ni sa fille. Je m'asseyais en face d'elle sur un tabouret qui lui servait de repose-pieds. Souvent, on ne parlait pas. Je crois même qu'elle m'oubliait. Ça n'avait aucune importance ! Moi, j'attendais le surgissement du fantôme qui, je l'avais bien compris, se situait dans un temps très étroit entre la vie et la décomposition. Seulement, mon obstination finit par se retourner contre moi. On commentait beaucoup ce prétendu attachement d'un enfant à une aussi vieille personne et, comme pour me mettre en garde, on me disait : « Tu sais, cette pauvre Mariette a perdu la tête, ne t'étonne pas si elle déraille et si elle dit n'importe quoi ! » C'était vrai. Je devais bien le constater. Par exemple, elle mangeait et se plaignait qu'on la laisse mourir de faim quelques minutes après son repas. Mais le pire n'était pas ses amnésies au sujet de la vie ordinaire. Le pire fut le jour où l'on m'a dit pour justifier sa « folie » qu'elle était « retombée en enfance ». Ces petites phrases répétées finirent par me faire bifurquer de mon objectif et c'est là que j'ai commencé à me demander si l'enfance dans laquelle je me tenais avec tant de difficultés se résumait à perdre la tête, à devenir fou ou à l'être déjà. Moi aussi j'avais perdu la mémoire. Sinon comment expliquer ce gouffre sans le moindre souvenir que je ressentais entre ma naissance et cette année 1960, jusqu'au trou de la fontaine dans lequel se trouvaient sûrement cachées d'autres secrets de famille, probablement inavouables, comme l'existence de Marie-Claire ?

Étais-je moi-même « retombé » en enfance ? Avais-je été un adulte et oublié mon existence ? Allais-je bientôt mourir et devenir un fantôme à mon tour ? Tout comme j'avais observé avec une grande régularité la décomposition de l'oiseau, plus les jours passaient, plus je constatais que la vieille grand-mère – qui était de très petite taille – ressemblait à une petite fille rabougrie. Peut-être que la photographie du grand-oncle Pierre ne le représentait pas si jeune que ça après tout, que c'était sa dernière image ? Dans un processus opposé à tout ce que j'avais cru jusque-là il était devenu un enfant à force de vivre trop longtemps... Tout s'inversait. Et tout finit par me projeter dans un état d'angoisse qui me rendit vulnérable et de plus en plus soumis à la protection des adultes, persuadé qu'ils avaient plus de temps que moi à vivre. J'avais beau essayer de renverser cette vision, impossible de faire le moindre lien entre moi tout maigre qui ressemblait à un insecte et le nourrisson en barboteuse si heureux et joufflu sur la photographie que ma mère conservait dans un cadre sur sa table de nuit. Tout ce qu'elle me disait au sujet de ce nourrisson me paraissait être des histoires inventées, des pièges pour me faire avaler l'impossible. Jusqu'au jour où cette photographie finit par m'éclairer sur ce que j'étais. J'étais une fille. Cela ne fit plus aucun doute le jour où ma mère repeignit en rose bonbon les éléments de la photographie en noir et blanc, la barboteuse, mes joues, les nœuds de la barboteuse. Je crus comprendre que ce passage de l'état de vivant à celui de fantôme ne serait possible qu'une fois la mémoire totalement perdue. Une conclusion s'imposa facilement : un fantôme était quelqu'un qui était parti à la recherche de sa mémoire, comme je le faisais, mais une fois sa mémoire recouvrée, il n'arrivait plus à se souvenir qu'il était mort.

Je finis par poser la question à ma grand-mère.

— C'est quand que je vais mourir ?

Au lieu de poser la bonne question sur la métamorphose des corps, je posai comme toujours la mauvaise, de but en blanc, comme si je croyais ma mort programmée et la date connue de tous, sauf de moi. Ma grand-mère partit d'un grand éclat de rire.

— Mais tu en as de ces questions Jean !... Toi ? Mourir ?

Elle m'attrapa par les épaules assez violemment pour me serrer contre elle et me confier tout bas, comme un secret :

— Mais tu es immortel... puisque je ne te verrai pas mourir.

Elle venait, en une phrase simple, sans que je le demande, de me donner le secret du monde, à savoir cet échange extraordinaire, ce pacte qui lie les vivants et les morts. D'un côté les morts emportent avec eux les images de nous vivants, en échange de quoi les vivants ont le devoir de garder les images des morts. L'image des morts devient alors l'image de nos souvenirs perdus et oubliés. Le cimetière et le monument aux morts ne sont plus les lieux où l'on va célébrer les disparus, mais ceux où l'on va fleurir ce qu'ils ont emporté de nous vivants dans l'éternité. Tout le monde le disait après le décès d'un proche : « Quelque chose de moi est parti avec lui ou avec elle », ou « Désormais, je ne serai plus jamais le ou la même ». Mais je n'avais pas entendu. La vraie métamorphose ne concernait pas les morts, mais les vivants une fois délestés du poids de leurs souvenirs emportés par les disparus. Les souvenirs oubliés n'étaient pas perdus, ils étaient tout simplement enterrés dans la mémoire des morts.

Je commençais à me dire que, si ma mère mourait, elle emporterait avec elle l'image éternelle de moi en fille et me laisserait faire enfin ma métamorphose de garçon.

6

Dès que ma mère revenait le samedi soir, ma soumission bien plus que mon amour m'obligeait à me redresser et à lui sourire. En réalité, je me raidissais et ce sourire me donnait une contenance, un peu comme Josiane qui pouvait s'évanouir à la vue de son père. C'était le seul moyen de lui montrer que je l'avais attendue même si je l'attendais de moins en moins.

Mon éducation de fille prit un nouveau tournant. Après les robes en tissu ou en papier, le tricot et le canevas, elle m'offrit une dînette, mais pas en plastique comme celles des voisines. C'était un service de table miniature complet en porcelaine peinte pour jouer avec moi « aux dames qui prennent le thé ». Elle tenait au thé bien plus qu'au café alors que personne n'en buvait dans la maison. Ces séances dépassaient largement le cadre du jeu. La dînette qu'elle avait achetée dans le magasin où elle travaillait lui donnait l'occasion de m'inculquer tout ce qu'elle avait appris à l'école d'enseignement ménager, tout ce qu'elle savait de l'art de la table et de l'art de recevoir. Le mot « art » fit partie des mots nouveaux qu'elle rapportait en fin de semaine : l'art de vivre, l'art d'écouter, l'art d'être sage, l'art d'aimer, l'art d'être une femme. Cela ne faisait aucun doute pour elle que la femme moderne, la femme accomplie du XXe siècle, qui maîtrisait les arts de la maison, n'était plus cette ménagère négligée à laquelle sa mère ressemblait, sans forme et sans allure. Elle passait des heures avec moi devant cette dînette à m'expliquer que le temps était aux véritables femmes d'intérieur. En réalité elle jouait, comme tous les enfants, à la maîtresse d'école, un moyen pour elle de réviser ses nouvelles connaissances en attendant ce mariage qui ne venait pas tout en m'enseignant les rudiments, les devoirs et les objectifs de la vie d'une épouse moderne. Appartenir à ce nouveau bataillon de femmes d'intérieur était pour elle une façon presque militaire de s'engager dans une sorte d'armée de geishas occidentales.

7

Ma grand-mère ne supportait pas cette vision des femmes soumises à leurs maris et à leurs familles. C'était un recul qu'elle mettait encore sur le dos de l'invasion américaine. Un vrai poison ! Même Véronique qui semblait plus indépendante était tombée dans le panneau. Ses filles rêvaient d'organiser leur maison à la manière de celles qu'elles voyaient dans les réclames et dans les films américains. Tout était de la faute de de Gaulle ! En déclarant au sujet de Vichy et de Pétain : « Jetons un voile sur cette partie infâme de l'histoire de France », il avait dans le même temps jeté les femmes sous ce voile opaque, comme si elles avaient démérité pendant la guerre, à la différence de celles de 14-18 qui avaient tenu le pays en l'absence des hommes. Le droit de vote, pensait-elle, n'était qu'un lot de consolation. En conséquence de quoi on traitait toutes les femmes comme des femmes tondues qui devaient maintenant, en silence et sans rechigner, faire pénitence, nettoyer la France entière pour ne laisser aucune trace de cette saleté qui avait déshonoré le pays. Un vrai lavage de cerveau en ce début d'économie glorieuse qui semblait n'avoir qu'une seule devise : tout oublier. Heureusement que l'autre moitié du monde préférait le modèle soviétique qui, lui aussi, prônait la modernité, mais une modernité consciencieuse et égalitaire. La politique surgissait à tout moment. Non vraiment ma grand-mère n'aimait pas cette époque qu'elle vivait comme une défaite et j'étais le seul à savoir qu'elle espérait beaucoup de son « Afrique ». De son côté, ma mère n'en démordait pas. Il s'agissait pour elle d'épouser une sorte de nouvelle foi, une foi américaine identique à celle des premiers chrétiens. Elle ne cessait d'évoquer le film *Fabiola* avec Michèle Morgan et Henri Vidal. Elle l'avait vu plusieurs fois et avait fini par m'emmener assister à sa projection quand il était passé un soir à la Maison du peuple dans le cadre du cinéma ambulant. J'ai cru que c'était ma mère qui apparaissait à l'écran tant la ressemblance était frappante. Ces péplums rappelaient, de manière insidieuse, la nécessité qu'il y avait à abandonner le mode de vie antique pour s'adonner au mode de vie plus moral du christianisme quitte à se faire dévorer par des lions. De la même manière ma mère était prête à se livrer tout entière, corps et âme, à ce nouveau paradis sur terre autrement plus joyeux et coloré que le paradis communiste de sa mère. Cette dernière comprenait bien que Moulinex et Electrolux, les nouveaux dieux, promettaient aux jeunes femmes de gagner un temps libre considérable dont aucune avant elles, ni leurs mères ni leurs grands-mères, n'avait bénéficié, à part les grandes bourgeoises. Mais Rose qui connaissait bien les faiblesses de sa fille se demandait ce qu'elle ferait de tout ce temps, de ces deux heures pendant lesquelles le linge tournerait seul et inlassablement dans une machine, ou de ces quatre heures que la cocotte-minute lui ferait gagner le jour où elle déciderait de préparer un bœuf bourguignon en quarante-cinq minutes. Plus qu'aucune autre machine la cocotte-minute devint l'emblème de ce nouveau mode de vie jusqu'à l'avènement des tupperware. Cela ne faisait aucun doute, la communiste dénonçait de toutes ses forces le modèle de la vie bourgeoise. Ça la rendait folle de voir que ma mère m'enseignait à travers cette dînette en porcelaine les rudiments de la soumission, oubliant de surcroît que je n'étais pas une fille.

C'était le grand cheval de bataille de ma grand-mère quand son amie Geneviève ou sa cousine Simone venaient prendre le café.

— Enfin tu vois bien que ça tourne pas rond ! Ils essaient de faire croire à des filles d'ouvriers qu'elles vont, grâce à tous ces engins électriques, pouvoir devenir des petites-bourgeoises, alors que les filles de la bourgeoisie ne rêvent que de faire des études les plus longues possible. Si encore ce temps libre qu'on leur promet servait à les instruire, à les faire lire, à leur permettre de s'engager politiquement, je serais la première à acheter tous ces engins. Alors quoi ? Il va se passer quoi ? Même les machines à coudre sont électriques !...

— Ça, c'est une preuve que les femmes vont perdre beaucoup, conclut Geneviève avant de partir d'un grand éclat de rire.

Elles évoquaient un phénomène que j'étais loin de comprendre mais auquel je finis par avoir accès beaucoup plus tard : elles sous-entendaient à demi-mot que les machines à pédale avaient comblé de nombreuses femmes et leur avaient même fait découvrir quelquefois des orgasmes que leurs maris étaient bien incapables de provoquer. La machine à coudre Singer à pédale avait, d'après elles, sauvé bien des couples ! Les fous rires éclataient toujours autour des sujets qui concernaient la sexualité. C'était dans les usines où elles avaient toutes travaillé que leur parole sur leur corps et sur le couple s'était libérée et continuait à s'exprimer quand elles se retrouvaient ensemble. Avant le travail en usine, il n'y avait pas de lieu où les femmes pouvaient se retrouver seules, sans enfant autour ou sans leurs maris. En attendant, ma grand-mère était convaincue que sa fille finirait par macérer dans l'ennui, cadenassée dans de jolies robes aussi empesées que celles de la Pompadour. Elle ne s'appuyait pas sur la Pompadour par hasard. La favorite de Louis XV était le modèle de ma mère.

8

La veille du retour de ma mère je me remettais à dénouer les fils à broder. Une fois dénoués, je les rangeais dans un compartiment de la travailleuse de manière géométrique en formant des camaïeux de couleurs. C'était moi qui avais décidé de la géométrie, sans doute pour opposer quelque chose de net et de régulier à ce monde trouble et désordonné. Je tenais à ce que pas un seul écheveau ne soit plus grand qu'un autre, ni plus épais. Je m'astreignais consciencieusement à cette tâche, démontrant du même coup à ma mère mon entière dévotion en son absence.

Ma mère s'extasia devant ce qu'elle qualifia de « tant de beauté ! » Cette fois-ci elle ne convoqua pas les voisines pour qu'elles viennent saluer ce prodige des couleurs en dégradé, elle prit la travailleuse et alla la montrer à tout le monde comme elle le faisait pour une nouvelle robe ou un bijou que l'un de ses prétendants lui avait offert dans la semaine. Ces camaïeux étaient la preuve éclatante que j'avais quelque chose de plus que les autres, elle l'avait toujours su, tout comme elle pensait n'avoir rien en commun avec les autres femmes de la place qu'elle jugeait souvent si négligées, mis à part le dimanche.

— Non mais dites-moi, quel autre enfant est capable de comprendre qu'il n'y a pas de beauté sans harmonie ? Aucun ! Aucun !

L'emploi du mot « harmonie » la rendit folle de joie tant elle avait peu d'occasions de le placer. C'était avec M. Lorin, son patron, que Louise travaillait son vocabulaire dans le magasin de cristal et de porcelaine. Art. Harmonie. Préciosité. Élégance. Excellence. Raffinement. Ma mère adorait utiliser ces mots chaque fois que cela était possible. Elle avait besoin que le monde marche à son rythme et non l'inverse, et ces mots plus ou moins savants lui donnaient l'impression de pouvoir rivaliser avec sa mère. Elle craignait le destin et faisait tout ce qui était en son pouvoir pour le soumettre à sa volonté ; les mots nouveaux l'aidaient à relever ce défi. De la même façon, elle s'efforçait constamment de faire la preuve que j'étais une fille ou que je finirais par le devenir tant elle était convaincue que son désir parviendrait à transformer la réalité... « Tu seras la plus jolie fille de tout le canton, mais il faudra que tu m'écoutes bien. » Cette promesse provoqua en moi un vertige entre la terreur de ne plus être aimé par elle et mon désir profond que son projet ne se réalise pas. Je grandissais et je craignais que cette malédiction ne s'abatte sur moi, peut-être dans mon sommeil, à un moment où j'aurais manqué de vigilance. Sa promesse fut comme une malédiction, je n'ai plus jamais bien dormi, je restais éveillé le plus longtemps possible, refusant d'aller me coucher, attendant que la fatigue brise ma résistance. Je passais en revue toutes les histoires que je connaissais de Louis XIV, de François Ier, et même du petit Napoléon dans lesquelles je me projetais pour m'échapper. Mais ceux-là ne m'aidaient pas à construire en secret une force qui me permettrait de lutter. Le croisé François de la Pause fut l'image absolue du sauveur. L'histoire hallucinante de son retour me confortait déjà dans l'idée qu'il ne fallait pas craindre d'observer les choses et les êtres en décomposition comme je l'avais fait avec l'oiseau mort. Mais bien plus encore que sa passion pour sa femme morte, Jeanne de Bourbon-Vendôme, les images du guerrier qui avait combattu à Saint-Jean-d'Acre me tenaient éveillé. Guerroyer ! Je n'avais pas d'autre imagination que de m'emparer de ces grandes figures pour échapper à la malédiction et faire naître en moi quelque chose de l'ordre du combattant ou du résistant. C'étaient aussi des mots que j'entendais. Combattants, résistants. Presque tous les jours. Je réussissais à déjouer le sommeil, je dormais peu, et dès que je me réveillais ma première réaction était de toucher mon sexe pour me rassurer. Il était encore là. Je venais de gagner une bataille, un jour de plus. Et je m'en contentais.

Une seule question finit par se poser : pourquoi tout le monde la laissait faire ? La vérité était simple : parce que tout le monde savait qu'elle était capable du pire. Sauf moi.

9

Ma grand-mère avait un besoin vital de désordre autour d'elle, et devait essuyer les reproches de sa fille toutes les fins de semaine. Elle refusait de se soumettre aux exigences de ma mère qui tenait à appliquer à la lettre ses cours d'enseignement ménager.

Ainsi, en dehors du bal du samedi soir, ma mère passait-elle ses dimanches et ses lundis à récurer, nettoyer, blanchir la maison de ses parents. Elle espérait que tout finirait par avoir l'air neuf, sans jamais y parvenir. Ce qui n'altérait en rien sa volonté de recommencer la semaine suivante. Depuis quelques mois cette obsession avait atteint son paroxysme. La maison où elle était née avait une valeur affective particulière, pourtant elle rêvait de la quitter et de vivre dans une villa avec tout le confort moderne comme celles de deux de ses amies déjà mariées. Elle voulait qu'en entrant dans la maison de la place son futur époux ait une bonne impression de sa fiancée, donner la meilleure image d'elle, propre et ordonnée, pour justement mieux dissimuler ses failles, ses lubies, ses croyances, ses mépris ou encore ses réactions démesurées et inadaptées. Elle me racontait la vie qu'elle aurait avec lui. Et jamais dans ses perspectives elle ne pensait à moi. Comme elle employait un « nous » générique je n'arrivais pas à savoir si elle parlait d'elle et de son mari ou d'elle, de son mari et de moi. *Nous aurons une belle villa. Nous aurons un jardin uniquement de fleurs. Nous aurons une voiture décapotable. Nous partirons en vacances au bord de la mer*. Elle mesurait les avantages et les inconvénients, pesait le pour et le contre.

Ma mère avait aussi le don de fabriquer du romanesque à profusion, copiant même certaines de ses attitudes sur les héroïnes des films qu'elle aimait le plus : les ingénues au caractère bien trempé. En particulier, la toute jeune et ravissante Romy Schneider dans les *Sissi* ou *Christine* ; elle aimait sa beauté lisse et joufflue et par-dessus tout sa voix si douce, un peu boudeuse et franchement enfantine sans comprendre qu'il ne s'agissait pas de la sienne mais de celle de Gilberte Aubry qui la doublait. Au rayon des impératrices, Edwige Feuillère tenait le haut du pavé dans *L'Aigle à deux têtes* qu'elle avait vu un nombre de fois incalculable. Elle était capable de réciter des répliques entières sans savoir qu'elles avaient été écrites par un grand poète. Rose jubilait ! C'était la preuve que grâce au cinéma n'importe qui, sa fille incluse, pouvait être traversé par une grande œuvre et de grandes idées, surtout quand elle récitait devant moi, droite dans sa robe empesée : « *Si je n'étais pas reine, je serais anarchiste. En somme je suis une reine anarchiste. C'est ce qui fait que la cour me dénigre et c'est ce qui fait que le peuple m'aime.* » « *Et dire que je croyais le bonheur une chose laide et malpropre. Je croyais que seul le malheur valait la peine d'être vécu.* » Elle s'accroupissait devant moi assis sur ma chaise à démêler les fils à broder et finissait son audition en me regardant droit dans les yeux : « *Rendre beau le bonheur, voilà notre tour de force*... C'est pas vrai ma poupée ?! » J'applaudissais devant la majesté de ma mère que la théâtralité rendait encore plus belle. Ma grand-mère félicitait sa fille pour sa mémoire exceptionnelle et la qualité de son jeu. Elle aurait pu être actrice, cela ne faisait aucun doute. Ces films étaient vivement recommandés par l'école de la Ruche afin que les élèves s'inspirent du port de reine de ces comédiennes qui ressemblaient à des pur-sang. Edwige Feuillère et Gabrielle Dorziat étaient montrées en exemple et souvent opposées à Mylène Demongeot ou Brigitte Bardot. Entre toutes, ma mère préférait Edwige Feuillère, ses regards de velours légèrement ombrés, ses sourires canailles ou méprisants et sa voix ronde et parfaite qui, cette fois-ci, était bien la sienne. Mais pour tout le monde ma mère était le sosie de Michèle Morgan et cette ressemblance l'empêcha d'imaginer une carrière d'actrice. La place était prise.

10

Ma grand-mère était souvent agitée par ses années de militantisme au Parti communiste. Même si elle l'avait quitté pour des raisons que tout le monde ignorait, elle continuait à proclamer haut et fort son communisme et gare à celui ou celle qui la contredirait. Parfois cet état la submergeait comme une fièvre : à quoi bon vivre ainsi ? Comment vivre autrement ? Pourquoi supporter ça ? Pourvu que le petit s'en sorte ! Le petit c'était moi. C'étaient aussi des choses qu'elle disait à ses vieilles amies du Front populaire qui venaient une fois par mois, quasiment en pèlerinage, lui rendre visite. La visite de ces femmes était une respiration pas seulement dans la vie de ma grand-mère mais dans la mienne aussi. Elles n'avaient rien à voir avec ma mère, ni avec les femmes de la place qui à cette époque m'apparaissaient être toutes sur le même modèle de la bonne ménagère. Ces anciennes ouvrières à la retraite apportaient une sorte de folie et de liberté qui me réjouissait et me rassurait. Sur quoi ? Je ne sais pas. Peut-être parce qu'elles me semblaient venir d'ailleurs, d'un autre monde qui faisait parfaitement écho au monde secret de ma grand-mère que j'avais du mal à cerner. J'aimais leur présence et j'attendais des révélations sur le passé puisqu'elles en parlaient. J'aimais les observer et les écouter et j'abandonnais illico la vieille grand-mère à son sort même si je risquais de rater sa métamorphose en fantôme. C'était aussi parce qu'elles venaient consulter Rose comme un oracle, ce qui lui conférait la dimension d'une divinité. Elles n'étaient pas ordinaires et apportaient du relief au monde des femmes qui m'entouraient. Germaine Halévy, la plus âgée, à la voix rauque et qui fumait Boyard sur Boyard, les cheveux jaunes décolorés à l'eau oxygénée, s'était mariée deux fois, veuve deux fois et préférait désormais le péché à la malédiction ; Geneviève Francœur, elle, ne s'était jamais mariée et refusait qu'on la considère comme une vieille fille, rappelant qu'elle avait eu plus d'amants qu'aucune de ses amies mariées.

Mado était celle qui parlait le moins. Elle avait fait trois enfants tous plus beaux les uns que les autres, puis avait renoncé aux hommes et avait vécu une grande histoire d'amour avec une femme, Catherine Parr, du même nom que la dernière épouse du roi Henri VIII d'Angleterre, me précisa-t-elle. Catherine était morte un an plus tôt et Mado portait le deuil avec une élégance sauvage, à cause de ses cheveux noirs et brillants comme les plumes d'un corbeau, tirant sur une cigarette à bout doré avant de rejeter en l'air un lourd nuage de fumée qui me donnait l'impression d'une pratique secrète, une sorte d'incantation adressée à Catherine, grande fumeuse, qui devait encore virevolter dans l'air, nue et transparente.

La première chose que faisaient ces femmes était de retirer leur manteau en arrivant puis, après s'être assises, elles relevaient les pans de leur robe sur le haut de leurs cuisses et retiraient les caoutchoucs qui retenaient leurs bas. À leur âge elles ne portaient plus de porte-jarretelles. Le caoutchouc marquait la fin du désir pour les hommes et les débarrassait de cette corvée. Puis elles roulaient leurs bas sur leurs chevilles et se grattaient les cuisses à l'emplacement du caoutchouc pour faire circuler à nouveau le sang. C'était un moment de délice, de jouissance aussi si l'on en croyait leurs gémissements de plaisir et leurs grands éclats de rire. C'était aussi l'occasion de comparer la bonne tenue de leurs gambettes et la naissance de quelques varices qui les désespéraient. Bien que ma grand-mère fût la plus grosse des quatre, c'était elle qui avait les chevilles les plus fines.

Chacune s'adressait à ma grand-mère en l'appelant « ma Rose » depuis qu'elle avait dirigé « de main de maîtresse », disaient-elles, le mouvement syndical chez Toreillon, l'usine de bottes en caoutchouc où elles avaient travaillé ensemble jusqu'en 1936. Elle y avait laissé sa place puisqu'elle avait été renvoyée de l'usine une fois le calme revenu dans le pays, même s'il s'agissait pour la première fois d'un calme socialiste. Le patronat avait tout concédé, la semaine de quarante heures et les congés payés, mais n'avait pas renoncé à son pouvoir d'exclusion pour autant.

Elles s'écrivaient toutes les semaines pour donner ou prendre des nouvelles. Alors quand ses amies ne la sentaient pas en forme ou prise de doutes, elles rappliquaient séance tenante.

Quelquefois Rose reconnaissait que la charge était un peu lourde entre sa vieille mère qui n'en finissait pas de vivre et sa fille qui n'en finissait pas de ne pas trouver de mari. Mais elle ne se plaignait jamais de moi.

— Vous savez, les filles, ce que je voudrais ?

— Oui, on le sait !

— Ah oui ? Quoi alors ?

— Lire, ne faire que ça ! On te connaît comme si on t'avait faite !

Elles avaient raison. Rose la petite communiste sincère était debout du matin au soir, infatigable, elle était la femme aux engelures, assoiffée de littérature, de littérature russe en particulier, d'*Anna Karénine* qu'elle relisait une fois par an. Elle était folle des mots écrits, ce Niagara de petites fourmis noires qui circulent dans les livres, comme les désigne Victor Hugo. Toute sa vie, elle s'est penchée avec l'humilité d'une pauvre petite sainte qui, chaque soir, les yeux cernés, relit une page des Évangiles pour y puiser encore une fois, avant le lendemain, le courage de la solitude et la force de croire. J'en ai été témoin. Je l'ai vue s'abîmer les yeux sur des livres sans rien demander d'autre qu'une parcelle de lumière, un acompte sur l'éternité, si peu, presque rien, un brin de consolation à Jules Vallès, Victor Hugo, Lamartine, Tolstoï, Taine, Marx, Babeuf, qu'elle considérait comme l'inventeur du marxisme, ou à Aragon.

Personne sur la place ne lisait, du moins pas autant qu'elle et pas les mêmes auteurs. Et puis, d'une part, elle n'en faisait jamais état et, d'autre part, le monde des livres appartenait à sa chambre, autant dire à la nuit. Lire fut de tout temps pour elle une expérience intime et impartageable.

11

« Rose ? C'était une beauté. » Ordinairement, mon grand-père aurait dit : « Ta grand-mère était une beauté. » Mais là il ressentit le besoin d'associer la notion de beauté à son prénom qu'il ne prononçait que rarement. Entendre « Rose » dans sa bouche fut comme si ma grand-mère était soudainement devenue une personne. Comme si elle avait une autre vie que celle d'être ma grand-mère. Je savais que ma mère s'appelait Louise, qu'elle était ma mère et qu'elle avait une autre vie à Clermont, mais je n'avais jamais imaginé que mes grands-parents pouvaient être autre chose que des grands-parents. Un abîme s'est ouvert et dans la foulée j'ai découvert que mon grand-père se prénommait Antoine. Ma mère les appelait papa et maman, les voisins les appelaient par leur nom de famille, et certains, comme ses amies du Front populaire, « ma Rose » – qui m'évoquait aussi bien « ma beauté » que « ma chérie ». Mais dans la bouche de mon grand-père, elle m'apparut ! Je me rendis compte que je savais moins de choses sur eux que sur la plupart des voisins. Si, avant cette révélation, j'avais dû définir mes grands-parents en quelques mots, je me serais contenté de dire des banalités : que ma grand-mère lisait beaucoup et que mon grand-père faisait son jardin. C'étaient sûrement les meilleures définitions les concernant, mais je n'en imaginais pas toute la profondeur. J'eus la certitude que l'enfance, cet état singulier, étrange et inacceptable, me tenait à l'écart des autres et particulièrement des plus proches. Découvrir leurs prénoms créa un nouvel espace de séparation, plus grand que les dix-huit centimètres et cinq millimètres qu'assis sur une chaise je devais gagner pour atteindre le sol avec mes pieds.

Je vivais avec des personnes qui avaient moins d'existence que les fantômes croisés ou imaginés dans les ombres de la maison. Je découvris que l'absence suscitait plus de récits, et des récits autrement plus extraordinaires, que la présence physique des personnes côtoyées au quotidien.

Comme la sainte chapelle aux portes bien trop lourdes pour que je réussisse à les pousser seul, mes grands-parents furent dès lors deux monuments, deux cathédrales dont je ne connaissais pas l'entrée, sans douter des merveilles et des bizarreries qu'elles contenaient. Qui étaient-ils ? Qu'avaient-ils vécu sans moi ? Peut-être sans ma mère ? Sûrement sans ma mère et sans leurs autres enfants. Était-il possible qu'ils aient eu une vie l'un sans l'autre ? Qu'ils aient pu être des enfants eux aussi ? Comment pourrais-je avoir accès à ce temps qui ne m'appartenait pas et auquel je n'appartenais pas non plus ? Si j'avais été capable de formuler toutes ces questions l'affaire aurait été résolue très vite, mais l'enfance continuait à me bâillonner. Je me contentais de les observer, de les interroger certes, mais du regard seulement, à l'affût du moindre indice pour explorer dans leurs silences toutes ces années passées où ils avaient vécu sans moi. Le plus effrayant était que je prenais réellement conscience qu'il y eut un temps long, infini, où je n'existais pas. Comprendre qu'il y a eu un temps où l'on n'a pas existé, c'est comprendre qu'il y aura un temps où nous n'existerons plus. Où je n'existerai plus. Souvent ma grand-mère Rose s'agaçait de mes regards et me demandait si je n'avais pas des choses plus intéressantes à faire. Bien des années plus tard il m'est arrivé de ressentir une réelle gêne face au regard d'un enfant sur moi qui, de toute évidence, cherchait à savoir qui j'étais. L'étrangeté (au sens de ce qui est connu mais qui devient parfaitement étranger) allait occuper une place considérable dans ma vie comme si l'enfance n'était qu'un territoire d'énigmes qu'il fallait traverser avec vigilance, de la même façon que dans les contes il faut traverser des forêts enchantées et malveillantes.

12

Impossible pour moi de faire le lien entre la photographie de Rose, prise le jour de ses dix-huit ans et la femme puissante qui dominait aujourd'hui la place. La prise de poids avait entièrement refaçonné la silhouette gracile de la jeune fille élégante, mais son regard restait inchangé. Son corps volumineux était devenu une sorte d'écrin pour ses yeux. Elle avait perdu l'élégance, le raffinement et la modernité d'avant son mariage. Quelque chose en elle avait renoncé à toute forme de représentation. Je croyais son corps un rempart contre le monde, alors qu'il n'était que l'expression absolue de sa volonté d'être une femme du peuple. Se fondre tout en se distinguant, appartenir à cette armée d'ouvriers tout en y occupant une place de choix.

Certaines photographies témoignaient de la vie passée et de la beauté de Rose « au temps de ma jeunesse », disait-elle, où elle était mince comme un fil. Cette expression produisait sur moi un effet particulier. D'une part, elle laissait entendre que sa vie aujourd'hui était moins heureuse qu'*au temps de sa jeunesse*, et, d'autre part, cette nostalgie joyeuse dite avec des mots si simples me fit comprendre que ce monde avant ma naissance que je croyais perdu était un monde toujours vivant dans le corps et dans le regard des vieux. La conscience du passé le réduisait à une sorte de maelström d'histoires, qui avec la complicité des heures avait le pouvoir de tout ensevelir. Le passé m'apparut comme une vague qui grossissait au fur et à mesure au point de tout attraper sur son passage. Une sorte de tornade.

— Un jour nous serons tous de l'autre côté. N'oublie jamais ça, un jour nous serons des gens du passé, nous ne serons jamais des gens de l'avenir. C'est une bêtise de faire croire ça à la jeunesse.

Ces mots de ma grand-mère me faisaient échouer sur les rivages du passé auquel nous finirions par appartenir.

— La seule assurance possible sur l'avenir, c'est donc la promesse d'appartenir un jour au passé. C'est pourquoi, expliquait-elle, la vie ne peut se passer sans se demander ce que nous allons laisser sur cette terre. Je sais, c'est un peu effrayant comme perspective, mais ça ne devrait pas ! Ce qui est effrayant, c'est de ne pas comprendre ce que nous faisons de notre vivant.

13

C'était autour de l'inconstance de ma mère que s'organisait ma vie. De quel mal souffrait-elle pour être d'humeur ou de tempérament si changeants ? Il traînait dans la famille l'histoire d'une grand-tante, une des sœurs de la vieille grand-mère et de la tante Anna. Elle s'appelait Marie et avait abattu un homme de sang-froid et d'un seul coup de fusil, presque une exécution. L'histoire ne se racontait qu'entre femmes, seul Paul qui venait prendre régulièrement le café avec sa mère Simone et sa grand-mère Anna y prenait parfois part. À les écouter, il était évident que l'exploit consistait dans la manière dont cette ancêtre était passée entre les mailles du filet des gendarmes et de la justice. On l'appelait la Bodonade. Ce qui devait vouloir dire en patois « l'enfant qui dort » ou « l'enfant endormi », et par extension sans doute « la somnambule ». Avait-elle tué en état de somnambulisme ? Était-elle sujette à ce genre de crises nocturnes d'autant que le meurtre s'était passé de nuit ?

Cette ancêtre était devenue *la* figure tutélaire pour les femmes de la famille qui pensaient que la chose ne méritait pas d'être portée devant la justice puisque manifestement la justice avait été rendue en le tuant. Raconter cet épisode était une manière de rappeler que les femmes dans cette famille ne se laissaient pas faire. Les raisons de ce meurtre restaient floues. Un voleur l'avait-il terrorisée une nuit, un prétendant avait-il compté sur sa peur pour l'atteindre et peut-être la violer ? Quoi qu'il en soit, l'essentiel était de faire résonner cet héroïsme féminin sur trois générations de femmes qui affirmaient qu'elles étaient bien les héritières de cette folle magnifique. Immanquablement, ma grand-mère, le cousin Paul ou la tante Anna finissaient toujours par dire que Louise était le portrait craché de « la Somnambule ».

Ma mère serait donc, d'après tout le monde, capable de tuer si quelque chose en elle se déréglait. Loin de m'inquiéter ou de me faire peur, cette expression répétée – « le portrait craché » – et l'idée que ma mère pourrait être une criminelle eurent sur moi l'effet de renforcer mon lien avec elle, de tresser de manière encore plus solide le fil invisible qui nous reliait. J'eus très tôt la certitude que ma présence seule pourrait la soutenir, être un contrefort à sa folie, que mon amour pour elle était si démesuré qu'il lui éviterait d'en arriver à une telle extrémité. Depuis longtemps je cherchais par tous les moyens à entretenir ce lien précieux avec elle dans l'espoir de la maintenir autant qu'il était possible dans son monde que je connaissais mieux que quiconque et de lui éviter de commettre le pire.

14

Le marin ne reviendrait que dans quelques mois et, malgré la promesse de mariage, ma mère n'attendait pas son retour pour aller danser à la Maison du peuple où ma grand-mère officiait au vestiaire les samedis soir. Elle connaissait toutes les danses et commença aussi à s'adonner au twist. L'orchestre, composé de quatre jeunes musiciens aux vestes en lamé argent à revers noirs sur une chemise blanche fermée au col par un nœud papillon western, jubilait à l'idée de réveiller les mères qui accompagnaient leurs filles et en profitaient pour danser un peu entre elles, les valses surtout. Le twist apparaissait d'une indécence totale. Ça se remuait les hanches et les fesses dans un dévissé contrebalancé par les bras. Certaines mères allaient chercher leurs filles au milieu de la piste et les ramenaient sur une chaise près d'elles. C'était surtout la première fois qu'on dansait sans partenaire. Avant le twist jamais personne n'avait osé se risquer à cet exercice propre aux « indigènes », comme disaient les plus âgés en pensant aux Africains. Les danseurs et les danseuses de twist se faisaient face et se souriaient, s'excitaient et se lançaient des regards de défi. Plus rien à voir avec les regards passionnés du tango ou ceux plus évanescents de la valse. Le rythme associé aux jeux de jambes des twisteurs inondait de gaieté les spectateurs qui n'en revenaient pas. Pour ma grand-mère le twist n'était qu'un poison de plus offert par les Américains pour nous endormir et nous faire gober leur mode de vie.

— On a bien réussi à en finir avec les Boches – et c'était autrement plus difficile –, alors pourquoi on n'arrive pas à chasser ces Américains ? On se demande bien ce qu'il fait, de Gaulle.

Si l'occasion se présentait, ma grand-mère, capable de la pire mauvaise foi, répétait cette phrase que tout le monde prenait pour un slogan communiste. Ça valait aussi pour les conserves, la musique ou le traité de l'Atlantique nord.

*

Ma mère arrivait toujours seule au bal. Elle ne s'installait jamais près du vestiaire, non pour être loin de sa mère, mais parce qu'elle avait besoin d'exister seule face aux hommes. Toujours la même place, face à la porte d'entrée, assise sous la scène où se tenait l'orchestre, entre une fresque qui représentait l'été et une autre l'automne. Les autres filles célibataires étaient assises autour de la salle de bal sur des chaises ; et les hommes faisaient la queue pour les inviter. Un cavalier après l'autre, ma mère enchaînait les danses sans que jamais elle transpire ou s'essouffle. Rose ne résistait pas à une valse quand un cavalier le lui proposait. Mais le plus souvent elle dansait avec Paul, le fils de sa cousine Simone. Le grand gars à la moustache naissante valsait comme personne. Souvent elle reprenait le jeune homme pour lui indiquer qu'une valse, une vraie, c'est-à-dire une valse musette, se dansait à l'envers et quasiment sur place. Elle qui était si grosse dans les bras de ce petit-cousin si grand et si maigre devenait légère, ses pieds glissaient sans jamais soulever les talons, sa tête contrebalançait le mouvement en sens inverse pour ne pas perdre l'équilibre. Elle était comme une sorte de vis perpétuelle et ses chevilles d'une grande finesse rappelaient sa jeunesse.

Elle attachait une grande importance à cette idée que la jeunesse ne s'enfuyait pas totalement. C'était d'autant plus curieux qu'elle ne prenait pas grand soin de son apparence, sauf le samedi soir pour le vestiaire où elle se faisait une rapide mise en plis malgré le peu de cheveux qui lui restaient, enfilait sa robe noire au décolleté carré sur laquelle elle accrochait une broche en forme de nœud serti de petits brillants que sa mère lui avait offerte pour ses quarante ans – ou plutôt que sa mère avait payée pour qu'Antoine puisse la lui offrir. C'était l'unique tenue qui lui servait aussi bien pour les mariages, les extras et les enterrements. Le noir avait le pouvoir, disait-elle, de faire tout oublier, la pauvreté comme les bourrelets. Elle abandonnait ses charentaises et chaussait une paire de souliers noirs à talons plats et carrés et emportait ses pantoufles dans un sac en tissu au cas où elle ne supporterait plus les chaussures.

Aucun des garçons de Vic-le-Comte ne serait entré dans le bal sans venir la saluer et lui demander l'autorisation d'inviter sa fille.

Il n'y avait pas de meilleur endroit que le bal pour rencontrer des hommes célibataires. La plupart venaient d'assez loin. Les bals de la Maison du peuple étaient réputés à des lieues à la ronde à cause de la beauté de la salle qui donnait de l'ampleur à la soirée, de ma grand-mère qui renseignait tout le monde et de Ginette Lafarge, une amie de Rose, qui faisait des sandwichs au saucisson tartinés de pâté au milieu, quelques frites en hiver et du café.

Chez Madeleine (anciennement le café Chez Baptiste de son père), juste en face, restait ouvert jusqu'à la fin du bal. Ça dansait et ça castagnait aussi parfois. Les bagarres ne duraient jamais longtemps mais pouvaient faire des dégâts. En général ma grand-mère ou Ginette récupérait les blessés pour les soigner. Les gendarmes n'arrivaient que bien après, ce qui laissait largement le temps aux bagarreurs de faire leur besogne. Tout semblait être organisé pour que chacun trouve son compte dans ces bals du samedi soir qui prenaient très vite des allures de fêtes royales.

Les jeunes loups solitaires à la recherche d'une épouse étaient repérables à leur façon de faire, à la queue leu leu, le tour de la salle. Il s'agissait d'une sorte de parade ; d'abord un premier tour complet pour se montrer, croiser les regards, mesurer l'intérêt, avant de passer lors du second tour à l'invitation. Les jeux de regards, de velours ou d'incitation à la débauche, étaient une leçon de séduction totale. Souvent plusieurs des futurs cavaliers passaient sans faire d'invitation. Ma mère était habile dans ce domaine et ses refus répétés participaient d'une stratégie pour que celui auquel elle répondrait « oui » comprenne qu'elle l'avait choisi, et non l'inverse. Elle avait des critères assez simples : la largeur des épaules et la qualité des chaussures. Un gringalet qui se présentait devant elle n'avait aucune chance, le plus bel homme de la terre qui n'avait pas des chaussures parfaitement cirées encore moins. Certains, après le refus qu'ils avaient essuyé, venaient se plaindre à ma grand-mère.

— Je n'y peux rien, mon p'tit. Et ça fait bien longtemps que je ne cherche plus à comprendre.

Elle éprouvait une sincère affection pour ces jeunes hommes. Certains me demandaient de ne pas oublier de dire « à ta maman que j'aime beaucoup les enfants ». Quand ils s'approchaient de moi pour me parler en confidence, je sentais leur odeur de près. Ils venaient tous de faire la grande toilette de la semaine et de se parfumer à l'eau de Cologne. Leurs odeurs d'ambre, de musc ou de vétiver pour les plus sophistiqués m'enivraient. Ce n'étaient pas des odeurs familières, surtout si l'odeur du tabac s'y ajoutait. Aucune femme ne portait ces parfums, la plupart sentaient la violette ou le jasmin. J'aimais davantage les odeurs de ces hommes qui se penchaient vers moi pour me soudoyer.

15

La vérité était une maladie dans ma famille, non pas au sens où il fallait la dire, mais au sens où il fallait la connaître parfaitement pour mieux la dissimuler. C'était ça la maladie : enfouir l'histoire, les choses troubles du passé comme les désirs inassouvis et les mauvaises intentions, celles dont personne n'était fier. L'état de petite enfance nous empêche d'obtenir la moindre réponse aux choses étranges, disparates et infinies constituant les mondes qui nous entourent et au milieu desquels nous sommes apparus si récemment. Ne rien dire aux enfants. Profiter de leur ignorance pour enfouir encore plus profond la vérité dont la première consisterait à leur dire pourquoi ils sont là. J'avais l'impression d'être abandonné à mon sort, jeté dans un désert, sans aucun accès à toutes les choses qu'ils savaient. C'est le premier abus que l'on fait subir aux enfants et ma vie semblait avoir commencé par ce châtiment.

Aucun refoulement là-dedans. Juste la volonté parfaitement consciente des adultes de dissimuler la vérité. Mais la perversion vient de la façon dont ils laissent suffisamment d'indices pour obliger celui ou celle qui arrive dans la famille à payer une sorte d'octroi en efforts surhumains pour un jour avoir enfin accès à l'histoire de ceux qui l'entourent et qu'il a fallu leur arracher. Je ne parlais pas plus que les autres enfants, mes silences n'étaient pas plus profonds mais je respirais, malgré moi, les effluves que dégageait ce suintement des secrets. Un parfum ni agréable ni nauséabond sur lequel la vieille grand-mère avait une idée précise. C'était dans sa chambre que je me réfugiais le plus souvent, au plus près des secrets enfouis. Mariette fut le chemin qui m'ouvrit la première porte sur le monde.

16

La vieille grand-mère était redevenue une petite fille sèche et espiègle. Je me suis mis à l'aimer. Je ressentais soudain pour elle un amour inconditionnel comparé à celui un peu forcé que j'éprouvais pour ma mère, mais qui surtout ne demandait aucun effort ni aucune démonstration. Après tout nous étions elle et moi les deux extrémités de cette famille, et comme elle aurait surfilé un ourlet elle faisait un saut en arrière, repassait par l'enfance, m'attrapait dans sa boucle et renouait avec moi un lien curieux. Elle me fascinait avec sa bouche de nourrisson édentée qui semblait téter une mamelle invisible quand elle ne parlait pas. Elle parlait peu sauf pour dire des choses étranges, poétiques ou méchantes, comme si les choses ordinaires n'avaient plus aucun attrait pour elle. Elle moulinait de curieuses pensées dont j'entendais le bruit de fond quand elle se mettait à marmonner, puis elle en crachait quelques bribes qui agissaient comme un oracle.

— Ah, tu la renifles toi aussi cette odeur, hein ? Tu sais-t-y pas ce que c'est ? Non tu sais pas. De toute façon tu sais rien, pauv' gamin. On veut tout savoir, hein ? Mais on sait rien à ton âge. Rien du tout. Et crois-moi tu vas rester longtemps encore sans rien savoir du tout... Approche-toi...

Elle avait l'apparence des sorcières des contes et pourtant je m'approchais sans crainte tant elle me paraissait fragile et inoffensive. C'était d'ailleurs la seule personne que je rangeais du côté des objets.

— Tu trouves pas que ça sent bizarre dans cette chambre ?... Je vais te dire, moi, c'est l'odeur de sainteté ! Eh oui ! Tous ces idiots, ta mère en tête parce qu'elle est pas bien fine la Louise, c'est pas qu'elle est bête, elle est mauvaise... Tous y pensent que la sainteté ça sent la rose mais en réalité ça sent le chou et le vieux. Et tu sais pourquoi ?... Non, tu ne sais rien ! Parce que tous les saints ont plus de six cents ans, y en a même des plus vieux encore alors ça peut pas sentir bien bon tout ça ! Mais... (posant son doigt déformé par les rhumatismes sur sa bouche édentée)... tu tiens ta bouche bien cousue : c'est un secret. Le problème, vois-tu, et je te connais bien, c'est que t'es pas bien normal. Ça, crois-moi, c'est une chance. Et tu n'es pas le seul.

C'était ce qu'elle me répétait quand elle ne me prenait pas pour son fils. Alors, pour me réconforter, je cherchais qui d'autre que moi, sur la place ou dans les alentours, pouvait appartenir à la même catégorie, celle des anormaux. Sans cette recherche j'aurais laissé le monde des autres, ceux de la place et de la proximité de la place, dans le brouillard. Je forçais mon regard d'enfant à observer. Parmi tous ceux qui m'apparurent, seuls quelques-uns répondaient à ce critère, du moins se différenciaient des autres. La fille du photographe M. Dessaints portait avec une grande assurance une moustache duveteuse au-dessus de ses lèvres charnues peintes en rouge sang. On disait qu'elle était morte garçon à la naissance et avait ressuscité en fille quelques heures après. Effectivement, elle ressemblait à un homme déguisé en femme, surtout à cause de ses mains aussi épaisses que celles du boucher, les ongles peints en rouge comme ses lèvres et ses doigts couverts d'énormes bagues tarabiscotées. La brodeuse, Germaine Delcroix, la vieille aux doigts de fée, très croyante, qui confectionnait les trousseaux de toutes les jeunes filles, portait elle aussi une véritable moustache et même de jolies rouflaquettes plus soyeuses sur les tempes, mais elle avait la voix douce des anges. Comparé à tous les hommes que je connaissais, le cousin Paul, le meilleur ami de ma tante Véronique, repassait, cousait, cuisinait ; un vrai gueulard et dans le même temps d'une gaieté affolante, drôle jusqu'à l'excès, généreux comme personne, tonitruant et théâtral. Le curé, dont la plupart des dents étaient en or, portait de grandes robes noires, les jambes et les pieds nus dans ses sandales. Enfin, dans une petite rue, derrière la maison, tout près de la grange où mon grand-père élevait des bêtes, vivait le Galérien. Cet homme n'avait plus d'âge, mal rasé, costaud et sale. Il portait des lunettes rondes en écaille avec des verres si épais que ses yeux derrière ces loupes grossissaient ou rétrécissaient selon qu'il bougeait la tête dans un sens ou dans l'autre. Il ne sortait que très rarement. On accédait chez lui par un petit escalier de pierres disjointes. Sa maison étroite qui ne comportait que deux pièces l'une sur l'autre était contiguë à la maison du cantonnier dont la fille lisait tout le temps. Elle aussi était étrange, légèrement bossue avec un visage de Madone mais inabordable, hors d'atteinte, comme si elle avait fait de son infirmité un rempart puissant pour protéger la fragile forteresse dans laquelle elle se tenait bien droite. Le Galérien, incapable de se tenir debout sous le plafond trop bas, était le plus souvent allongé. Sa « carriole », comme il nommait sa masure, était bourrée de tous les objets qu'il avait rapportés de ses « campagnes ». Il employait toujours le mot « campagnes » au lieu de « voyages ». Il le disait avec la conviction d'un ancien grognard de l'armée napoléonienne, lui qui évoquait l'Empereur très régulièrement, surtout pour commenter l'actualité algérienne. Il imaginait comment Napoléon aurait réglé la situation là-bas. Des marionnettes extravagantes pendouillaient sans vie sur le bord d'un carrousel qu'il avait fabriqué. Il passait ses journées enveloppé dans un peignoir de femme entièrement brodé de fils d'or qui s'effilochaient, le col serti de duvet de cygne, à lire des livres d'histoire, des biographies ou des récits militaires. Mon grand-père lui apportait de la soupe ou quelques fruits et légumes du jardin, quelquefois un livre que ma grand-mère glissait pour lui dans le panier. Le Galérien s'appelait en réalité Joseph Marsan. Seul mon grand-père avait le droit de l'appeler par son prénom. Joseph me fascinait autant qu'il m'effrayait. Et pourtant j'aimais de temps à autre m'aventurer chez lui, seul. Cette intrusion était bien une aventure qui, comme toutes les aventures, nécessitait un certain courage. J'aimais passer du temps dans le minuscule capharnaüm de sa vie à l'écouter raconter toutes sortes d'histoires fantastiques en s'appuyant sur les objets qui l'entouraient, plus étranges les uns que les autres.

— Tu comprends, gamin, tout ce bordel ça me sert de pense-bête ! Ça m'empêche d'oublier des choses et des gens surtout. Les choses sont toujours associées à des gens. C'est comme ça. Mais les choses sont récalcitrantes des fois, faut que je les frotte comme la lampe d'Aladin si je veux faire sortir l'histoire qui est dedans. Et si tu les ajoutes aux gens, ça fait des histoires, que je te dis.

Tout était prétexte à raconter des histoires, sa lanterne magique dont les verres étaient en partie brisés, son gramophone avec son pavillon en corolle sur lequel il n'écoutait que des marches militaires, une boule qui faisait de la neige avec la Vierge de Lourdes dans sa grotte et la petite Bernadette agenouillée devant son fagot de bois qu'elle avait ramassé dans la forêt, et surtout son incroyable théâtre de marionnettes. C'était lui qui les avait fabriquées au cours de ses nombreux voyages l'ayant conduit jusqu'en Chine !

— Ah ça, la Chine, c'est l'empire de la magie et des tortures. Tu vois, crapule, si tu crois que les marionnettes sont de simples marionnettes, c'est que t'es fichu. Tu sais pas ça encore mais il y a un moment où les objets deviennent des choses, et ça, c'est quand les objets cessent d'être liés à leur fonction et que les souvenirs les auréolent d'une sorte de sainteté.

Effectivement ses marionnettes allaient bien au-delà de simples figurines en papier mâché.

D'après lui, elles avaient le pouvoir de guérir quand le mal du pays l'avait souvent pris dans ses voyages lointains. J'ai vite compris que l'essentiel de sa vie tenait dans ces cinq poupées qui le rattachaient à son enfance.

— Celle-là, c'est ma mère. Je lui ai fait un costume dans un sac, parce que c'était une grosse dondon qui n'aimait que les patates et le sucre. T'aurais rien pu lui faire avaler d'autre. Pas bien intelligente ma mère, que je te dis ! Mon père... Ah mon père, c'était un ancien gendarme qui buvait comme un trou, c'est pour ça que je lui ai fait un gros nez rouge et tout abîmé, et puis y maîtrisait pas sa force que je te dis. Mon grand frère ? Un voyou qui portait casquette à la Gavroche et foulard rouge autour du cou, de la mauvaise graine celui-là, ça t'aurait tué père et mère pour un sou, que je te dis ! Mais c'était mon frère, que veux-tu ! Et celle-là... ma merveille. Ma petite sœur Toinette. Je l'ai mise dans une dentelle blanche. Pas possible autrement, c'est la première morte de la famille, un ange du paradis cette p'tiote, que je te dis.

Venait en dernier la marionnette la plus étonnante, une espèce de reine des pays lointains coiffée d'une couronne en laiton sertie de perles et vêtue d'une robe chinoise assise sur un trône bleu en carton.

— Celle-là, personne à part moi a le droit de la toucher, c'est ma femme. Et si je l'ai assise en majesté, c'est pour me rappeler la grandeur et la beauté de l'amour. C'était une créole de Madagascar. Une femme, mes aïeux ! Mais alors une femme ! Une vraie ! Du genre qui charmait les serpents. C'est que vois-tu, gamin, fallait bien savoir charmer les serpents pour réussir à charmer un type comme moi, que je te dis !

Il partait d'un grand éclat de rire ; du coup sa bouche révélait tous ses chicots et crachotait une nuée de postillons autour de lui.

— Voilà, t'en as appris des choses aujourd'hui, pas vrai Jean ? C'est qu'il y en a tellement d'autres à apprendre ! Mais on s'en fout pour l'instant ! L'important c'est que tu dois savoir que les morts sont pas morts.

Ce fut la grande leçon ! Celle qui me rassura sur mon goût pour les fantômes. Dès l'âge de cinq ans je commençais à appréhender l'idée de la mort, du fait que la vie s'arrêtait même si je n'avais encore jamais vu de mort, à part l'oiseau dans le jardin. Je ne sais pour quelle raison je n'en ai pas parlé à mon grand-père alors que je lui faisais part de mes moindres découvertes. Après tout c'était lui qui pratiquait la toilette funéraire des morts du village. J'en étais arrivé à la conclusion que les oiseaux ne nécessitaient aucun soin particulier une fois leur vie envolée. À la différence des humains qui, si j'avais bien compris, devaient être lavés, parfumés et habillés de leurs plus beaux habits. Les humains morts étaient donc sales, sentaient mauvais et s'habillaient mal, à la différence des oiseaux qui ne perdaient rien de leur plumage et ne dégageaient aucune mauvaise odeur. Tout le monde disait au sujet des morts qu'ils étaient allés au ciel mais les oiseaux y ont passé toute leur vie. Un autre sort leur était destiné, sûrement aussi merveilleux, mais lequel ?

17

Être enfant participait d'un cauchemar dont je n'arrivais pas à m'extraire. Je n'ai jamais rien connu d'aussi éprouvant que ce gouffre sans fond qui s'était creusé depuis ma naissance. Je me disais que dans cette amnésie se trouvaient sûrement cachées toutes sortes de choses trop molles ou trop transparentes pour qu'elles se révèlent à moi, comme Marie-Claire. Elle devait savoir ce qu'il s'était passé depuis ma naissance, à moins qu'elle ne soit morte avant ? Ou qu'elle ne soit partie ailleurs ? Prononcer son prénom provoquait à chaque fois une réaction violente, en particulier chez ma grand-mère. Si elle était partie depuis très longtemps, les réactions à son sujet se seraient estompées, comme lorsque ma grand-mère évoquait son frère Pierre, mort à la guerre ; elle se le rappelait avec tendresse, et même s'il lui arrivait d'avoir les yeux pleins de larmes, la douleur avait disparu pour ne laisser place qu'au bonheur que provoque la montée des souvenirs. C'était ce bonheur-là que je n'arrivais pas à trouver. Ce grand-oncle aussi était un mystère, non pas parce que je l'ai longtemps cru un enfant-soldat, mais parce que son nom n'était pas inscrit sur le monument aux morts.

18

Celle qui parlait le plus du temps passé mais dans un grand désordre et avec toutes sortes d'inventions était la vieille grand-mère. Tout dans cette chambre était vieux jusqu'au papier peint aux papillons. J'attendais quelquefois qu'elle s'assoupisse après le repas de midi. Mariette changeait d'état selon sa fatigue, quelquefois elle m'apparaissait comme une enfant et d'autres fois comme un chat dans son fauteuil Voltaire, une fois je l'ai prise pour une statue de cire. Elle ne dormait que d'un œil et de l'autre menaçait quiconque entrait sans son autorisation.

Tout le monde disait qu'elle n'allait plus tarder à mourir ; et tout le monde plaignait ma grand-mère de devoir s'occuper d'une mère si dérangée. Ce n'était pas tant qu'elle perde la tête qui posait problème, mais de faire chaque jour le constat de sa décrépitude croissante, elle qui avait été une maîtresse femme. De cette femme-là il ne restait plus rien, si ce n'est quelques soubresauts de vitalité qui faisaient encore résonner son ancienne autorité.

Elle avait dans sa chambre une statuette dorée, un cavalier monté sur son cheval qui se tenait en position de triomphe ou de conquête. Il portait un étendard d'or à la main. L'idée de la conquête me plaisait. Je pensais qu'il s'agissait d'une manière d'être, une position, une raideur due au bronze ou à l'armure qui s'opposait franchement à la mollesse de mon corps d'enfant. Je rêvais d'un corps droit, solide comme si je pressentais que j'allais devoir un jour me défendre violemment. Il ne me manquait plus qu'un étendard que je trouvai facilement dans le grenier : le drapeau français surmonté d'une pique en laiton doré que mon grand-père sortait une fois par an pour se rendre au monument aux morts et célébrer les copains tombés « là-bas », avant de le ranger pour un an.

Mariette se réveilla, toute petite, avec ses yeux bleus vitreux presque blancs. Elle parut heureuse de me voir jusqu'à ce que je comprenne qu'elle me prenait cette fois pour son fils, l'enfant habillé en fille dans le cadre en écaille de tortue.

— Mon petit Pierrot, mon petit Pierrot t'es revenu ! Je me suis fait un sang d'encre... !

Elle avait toujours cru à la résurrection des corps et pensait sincèrement qu'il était grand temps qu'on lui rende son grand garçon disparu sur le Chemin des Dames. La résurrection n'avait rien à voir avec un miracle mais avec une promesse, tout comme le royaume de Dieu en était une. Il suffisait pour cela d'aller à la messe tous les dimanches puisque la chose est très clairement annoncée dans les Évangiles. Comme Lazare ou la petite fille morte qui se lèvent et qui marchent ! Si elle adorait ces deux histoires, elle aimait nettement moins celle de la résurrection de Jésus dans laquelle elle voyait des irrégularités. Il s'était présenté en premier à sa mère après sa crucifixion. C'était elle qui l'avait vu sur le chemin, trois jours après sa mort. Mariette ne le contestait pas. Mais alors à quoi bon faire une apparition de si courte durée, tout ça pour foutre le camp au ciel et rejoindre son père ?

— C'est toujours la même histoire, vois-tu, avec les fils, ils finissent toujours par rejoindre le père ! T'as beau faire ! T'as beau leur avoir torché le cul, les soigner, les élever... parce qu'elle a fait ça la Vierge Marie ! On le dit pas dans les Évangiles mais moi je sais qu'elle l'a fait ! Pauvre femme ! Et voilà qu'à la première occasion il te fout le camp vers son père qui n'a rien fait pour lui ! Ça, crois-moi, c'est dur à avaler. Et si tu veux mon avis Jésus n'est pas le meilleur exemple à suivre. Après, évidemment, sa pauv' mère n'a pas eu le choix, elle est montée au ciel elle aussi, le 15 août. Trois mois et demi après son fils. Ça a dû *marailler* dans sa tête pendant ces trois mois. J'y vas, j'y vas pas. Elle était bien embarrassée parce que figure-toi qu'elle n'avait jamais rencontré le père de son fils ! Jamais ! Quelle histoire ! Mais quelle histoire ! C'est très rare, mon p'tit, que les femmes ne connaissent pas le père de leur enfant, mais là, c'était le cas, elle ne le connaissait qu'en prières. Va comprendre. Mais toi, t'es pas aussi ingrat que les autres garçons, tu reviens vers moi ! Et puis ton père, tu dois pas même t'en souvenir. Moi si ! Une belle saloperie !... Ton défaut, vois-tu, c'est que t'étais doux et gentil comme une fille.

À cette période où j'étais tracassé et entièrement dominé par l'idée de la mort et la mort des souvenirs, je la laissais dire. J'aimais qu'elle me prenne pour Pierre et qu'elle m'offre une histoire de sa naissance à sa mort. Je ne m'opposais pas à elle, je ne la contredisais pas parce que j'avais l'impression qu'elle me lavait, qu'elle me ramenait à une réalité simple et sans calcul. Toutes mes inquiétudes disparaissaient. Je savais à nouveau ce qu'il fallait faire : suivre de manière inconditionnelle ma mère, ne jamais la perdre de vue et la chérir plus que tout. À part ça, la vieille grand-mère me laissait faire ce que je voulais dans sa chambre dont elle n'ouvrait plus les rideaux. Je n'y entrais pas uniquement pour la dépouiller de la statuette dorée qui m'attirait comme un aimant, mais parce que quelque chose du temps passé me parvenait dans cette chambre, dans les odeurs, entre le renfermé, la poussière et les effluves du papier d'Arménie, cet extrait de résine de benjoin qui venait lui aussi d'Indochine. Cette statuette m'aimantait, pas seulement à cause de la dorure mais parce que je ne savais pas si c'était un homme ou une femme. Je ne connaissais pas son histoire et je ne connaissais pas non plus son nom jusqu'au jour où Mariette me le révéla.

— C'est ta Jeanne, mon grand. Reprends-la donc. Tu vois, je l'ai pas abîmée et je l'ai toujours bien astiquée.

C'est ainsi que Jeanne d'Arc, cette fille habillée en homme, entra dans la liste des monstres avec le Galérien, George Dessaints, Mme Lacroix et Paul.

Jeanne d'Arc prit une place centrale dans la chambre que j'occupais désormais seul en semaine. Cette figure de femme représentait une vraie guerrière, un soldat capable, comme mon père en Indochine puis en Algérie, d'aller au combat en temps de guerre. La brèche était ouverte. Une nouvelle voie se proposait à moi, même si je pressentais que la statuette renfermait d'autres secrets.

*

Il m'arrive encore quelquefois de m'arrêter, de me poser et de refaire le chemin de ma journée depuis mon réveil. Vérifier si je me souviens de tout ce que j'ai fait, pensé ou rêvé. Une obsession qui date de mon enfance pendant laquelle, dès que j'ai su écrire, je passais mon temps à faire des listes. Écrire pour ne pas devenir fou ! Si je m'arrête pour faire cet exercice, c'est que l'angoisse m'a rattrapé. Elle peut venir de presque rien et il faut peu de chose pour me foutre par terre malgré ma grande carcasse. Dans ce cas, je fais une liste. Ça marche à tous les coups. Ça me calme, ça me rassure. Mais ça ne dure pas. Surtout quand je me rends compte qu'il suffit de quelques minutes pour faire l'inventaire de plusieurs heures de ma journée. Si je le fais oralement ça ne dure que quelques minutes ; si je l'écris ça peut durer plus longtemps à la relecture, un quart d'heure, vingt minutes. Pourtant rien ne manque. Je recommence et rien ne manque à nouveau. Je me relis et rien ne s'ajoute non plus. Quelle que soit la réponse à cette énigme nous devons faire comme si de rien n'était, comme si nous avions résolu le problème ou comme s'il n'y avait pas de problème. C'était précisément ce que j'étais incapable de faire, sans comprendre que j'apprenais sûrement à accepter que l'écriture qui devait m'aider à restituer les actions n'avait aucun lien avec le temps ou que le temps du souvenir était bien un temps réel mais rabougri comme celui des rêves.

Quatrième partie

1919-1922
Tohu-bohu et Tabula-rasa

Rose

Le bruit d'une révolution en Allemagne parvient jusqu'à Rose qui lit tous les journaux. Cet événement qui a mis le Kaiser à genoux est le premier sur lequel elle a un avis tranché et personnel. C'est-à-dire qui n'est pas dicté par Pierre. Elle n'aime pas ce que rappelle sans cesse Ebert dans tous ses discours : « Ce n'est pas la révolution allemande qui a fait perdre la guerre, elle a juste permis d'y mettre fin. » La nuance est de taille mais la phrase reste dégueulasse. Que représente réellement une révolution davantage gagnée par une défaite mondiale que par des combats au nom de la justice sociale ? Il y aurait pourtant eu gloire à la faire perdre cette guerre ! La phrase d'Ebert est pour elle une insulte aux soldats morts, qu'ils soient français ou allemands.

Rose a quinze ans et c'est la première fois qu'elle souligne un dysfonctionnement dans le discours d'un homme politique, ces petites phrases qui leur échappent et qui en disent plus long sur leurs réelles intentions que tout leur charabia politicard. Et puis cette idée de fonder une république dans la petite ville de Weimar ! Certes, la ville des grands poètes allemands qu'elle n'a pas encore lus. Mais si loin de la capitale ! C'est comme si en France on avait déclaré la république à Lyon ou à Marseille. Ça lui paraît une absurdité. Il faut avoir une bien petite idée de la révolution et de la république pour aller les installer dans une province d'opérette. Elle ne sait pas encore que dans cette petite ville avait déjà éclos le ferment même de la modernité, le Bauhaus. Le seul intérêt qu'elle voit dans cette république de Weimar est l'obtention du droit de vote pour les femmes allemandes qu'elle a aussitôt traduit de cette manière : « Pour que les femmes obtiennent le droit de vote, il n'y a qu'une solution : que leurs maris soient vaincus. » Sa mère n'aimait pas quand sa fille prenait ses grands airs pour faire ce genre de déclaration dans le magasin de parapluies et d'ombrelles devant les clientes, surtout si l'une d'elles venait à se plaindre de son veuvage et de son sacrifice.

Le seul événement qui rassure Rose est de savoir que le bruit de la révolution russe était parvenu jusqu'aux tranchées françaises, jusqu'à Pierre, et qu'il n'est pas mort sans avoir connu cet avènement. Son frère le lui avait écrit : « Un bruit de tonnerre, cette révolution, ma grande petite Rose ! Un bruit à soulever la terre et les hommes avec plus de force et de violence qu'un obus jusqu'à ce que ces projectiles se transforment en une rumeur lancinante, se fourrent dans la tête des copains et inquiètent nos chefs. » *Elle sourit à chaque fois qu'elle relit cette lettre. Elle n'en revient pas que la guerre ait produit une grande révolution. Pas comme cette révolution allemande facile et suspecte. En Russie, même s'il a fallu passer par une guerre civile, la révolution a pris, dans son esprit de jeune fille, la dimension d'un miracle à l'échelle mondiale.*

Ça avait fait un sacré foin cette histoire, du côté français autant que du côté allemand. Hasard ou pas, les canons, les fusils et les obus s'étaient tus le jour de la bonne nouvelle. Pas longtemps, mais ils s'étaient tus. C'est dans ce silence de la sidération que Pierre a compris que la guerre ne tarderait pas à finir. Il ne savait pas qu'elle allait durer encore un an. Ça faisait trois ans et quatre mois que la guerre avait commencé et trois ans au moins que plus aucun soldat ne se battait pour la patrie mais pour sauver sa peau.

Il s'agissait juste de dire « non ». Ça avait suffi pour qu'un peuple entier se retourne contre son chef suprême, le tsar. Là-dessus, même les soldats qui n'étaient pas de ce bord politique enviaient le courage des soldats de l'armée russe. Dire non. Dire non à ses chefs ! Ça semble si simple à dire que ça finit par être impossible. Ce petit mot de rien du tout que plus personne n'avait utilisé ces dernières années avait eu plus d'effet que tous les mots écrits ou proclamés par les penseurs de la révolution dont Pierre s'était nourri. « Considérer les soldats comme le peuple, quelle grande idée ! Sous chaque uniforme c'est un homme du peuple qui se tient debout », *avait-il écrit. Après tout l'armée française était la fille aînée de la Révolution de 1789 ! Comment pouvait-on l'avoir oublié ? Il faut dire qu'elle s'était tellement compromise avec l'affaire Dreyfus.*

Pierre écrit encore le 5 avril 1917 : « Nos chefs, par crainte des mutineries, nous disent que tout est de la faute de Nicolas II, que le pauvre petit tsar n'aurait pas eu l'envergure nécessaire pour faire respecter la discipline au sein de ses troupes, un peu comme Louis XVI au moment pétaradant de notre Révolution. Mais quelle bassesse de croire qu'une révolution advient uniquement par la faiblesse d'un roi ou d'un tsar. Une révolution a lieu quand le peuple refuse enfin son oppression et les profits que les puissants tirent de sa pauvre existence et de son corps de misère, quand il comprend qu'il n'est pas considéré en soldat honnête et sincère mais comme chair à canon pour des intérêts qui le dépassent et qui ne le concernent pas. Rien, ma grande petite Rose, rien n'est dû à la faiblesse d'un puissant ! Tous les grands chambardements ne sont dus qu'à cette force originelle, inattendue et admirable qu'engendre l'indignation des hommes et des femmes qui n'ont plus rien à perdre puisqu'on leur a toujours tout pris. L'homme est un volcan endormi comme nos beaux volcans d'Auvergne. La paix va bien finir par arriver. Mais quelle paix si rien n'a été transformé, si tout revient comme avant ? Il faudra livrer d'autres combats, non plus dans les tranchées, non plus contre l'ennemi allemand. L'ennemi est cette fois-ci à l'intérieur de chacun de nos pays, peut-être même à l'intérieur de chacun de nous. Alors, je t'en supplie, ma grande petite Rose, n'écoute pas les sirènes, n'écoute personne d'autre, même pas notre mère qui pourtant a déjà tant fait pour nous, et marche vers un monde nouveau parce que moi je serai tout près de toi, mort ou vif. La guerre ne peut pas nous ramener là où elle nous a pris, nous tous, pas seulement les soldats, toi aussi ma petite Rose chérie. Sinon elle aura été inutile et les héros seront morts pour rien. Nous avons besoin de si peu de chose pour être heureux à condition qu'il en soit ainsi pour chacun de nous.

Ton Tabula Rasa qui t'aime et qui espère que tu continues à bien travailler à l'école. »

*

Quand Rose demandait à son frère : « Pourquoi tu écris ? », il lui répondait : « Je fais tabula rasa pour en finir avec le tohu-bohu. » Tabula-rasa était le nom qu'il avait donné à l'écriture et Tohu-bohu à celui du chaos qui précède l'écriture. Elle aimait tellement cette réponse et ces deux mots étranges qu'elle lui reposait régulièrement la question. Rien que pour entendre ces mots fabuleux qu'elle imaginait tout attachés : « Tabularasa et Tohubohu ! » Quand Mariette s'inquiétait de ne pas voir son fils sortir de sa chambre où il pouvait s'enfermer des heures à étudier, Rose s'interposait en expliquant à voix basse à sa mère qu'il ne fallait pas le déranger parce qu'il faisait Tabularasa !

Rose lui demandait cent fois : « Répète-moi les mots, s'il te plaît, mon Pierrot ! »

Pierre avait beau avoir douze ans de plus qu'elle, il n'hésitait pas quand le moment était arrivé de lancer ce cri : Tabula-rasa ! qui résonnait dans toute la maison. Il faisait le zoulou en jetant le boa de sa mère sur ses épaules et dansait torse nu une danse africaine dans le salon encombré de meubles tarabiscotés. Les monstres sculptés sur les bras des fauteuils et sur le buffet Henri II, les philodendrons et les grands paons brodés sur les rideaux transformaient le salon en une jungle épaisse, humide et brûlante, dans laquelle le cri Tabula-rasa se répétait en écho ! Ta-bu-la-ra-sa ! Ta-bu-la-ra-sa ! Comme des tam-tams ! Ta-bu-la-ra-sa ! Ta-bu-la-ra-sa, scandait-elle à son tour pour qu'il vienne la sauver. L'Afrique d'ébène parvenait en elle jusqu'à ce que son Pierrot la libère des mâchoires cruelles des bêtes sauvages ! Il n'y avait pas d'autre vocabulaire que ces deux mots pour partir en voyage. Tabula-rasa devint pour elle plus qu'un cri de ralliement, une promesse qui prit tout son sens après l'annonce de la mort de Pierre. C'est ce qu'elle aurait voulu que l'on grave sur sa tombe : Ci-gît Tabula Rasa, grand vainqueur du Tohu-bohu. Alors, elle décida de donner le nom de Tabula Rasa au guerrier massaï solitaire et celui de Tohu-bohu au paysage désertique aussi lisse et attirant que la page non encore écrite du cahier de l'écrivain.

Antoine
Printemps 1920

Un an et demi après son retour, Antoine ne s'est toujours pas résolu à rendre visite à la femme de Gaston. Ça le taraude. Comme si l'absence de réponse à la demande d'un mourant était pire que la promesse qu'il aurait pu faire. Il faudra bien se décider mais pour dire quoi ? « Gaston m'a chargé de vous dire avant de mourir qu'il vous aimait » ou « J'ai un message de la part de Gaston : il vous aime. Il est mort mais il vous aime ». C'est absurde. Ou « Gaston m'a dit de vous dire "Je t'aime" ». Ça c'est impossible ! « Qu'il vous aimait » ? Ou « qu'il vous aime » ? Au passé ou au présent ? C'est encore plus absurde ! Antoine sent bien toutes les subtilités à transmettre un message personnel. Ne rien prévoir. Il verra bien quand il sera devant l'inconnue. Sa petite sœur Marie-Antoinette a douze ans. Elle peut en son absence s'occuper de la maison et garder les deux vaches qu'il a rachetées avec ses dernières soldes versées en retard, après l'armistice. De l'argent qui n'a pas servi à tuer au moins ! Il sera rentré pour la traite. Mais ça aussi la gamine sait le faire.

La femme de Gaston habite Les Martres. À vol d'oiseau ça doit faire une petite trentaine de bornes mais par la route au moins quarante-cinq. Il descend à pied et pieds nus jusqu'à Clermont, ses chaussures lacées entre elles sur ses épaules pour ne pas les user, les chaussettes dans ses poches. Comme son père quand il descendait à la foire. Il aime faire les gestes de son père, des gestes réfléchis et utiles. Ces choses qui servent à tout le monde et à toutes les générations. Depuis son retour, il n'a pas vu grand-chose des fameux temps modernes. Là-haut c'est encore les siècles passés. À Solagnat, on vit toujours avec les trois voisins et les tantes. Rien n'a changé. Sauf le four à pain communal qui reste la plus récente construction. Deux ans après la Révolution ! C'est dire ! Depuis, plus rien, le Moyen Âge a repris le dessus comme l'humidité dans une maison inhabitée. Et pourtant il aime ça. Il aime cet état d'emprise que la nature a sur lui, sur son esprit et sur son corps. C'est elle qui l'a musclé. Aucune communion là-dedans, plutôt un état qui le met au niveau des bêtes sauvages avec les saisons, avec le ciel, avec les éléments. Les grands orages sur la chaîne des Puys. Ce qu'il aime ça ! Ça l'a toujours mis dans tous ses états. Sa mère le croyait fou quand il se mettait, tout petit déjà, nu sous la pluie… Comme les pluies d'obus sur les champs de bataille. Mais il s'est bien gardé de dire qu'il trouvait ça beau. Bien sûr il aime voir pousser le blé, se tordre les sarments de vigne, les semailles qui fécondent la terre, les labours qui la préparent aux semailles, mais il aime surtout les fossés, les broussailles et les feux de broussailles en été, les ravins, les sauts-de-loup et les mares verdâtres. C'est la vraie nature, celle que l'homme ne transforme pas, celle de la préhistoire. C'est la faim qui oblige les hommes à transformer la nature. Il connaît aussi les bois comme sa poche. Ce qu'il aime dans le mot paysage, comme dans le mot paysan, c'est d'y entendre le mot pays.

Il coupe à travers bois, ses pieds nus ressentent tout de la terre qui a l'air de le reconnaître. Il voudrait se rouler nu dans les fougères et dans la bruyère. Il n'y a pas de bruyère en cette saison ! Mais lui sait où elle poussera bientôt pour venir éclairer les coteaux. Il la sent déjà. Depuis son retour c'est sa première balade seul. Et c'est pour la femme de Gaston qu'il ne connaît même pas ! Une si longue route pour une promesse qu'il n'a même pas eu le temps de faire ! Le Gaston avait rendu l'âme sans attendre la réponse. Et si cette femme lui plaisait ? Il a envie d'aimer cette femme. Il saute d'un fantasme à un souvenir. La nature l'exalte et titille ses sens, tous à la fois. La dernière femme qu'il a connue s'appelait Grisou, une jolie prostituée offerte par l'armée. « Je m'appelle Grisou, qu'elle lui avait dit, parce qu'il m'arrive que des catastrophes, tu trouves pas ça fendant ? » Il avait souri et il sourit encore en descendant son chemin. Elle avait une voix de petite fille, la Grisou, et quand elle riait on aurait dit qu'elle avait une nichée d'oisillons dans le gosier. Elle était vraiment jolie ! Et dévouée, et douce et pas bégueule. Pas question que le soldat soit déçu. C'était sa fierté ! Elle le disait : « T'aimer, mon garçon, c'est mon champ d'honneur à moi. » Elle n'était pas trop maquillée et portait toujours une jolie robe en dentelle blanche. Elle mettait tellement de cœur à sa tâche que chaque soldat croyait avoir rendez-vous avec sa fiancée, une fiancée que l'idée de la mort aurait un peu délurée. Il l'aurait bien ramenée à Solagnat. Elle n'aurait pas plu à sa mère, mais sa mère était morte. En plus, ça aurait bien emmerdé les tantes ! Elle disait : « Je suis née avec le siècle. » Elle se vantait depuis 1914 de pas avoir passé un seul jour sans faire plaisir à un soldat ! Pas un seul. Elle avait fait la Somme, Compiègne, la Meurthe et la Moselle et avait fini à Verdun.

Les hommes l'aimaient tellement que Fréval, un sculpteur de Paris, l'avait modelée dans la glaise d'une tranchée. Quelques jours avant l'armistice, elle eut dix-huit ans et ce fut un bel âge pour mourir. D'un coup, son cœur s'était arrêté. Elle redoutait la paix : en comparaison, elle disait qu'elle ne lui rendrait jamais en émotions ce qu'elle avait ressenti en temps de guerre. Elle se serait ennuyée à faire le trottoir à Paris ou à Marseille, même s'il y avait un peu plus de soleil dans le Sud.

*

Antoine a besoin d'une femme, peut-être de deux. Oui, deux ce serait bien, se glisser entre elles, dans la tranchée chaude et soyeuse de deux odalisques. Se rouler enfin dans le vivant. Qui sait, peut-être que la femme de Gaston est une délurée et qu'elle a une sœur rondelette ou une bonne amie qui n'aurait pas froid aux yeux.

*

À la gare de Clermont il peut prendre un train pour Les Martres. Le paysage défile de l'autre côté des vitres du wagon. Les collines, les prairies, les vallons, les ruisseaux, tout lui évoque le corps des femmes. Il bande comme un âne et espère que la gare des Martres est encore un peu loin sinon il devra mettre sa casquette devant sa braguette. C'est plus fort que lui, il ne peut s'empêcher de penser aux femmes qui ne l'attendent pas.

La femme de Gaston

La maison est modeste mais avec un jardin ou une cour transformée en jardin. C'est sûr qu'une femme vit ici. Madeleine apparaît sur le pas de sa porte. C'est une femme jeune et maigre, beaucoup plus jeune que Gaston. Elle ne lui plaît pas. Une journée de foutue, donc !

— Bonjour, je suis un ami de votre mari.

Madeleine se fige, son visage se paralyse. Antoine voit bien qu'elle est troublée.

— On a combattu ensemble.

— Oui. Ben... Entrez.

Elle a dit « Entrez », mais Antoine a l'impression qu'elle a voulu dire l'inverse. L'intérieur de la maison est propre et moderne, bien plus propre et bien plus moderne que sa ferme, même s'il a passé un lait de chaux sur les murs avant le retour de sa petite sœur. Un jeune homme bien mis se tient tout près du buffet. Il n'a pas des mains de paysan celui-là, ni l'allure.

— Asseyez-vous, je vous en prie. Je vous présente mon frère.

Les traits du visage du jeune homme sont d'une finesse qui le ferait presque ressembler à une jeune fille. Il est beau. Impossible de ne pas le voir. Heureusement sa voix grave rappelle qu'il est un homme. C'est quand même la première fois qu'Antoine trouve un homme beau. C'est immédiat.

— Léon ! Je m'appelle Léon et je tiens à ce que vous sachiez que je regrette bien de ne pas avoir fait cette guerre à vos côtés.

La phrase est prononcée de façon si nette, sans détour, qu'elle paraît presque déplacée, comme s'il lui avait dit : « Je regrette de ne pas avoir passé ma vie à vos côtés. »

— Tu ferais mieux de te taire surtout, lui lance sa sœur d'un regard noir. Alors, dites-moi l'objet de votre visite ?

— Eh bien... si je suis là, c'est parce que j'ai un message pour vous, madame. De la part de Gaston.

— Pourquoi avoir mis tout ce temps ?

— J'ai mis beaucoup de temps à revenir et en rentrant j'ai eu beaucoup de choses à régler.

— Je comprends, mais je veux pas savoir ce que vous avez à me dire.

Antoine, sans montrer son étonnement, continue à lui faire face. Il a bien remarqué qu'il n'y avait aucune photographie de Gaston dans la maison, pas un seul cadre agrémenté d'un morceau de crêpe de deuil, ni les obus en cuivre qu'il ciselait avec une multitude de détails minuscules, presque de l'orfèvrerie.

— Ça vous étonne que je vous dise ça, hein... ?

— Madeleine, c'est toi qui devrais te taire maintenant, ose son jeune frère.

— Je dis ce que je veux. Je suis chez moi, je te rappelle. Chez moi ! Je ne doute pas, monsieur, de votre sincérité, aussi je me dois de l'être avec vous. Gaston était un mauvais mari et s'il s'est repenti avant de crever, c'est uniquement parce qu'il espérait se faire bien voir par le Bon Dieu, rien de plus. Pour ma part je finirai sûrement en enfer pour dire des choses aussi détestables, mais je peux vous garantir que l'enfer sera plus doux que la vie que j'ai eue avec lui. Et vous n'imaginez pas comme je suis soulagée à l'idée qu'il ne reviendra plus jamais salir ni ma maison ni ma vie. Je sais bien que cette guerre est un désastre pour la plupart des gens et des familles, mais pour moi ça a été une chance, sans cela je serais sûrement devenue une criminelle. Les seules choses bien qu'il ait faites dans sa vie, c'est de ne pas me faire de gosses, de mourir à la guerre et de me laisser tout ça parce que je suis sa seule héritière.

— Tout ce que ma sœur dit est hélas rigoureusement exact, Antoine. Même si pour ma part je n'aurais pas dit les choses si brutalement.

— Alors vous comprendrez bien que quand vous arrivez presque deux ans plus tard j'ai cru que vous alliez m'annoncer qu'il était vivant, qu'il avait été fait prisonnier par les Boches et qu'on l'avait retrouvé ou qu'il avait perdu la mémoire et qu'elle lui était revenue. On lit ce genre de choses dans le journal tous les jours ! Et tous les jours je prie pour que ça ne me tombe pas dessus. Vous n'imaginez pas la peur que j'ai eue.

— Non, non, rassurez-vous, il est mort tout près de moi. Ça ne fait aucun doute.

— Il a souffert ?

— Non.

Antoine croit lire une certaine déception sur le visage de Madeleine. Gaston avait été un soldat et un camarade remarquables, le genre de type qu'on n'a pas envie de quitter tant son assurance et sa gaieté étaient communicatives, toujours de bonne humeur, même encore quelques secondes avant de mourir.

— Il pensait que tout le monde lui en voulait, reprit Madeleine, et surtout ses proches. Il avait une sorte de maladie du complot, de la trahison. Ça allait loin cette histoire : il était convaincu que ma famille prévoyait de l'assassiner. Il fallait que je goûte ses assiettes comme le roi Louis XIV, tellement il avait peur que je l'empoisonne. Ça aurait fini par arriver de toute façon. Vous imaginez ce que c'est la vie quand vous êtes l'objet de tous les soupçons, y compris d'adultère ? Avec tout ce qui va avec... je veux dire les menaces, les privations et les coups... Jamais devant quelqu'un ! Pas fou... Combien de fois j'ai dû justifier les marques sur mon visage ! Combien de portes d'armoire j'aurai prises et d'escaliers j'aurai dévalés... Léon, hein Léon que tu as été témoin de toutes ces choses et que même une fois...

— J'ai failli le tuer pour défendre ma sœur. Et je n'avais que douze ans. Gaston n'était pas un homme, ni une bête parce que les bêtes ne font pas des choses comme ça. Gaston était fou... C'est ce que je crois. Il faut dire qu'il avait été adopté et très mal traité par ses parents adoptifs, pire qu'un chien, ici même, dans cette maison dont il a hérité à la mort de sa mère...

— Ne lui cherche pas d'excuses parce qu'il est mort !... La mort ne rachète rien. Merci, Antoine, d'être venu, mais je suis contente qu'on ne m'ait pas rendu son corps, juste ses médailles. D'ailleurs je n'aurais jamais cru qu'il en aurait autant. Surtout celle de la bravoure. Je l'ai jetée au feu.

Cette guerre qu'Antoine avait en horreur et qui l'avait terrorisé avait pu être un bienfait pour Gaston. Apparemment il y avait trouvé le moyen de s'affronter enfin à une réalité menaçante, à un véritable ennemi. La guerre avait tout rééquilibré, même la place de sa femme. En fin de compte la guerre lui avait donné raison dès lors qu'il en avait fait un enjeu personnel : le monde complotait contre lui depuis toujours.

Il en va des hommes comme des chemins. Le retour ne révèle pas le même paysage. Antoine bénit ce jour où il n'a pas eu à dire « Je t'aime » à une femme qu'il ne connait pas.

Léon

Léon est vierge de la guerre. Antoine et lui n'ont pas une grande différence d'âge. Léon vient d'avoir dix-neuf ans et Antoine vingt-quatre. À peine cinq ans, presque des frères. Antoine, depuis son retour, en a déjà croisé d'autres comme Léon, plus jeunes, qui ont échappé à la boucherie de justesse. Si la guerre avait continué quelques mois encore ils seraient tous morts ou estropiés. Alors, ils agissent avec une légèreté qui n'a rien d'obscène. Au contraire, c'est une réaction saine face au drame que chaque famille a vécu et que la chance ou le calendrier des naissances leur a épargné. Rire, danser, rien de mieux pour déjouer toute cette tristesse pendant que d'autres construisent des ossuaires. Antoine a bien conscience qu'il n'y a souvent pas d'autre choix que la légèreté quand le désespoir s'est emparé de toute une jeunesse. Sa jeunesse. Puisque tous ceux qui ont échappé à cette guerre sont coupables de ne pas l'avoir faite. C'est eux qui veulent déjà qu'on érige des monuments aux morts pour les délester de ce poids même si les morts et les survivants ne demandent rien. Léon et Antoine promettent de se revoir.

Alice

Pour une mère un fils mort ne peut pas être un homme mort. C'est un enfant, son enfant, que la mère enterre. Le soldat n'a plus de corps. Au mieux il reste une image figée sur une photographie, au pire il devient un ange. C'est ce qu'Alice ressent à chaque fois qu'elle rend visite à Mariette. Mais quand elle ferme les yeux, elle ne pense à rien d'autre qu'à la nudité de Pierre, aux formes un peu féminines de ses muscles longs et secs, à la douceur de sa peau sans poils, à son sexe qu'elle a tant aimé toucher, caresser, à son goût si particulier d'amande douce, à le voir durcir et glisser en elle jusqu'à croire que son propre sexe était fait à l'exacte mesure de son érection, qu'elle était donc faite pour lui, qu'il était fait pour elle. Si la mort castre le soldat, elle réduit sa femme au silence. Après plusieurs visites, Alice n'a plus rien eu à dire à la mère de Pierre.

En revanche, un lien s'est tissé avec Rose. Il ne s'agit pas vraiment d'amitié. Il est trop tôt pour un tel engagement. C'est plus déraisonnable, un élan incontrôlable, une attirance immédiate fondée sur la certitude que l'autre est un bienfait. Comme cela peut arriver avec certains professeurs aussi brillants que bienveillants ou avec un enfant qu'on a envie de serrer dans ses bras sans raison et qui vous éclate de rire au visage sans vous connaître. Rose est dans cet élan. Elle la prend pour la messagère de Pierre. La rencontre gagne en ampleur le jour où Rose, avec la permission de sa mère, se rend chez Alice, rue Pascal, derrière la cathédrale de Clermont-Ferrand.

C'est un quartier que Rose connaît bien, tout près de la rue du Port et de la rue des Gras où elle a vécu sa petite enfance avec son frère, sa sœur et sa mère au-dessus du magasin de parapluies et d'ombrelles. Elle a toujours aimé ces rues étroites et sombres jalonnées d'hôtels particuliers en pierre de Volvic noire dont la cathédrale est le chef-d'œuvre.

Quand elle arrive chez Alice elle a le souffle coupé. C'est à cause du papier peint japonisant. Le même que celui de la chambre de Pierre. Des papillons autour d'arbustes stylisés. C'est simple à comprendre : Pierre avait choisi ce même papier peint pour ne pas avoir l'impression de quitter Alice et la retrouver quand il rentrait dans sa chambre. Rose a la sensation d'être en terrain connu et, dans le même temps, d'entrer pour la première fois dans la chambre de son frère pour en découvrir une autre dimension, celle de l'homme qu'il avait été.

Le reste de l'appartement n'a rien à voir avec le décor petit-bourgeois dans lequel Rose a vécu rue des Gras. Ici, il y a des livres partout et dans tous les sens, à la verticale et à l'horizontale ; la seule bibliothèque vitrée qui existe ne suffit pas à contenir toute cette littérature. La table est recouverte de papiers, de notes, de livres en allemand et en anglais. Un joyeux désordre aussi sur le lit d'angle sans cadre, recouvert d'un dessus en velours vert et garni de coussins. Chez sa mère les coussins ne servent qu'à se caler le dos dans les fauteuils inconfortables. Ici ils invitent à se jeter dedans. Rose ne met pas longtemps à comprendre que la fiancée de Pierre est une femme cultivée qui n'a pourtant jamais fait étalage devant Mariette de ses connaissances, ni de ses engagements politiques : sur le mur il y a une petite affiche, « Journée internationale des femmes socialistes », datée de 1910 et dédicacée de plusieurs signatures que Rose ne peut pas identifier. L'appartement, bien qu'assez sombre à cause de la rue étroite qui laisse passer peu de lumière, est pourtant d'une réelle gaieté. Ça vient des couleurs un peu partout. Impossible d'imaginer lors de ses visites à sa mère qu'Alice vivait dans un tel désordre où la théière tient en équilibre sur une pile de livres tout près de la table, où le cendrier est rempli de mégots à bouts dorés. Ici Alice est une autre femme qui vit dans son monde et Rose ne peut s'empêcher de penser que c'est là, ces dernières années, que Pierre a pris ses « quartiers d'amour », comme Alice aime à le rappeler.

Derrière sa paire de lunettes, Alice pose sur Rose un regard attendri, mesurant le chemin que la jeune fille doit parcourir et le long duquel elle va devoir l'accompagner. Ce n'est pas Pierre qui le lui a demandé, c'est l'attitude de Rose depuis le premier jour où elle l'a rencontrée, son regard, son écoute, ses attentions. Dans la conversation Rose trébuche sans le savoir sur une phrase toute faite : « Je sais bien que mon frère est un héros. »

— Ton frère est un héros... ? Je ne supporte pas cette phrase. C'est la phrase la plus étrange qui existe pour moi.

— Je ne la trouve pas étrange.

— Tu n'entends pas comme cette phrase est impossible à dire ?!... Si tu écoutes bien la phrase « Pierre est un héros »... C'est la seule phrase qui permet de parler des morts au présent. Sinon on dit : « C'était un fils exemplaire », « Ce fut un soldat méritant », « Il était si beau ! » Mais on dit... il EST un héros. Comme si l'héroïsme permettait d'accéder à une forme d'immortalité ! C'est la même chose en anglais et en allemand. Pourtant quand Ulysse... Tu as lu l'Odyssée ?

— Non, pas encore.

— Bienheureuse ! Dans ce texte, Ulysse réussit ce prodige d'aller chez les morts où il put saluer Achille, son ami mort au combat. Il veut lui dire son admiration et saluer celui qui est devenu un héros, aussi bien chez les morts que chez les vivants. Et Achille, au lieu d'être flatté, lui répond très clairement sur le sujet. Il dit... « J'aimerais mieux vivre et servir un pauvre paysan pouvant à peine se nourrir que régner sur les vivants et sur tous les morts qui ne sont plus. » La description qu'Homère fait du royaume des morts est une infection où tout n'est que ténèbres et moisissures.

Tout en continuant son exploration de cette pièce minuscule et immense à la fois, le regard de

Rose est arrêté par une reproduction d'une Sainte Vierge portant l'enfant Jésus.

— Pierre aussi a été surpris la première fois. C'est La Vierge à l'Enfant de Raphaël. Tu connais Raphaël ?

— Non.

— Oh, Rose, tu es comme une page non écrite.

— Je suis Tabula-rasa, disait mon frère.

— Tout est à écrire. Tu ne peux pas savoir ce que je donnerais pour avoir ton âge !

— Vous regrettez ce que vous avez vécu ?

— Non, mais il y a tellement de moments que j'aimerais revivre. Les premières fois.

— C'est un désir qu'on ne peut pas avoir à mon âge.

— C'est vrai. Et puis, ce n'est pas nécessairement une chance d'avoir dix-huit ans, mais en 1922, si !

— C'est quand même curieux...

— Quoi donc ?

— Cette image de la Sainte Vierge chez vous.

— Ma mère est morte quand j'étais toute petite, je n'ai gardé d'elle qu'un vague souvenir, et une odeur que je n'ai jamais réussi à identifier, mais ce maigre souvenir et cette odeur si particulière m'ont suffi. Ça ne m'a pas empêchée de devenir une femme. Il faut dire que mon père a comblé ce manque dans ma vie en me nourrissant de son image toute mon enfance. Il le faisait en français. Le français, c'était la langue de ma mère et après sa mort il n'a plus jamais parlé le gaélique ou l'anglais ! Parler français c'était, je crois, pour lui, une façon de maintenir ce lien avec sa femme.

Par la suite, il a eu beaucoup de maîtresses, qu'il baisait en anglais uniquement.

Le mot « baiser » était venu heurter l'oreille de Rose sans qu'elle ose manifester la moindre réaction. Pour rien au monde elle n'aurait voulu qu'Alice se rende compte de son trouble.

— Je le sais ! Je dormais juste à côté de sa chambre. Il faut dire qu'il était bel homme.

— Si je comprends bien vous avez acheté cette gravure de... La Vierge à l'Enfant *pour vous rappeler votre mère.*

— Non ! Bien sûr que non. C'est pour une tout autre raison. Cette image rappelle aux hommes qui entrent chez moi que les femmes sont les seules capables d'engendrer des dieux. Michelet a écrit quelque chose là-dessus. Tu n'as pas lu Michelet non plus ?... Magnifique ! Tu le liras un jour. Il dit dans un texte sur les sorcières : « C'est sur le ventre des femmes que naissent et meurent les demi-dieux. » C'est bien qu'un homme aussi brillant l'ait compris ! Et c'est bien dommage que la plupart des hommes ne le sachent pas ou fassent semblant de ne pas le savoir.

— Il me tarde d'être une femme.

— Pardon ?

— Il me tarde d'être une vraie femme malgré tout ce que ma mère peut dire sur les hommes qui, si je l'écoute, sont tous des monstres.

— Une vraie femme ?! Nom de Dieu, Rose !

Alice prend un temps pour la regarder. Rose, sans avoir l'innocence d'une oie blanche, a quand même laissé suinter son inquiétude de jeune fille vierge.

— Alors, je vais t'expliquer une chose que même ton frère n'aurait pu te dire... Ne laisse jamais à aucun homme la possibilité d'affirmer qu'il a fait de toi une femme. C'est une chose qu'ils ne peuvent pas faire. C'est impossible ! Ça n'existe pas ! C'est un mensonge pour prendre le pouvoir sur nous. Un dépucelage ne peut pas suffire à faire une femme. Il faudra bien un jour en finir avec la sacralisation du dépucelage, comme si nous étions encore au temps des tribus barbares ! Il serait temps d'apprendre à nos jeunes filles qu'elles n'ont rien à attendre des hommes, surtout pas ça ! En plus, un dépucelage on peut se le faire toute seule.

Rose est à la fois secouée, choquée, intéressée et totalement ouverte aux paroles scandaleuses d'Alice. Jamais elle n'a entendu personne, surtout pas sa mère, parler des femmes de cette manière. Le monde change, c'est sûr, et il n'a jamais autant changé que dans le petit appartement d'Alice.

— Le problème que nous avons, vois-tu, c'est que nous-mêmes ne savons pas comment définir ce que c'est qu'une femme, ni ce que c'est d'être une femme. C'est une chose que l'on est de toute éternité, c'est en nous. C'est comme un océan, il n'a pas besoin de devenir une route maritime pour savoir qu'il est un océan. Il ne peut pas être autre chose qu'un océan et nous ne pouvons pas être autre chose que des femmes.

— Si ma mère vous entendait, elle ne serait sûrement pas d'accord avec vous.

— Il est temps de se tutoyer, Rose, tu ne crois pas ?... Si ta mère m'entendait, je te fiche mon billet qu'elle serait d'accord avec moi.

— En partie probablement. Elle n'a pas une grande estime pour les hommes. Il faut dire qu'elle n'a pas eu de chance avec mon père qui l'a abandonnée avec ses trois enfants.

— Tant mieux ! C'est ce qui peut arriver de mieux à une femme. Tout au moins à celles mariées par malheur à des hommes qui n'ont jamais réfléchi au sens de leur vie avec leur femme et leurs enfants. Une famille ça s'invente, ce n'est pas juste un lieu de reproduction.

— Tu dis des choses que je ne comprends pas bien, parfois.

— Vraiment ? Je ne crois pas. Ou alors c'est juste que tu ne veux pas ou que tu ne sais pas encore te servir de ton expérience pour ouvrir les yeux. Si tu faisais l'expertise de tout ce que tu connais déjà tu serais surprise. L'expérience est le premier socle pour penser. Un jour mon père m'a emmenée à une chasse à courre. J'avais une dizaine d'années. Il était piqueur chez les Dubreuil, une de ces grandes familles qui sont passées sans problème à travers les révolutions. Bref, mon père s'occupait de leur meute. Il savait tout sur les chiens et sur la chasse. C'était impressionnant le gibier qui avait été tué ce jour-là ! Ils avaient étalé les animaux morts en trophées sur le perron du château. Les chasseurs étaient nombreux mais pas suffisamment pour se partager l'ensemble de ce massacre ; et mon père, après avoir distribué une grande partie du gibier restant à ses amis, a fini tard dans la nuit à creuser un trou pour y enterrer toutes les bêtes qu'il restait. J'étais une enfant et je me disais que ces chasseurs auraient pu éviter de tuer autant de bêtes et que toutes celles que mon père avait enterrées seraient

en liberté, courraient, auraient rejoint leurs petits, que sais-je... Ça a été ma première pensée propre. Une pensée que personne ne m'avait soufflée ou inculquée et qui était née de cette expérience et de mon émotion. La pensée ne naît de rien d'autre. Les hommes ne réfléchissent pas plus à la chasse qu'aux femmes ou qu'à leur famille. Ils reproduisent sans jamais remettre en question ce qu'on leur a appris de père en fils depuis la nuit des temps comme un sacrement. Ah, cette nuit des temps ! C'est leur meilleur argument. Pardon, j'ai l'air de me plaindre et j'en suis désolée. Je sais bien que rien n'est plus insupportable que de gémir tout le temps. Ta mère ne se plaint jamais, j'en suis sûre, malgré tout ce qu'elle a vécu.

— Je ne l'ai jamais entendue se plaindre, c'est vrai, même quand Yvonne ma sœur aînée est morte alors qu'elle était sa fille préférée ou quand Pierre est mort aussi. Elle est très fière.

— Tu appelles ça de la fierté ? Moi, je ne crois pas. Quel intérêt aurait-elle à être fière de ne pas montrer son chagrin ? Non, ta mère fait partie de ces femmes qui sont faites d'un bois imputrescible. Tout les atteint, tout les touche, tout les bouleverse mais rien ne les abat. Elle a dû vivre des choses terribles. Ton frère avait une admiration sans limites pour elle, tu le sais ça ?

— Oui.

— Quel écart d'âge aviez-vous avec Pierre ? Une dizaine d'années ?

— Douze.

— Il a donc vécu douze ans avec elle avant que tu viennes au monde. Il ne pouvait pas avoir le même regard sur elle que toi.

Rose, embarrassée par cette conversation, profite d'un silence, pendant lequel Alice allume une cigarette jaune à bout doré, pour découvrir la photographie d'un homme posée sur un guéridon près de celle de Pierre.

— C'est ton père ? Il est mort lui aussi ?

— Non ! C'est Jacques. Mon mari. Et il est bien vivant.

— Tu es divorcée ?

— Non. À quoi bon ? C'est quelqu'un que j'aime tendrement. Il vit à Paris. Il fait des décors de théâtre.

— Paris ! Et pourquoi tu es venue t'enterrer dans ce trou ?

— Je suis née ici ! Mon père l'Écossais ne supportait pas les Écossais. Il a préféré s'exiler. Je ne suis pas sûre de ses raisons. Tiens, ça c'est une étrangeté de la vie.

— Quoi ?

— De ne jamais poser les bonnes questions à nos parents sur leurs vies tant qu'ils sont capables ou en état d'y répondre. Du coup personne ne sait qui étaient cet homme et cette femme qui nous ont élevés. Je crois que c'est cette prise de conscience après leur décès qui nous envahit. Ce ratage ! L'abîme vient de tout ce que nous ne saurons jamais d'eux, qui ils étaient vraiment. On ne voit en eux que deux figures totémiques, à qui nous avons refusé le droit d'être eux-mêmes. C'est ça l'enfance : terroriser les hommes et les femmes qu'ils ont été, les anéantir jusqu'à ce qu'ils s'oublient eux-mêmes. Souvent je me demande pourquoi je n'ai pas posé les bonnes questions à mon père. Peut-être parce que j'avais peur des

réponses, peur qu'il ne soit pas l'homme remarquable que je croyais qu'il était et qu'il ne soit tout à fait ordinaire. C'est monstrueux comme l'enfance déforme tout ce qui l'entoure. Quand on est enfant on a tellement besoin d'être impressionné pour être rassuré. Si on ne les voit pas plus grands et plus beaux et plus forts qu'ils ne sont, on ne peut pas croire qu'ils pourront nous protéger. Peut-être même qu'on ne peut pas croire qu'ils sont réellement nos parents. J'admirais mon père qui avait fait un si long chemin jusqu'ici. L'Écosse, c'est pas la porte à côté. Et je ne suis sûre que d'une seule chose : il a fait ce voyage à pied, du Havre où il a débarqué jusqu'ici où il s'est arrêté pour toujours parce qu'il a retrouvé des paysages de son pays natal. Pas tout à fait ici, mais dans le Cantal. C'est pour ça que je suis née à Saint-Flour. À certains endroits d'Auvergne, on pourrait se croire en Écosse, c'est vrai. Et c'est dans cette Écosse réinventée qu'il a rencontré ma mère qui, elle, ne lui a posé aucune question. Alors pourquoi moi je lui en aurais posé ? De l'Écosse il me reste trois choses, la rousseur frisée de mes cheveux, mon goût immodéré pour les tartans et le sens de la révolte. C'est un pays qui a toujours été en lutte. Pas au nom d'un nouveau monde, ça ne risquait pas ! Au contraire, c'était au nom de leurs traditions, de leur culture, de leur histoire. Ma rupture avec mes origines est là, dans mon désir de participer à l'invention d'un nouveau monde.

Lire absolument

Feuilleter les livres, faire vibrer les pages entre ses doigts, grappiller un mot, une phrase, rien de plus dans un premier temps. Impossible de s'enfoncer dans la lecture d'un ouvrage de la première à la dernière ligne. Rose se promène dans les livres de Pierre. Il faut bien commencer pourtant, s'y atteler. Comme un gros cheval de trait qui trace un sillon, puis un autre, puis un autre encore jusqu'à ce que la terre du champ soit entièrement retournée. Labourer et semer. Bien que fille de commerçants elle n'a que des métaphores paysannes qui lui viennent. Peut-être à cause des poésies apprises à l'école. Ensemencer sa pensée de jeune fille et fertiliser son esprit de femme. C'est comme ça qu'elle voit les choses. C'est comme ça qu'elle compte y arriver. Le sang qui coule n'est pas suffisant. Elle le sait. Il faut que son corps soit traversé de toutes ces choses essentielles. Lire et laisser la lecture souffler sur elle son vent Paraclet. Le livre est le cheval et elle est le laboureur. Ce doit être ça aussi la révolution, une sorte de grand labour du monde pour retourner les injustices et faire pousser l'égalité entre les hommes. Sa jeunesse et sa naïveté lui permettent de synthétiser tous les livres sur le sujet. Mais lire exige un effort considérable.

Pendant des mois elle a continué à traîner la savate dans les livres de Pierre. Babeuf, le Voyage en Italie *d'Hippolyte Taine,* Les Grands Initiés *d'Édouard Schuré et plusieurs gros volumes des* Cours familiers de littérature *de Lamartine. Des poètes aussi, ceux qu'elle connaissait, Hugo, Vigny et Péguy (dont Pierre lui avait lu des passages), et d'autres qu'elle ne connaît pas : René Glatigny et Théodore de Banville. Mais bien plus que le contenu des livres ce sont les annotations de son frère dans les marges qui l'attirent et qu'elle lit en premier sans se soucier du contexte. Ses mots écrits au crayon à papier sont la parole de Pierre. Quand elle les lit, elle entend sa voix et sa véhémence à cause du grand nombre de points d'exclamation. Il est vivant dans les mots qu'il a écrits. Comme elle a peur que les notes de son frère ne s'effacent, elle s'applique à repasser sur chaque lettre de chaque mot de l'encre noire à l'aide d'une plume Sergent-Major. Sûrement qu'il n'aurait pas aimé ça. Sûrement qu'il n'aurait pas aimé mourir à la guerre non plus. Après ce palimpseste paradoxal qui fait apparaître au lieu de disparaître, elle peut s'atteler à la lecture du livre le plus annoté, le Manifeste du Parti communiste de Karl Marx et Friedrich Engels que lui avait recommandé Alice et qui fait moins de cent pages. L'entreprise lui paraît désormais possible. Le mot « communisme » ne lui est pas étranger. Elle l'a entendu plusieurs fois dans la bouche de son frère. Elle se souvient très bien qu'il disait : « Avec le communisme, le peuple, celui des ouvriers et des pauvres, va pouvoir pour la première fois de l'Histoire, faire Tabula-rasa, écrire son histoire et non plus la subir. » Et elle a l'impression que le mot « communisme » vient de tomber dans le livre, pour lui faire un signe. Mais dès les premières lignes, « Un spectre hante l'Europe : le spectre du communisme », elle a une sorte de vertige qui s'amplifie avec une autre phrase : « Toutes les puissances de la vieille Europe se sont groupées en une sainte alliance pour traquer ce spectre. » Il lui semble qu'un spectre se limite à la représentation d'un mort. Elle cherche le mot dans l'encyclopédie que Mariette avait offerte à son fils quand il était entré au lycée Blaise-Pascal longtemps tenu par des jésuites. L'oracle Larousse lui apporte la réponse. « Apparition fantastique, généralement effrayante d'un mort ou d'un esprit » ; ou encore, « forme généralement blanche, sinistre, aux contours irréels » ; ou encore, « personne très pâle et très maigre » ; « personne évoquant une apparition par son apparence ». Si encore le mot « spectre » n'était pas suivi du verbe « hanter » (« un spectre hante l'Europe »), il aurait pu être considéré en tant que phénomène qui appartient à la physique, celui qui donne la répartition, la largeur, l'éventail d'une mesure dans l'espace. Dès la première ligne de la première page du livre, elle ne conteste pas encore le premier mot mais il la fait trébucher.*

Une fois débarrassée de toutes ces choses qui encombrent l'accès à une œuvre majeure, le Manifeste du Parti communiste *suivi de* La Lutte des classes *l'attrape d'abord par le cœur. Rose voudrait rencontrer Marx parce qu'elle ne comprend pas tout et voudrait plus d'explications, comme elle a eu petite fille envie de rencontrer Jean de La Fontaine pour lui demander comment il avait su que les fourmis qui travaillaient beaucoup fermaient leur porte au nez des cigales qui chantaient tout l'été. Ce qui avait beaucoup fait rire son frère qui l'avait soulevée du sol pour l'embrasser ! Elle sait bien que le philosophe est mort, mais grâce à ses écrits il est toujours capable de s'adresser à elle, directement, surtout quand elle comprend sa pensée : elle arrive même à entendre sa voix, une voix humaine comme si Marx parlait français. Alice lui confirme que non seulement il parlait parfaitement français, mais qu'il l'écrivait aussi et très bien puisqu'il correspondait avec Lamartine, en particulier sur la question de la propriété, parce qu'il admirait le poète, bien plus que le politicien. Chacune des phrases de Marx l'atteint. Et dire que ce livre a été écrit bien avant la naissance de sa mère ! Elle mesure avec quelle lenteur le temps fait entendre les mots, même ceux d'un génie. Elle ne comprend pas que ces phrases qu'elle a soulignées et même quelquefois surlignées après son frère, ces passages magnifiques qui la réveillent, la fécondent et la révèlent, n'aient pas encore produit leurs effets sur le monde entier. Tout le monde en France, en Amérique, en Angleterre, en Allemagne, partout, devrait avoir lu ce livre et le porter comme la seule promesse d'un monde plus juste avec la force et la ferveur d'un nouvel évangile. Elle veut faire partie de ceux qui vont devoir porter la Bonne Nouvelle un peu partout et dans toutes les langues. Mais pas de vent Paraclet, pas de langues de feu, juste la conviction et la sincérité de sa nouvelle croyance, sans aucune menace d'aucune sorte, rétablissant une vérité première, le credo si cher à Babeuf déjà : « La terre comme les fruits de la terre appartiennent à tout le monde. » Elle voudrait que les usines et le fruit de la production soient partagés entre tous les ouvriers. Ça a l'air tout simple à dire, mais comment faire entendre cette parole si évidente ? Elle sait que les révolutions ne se font pas sans violences et sans crimes. Mais elle veut croire au pouvoir des livres. Elle est convaincue que si chacun lisait le Manifeste du Parti communiste, plus personne ne pourrait imaginer vivre sans l'absolue volonté de construire une nouvelle société plus égalitaire. Elle se demande si tous les Russes l'ont lu. Elle mesure sa naïveté. Elle est lucide. Impossible de ne pas confirmer son socialisme naissant, sa « confirmation socialiste » qui mériterait un rituel public afin que l'engagement pris soit un serment impossible à briser. Il lui faut tenir compte du contexte et probablement du fait que cette guerre des tranchées entre l'Allemagne et la France puis avec le reste du monde civilisé va finir par jouer en faveur du socialisme. L'Allemagne a destitué la monarchie et la république socialiste de Weimar a été proclamée. Elle finit même par se demander si la France n'aurait pas mieux fait de perdre cette guerre. Le pays vaincu avance, les femmes allemandes ont obtenu le droit de vote alors qu'il est toujours refusé aux Françaises. Sans même s'en rendre compte, la femme qu'elle est en train de devenir est pleine, comme on le dit d'une femme enceinte, pleine du monde actif et révolutionnaire qui l'entoure de manière souterraine mais dont elle pressent les irruptions.*

*

La bibliothèque de Pierre est devenue le corps vivant de son frère. Elle le ressent avec une telle imprégnation qu'elle a besoin chaque jour de retourner dans sa chambre-bibliothèque et de lire, lire, lire, sans plus avoir besoin de rien d'autre, quelquefois jusqu'à l'épuisement. C'est sa mère qui vient l'extirper de là. T'as pas encore fini ? Qu'est-ce que tu trouves dans ces livres ? Sans jamais dire : qu'est-ce que tu cherches là-dedans ? Rose découvre que c'est là, dans cet épuisement de la lecture, dans les idées des penseurs qu'elle aborde pour la première fois et qui l'obligent à un effort considérable, qu'elle devient une femme. Jusque-là les romans qu'elle avait lus avaient glissé sur elle sans jamais la pénétrer. Pas de cette façon. Ils étaient une eau fraîche pour se désaltérer, alors que les livres de son frère lui donnent davantage l'impression de la laver. Les lectures recommencées, reprises, produisent sur elle une sorte de desquamation de l'esprit.

À force, elle comprend que dévorer les livres de Pierre est une façon de dévorer le corps de son frère, de s'en nourrir. L'idée de cette forme de cannibalisme, loin de la mettre mal à l'aise, la renforce dans sa volonté de grandir. Après tout, ne mange-t-elle pas le corps du Christ depuis sa première communion tous les dimanches à la messe, même si elle a de moins en moins envie de communier ?

Elle ne peut pas s'empêcher de faire ce parallèle. Écrasée dans les oreillers du lit de son frère, elle se met à fredonner le Tabula-rasa qui lui revient comme une promesse.

Léon

Ce qui attire Léon chez Antoine, c'est qu'il est pragmatique et, dans le même temps, la guerre lui a donné malgré la finesse de son physique une gravité, au sens de la gravité terrestre, une colonne vertébrale, une raideur mais une raideur rassurante. Pourtant c'est lui le plus jeune, lui qui n'a pas fait la guerre, qui endosse l'image du père. Ça vient de sa voix grave et chaleureuse, de son intelligence, de ses attentions, de sa manière de poser des questions, de s'intéresser à Antoine, de lui trouver des qualités et une profondeur que lui-même ne se connaissait pas. Dès leur première rencontre il lui a conseillé de ne surtout pas tomber amoureux de sa sœur qui aurait fait une nonne de premier choix, peut-être même une sainte, elle en a toutes les qualités et surtout les défauts, mais rien pour devenir une épouse. On dirait que Léon le veut pour lui seul. Antoine n'est pas à ses yeux un simple soldat, il incarne bien plus qu'un symbole, il est vivant. C'est ce qui l'impressionne le plus, sachant ou imaginant ce qu'il a vécu. Au bout de leur troisième rencontre, la grande question qu'il lui pose est aussi simple qu'éclairante.

— Moi, quand je te regarde, Antoine, c'est un homme que je vois. Tu comprends ce que je veux dire ?

— Non, pas bien.

— Je dois dire que c'est un peu abrupt, dit comme ça... Conviens que tous ceux qui reviennent ne ressemblent plus à rien. C'est comme si on les avait changés. La guerre ne produit que des cadavres. Je pense que tu étais un homme avant, même si tu avais mon âge quand tu as été enrôlé. Je me trompe ?

Léon, sans le savoir, fait écho à un moment clé de l'enfance d'Antoine, assez superficiel pour ne pas appartenir aux secrets et faciliter la remontée du souvenir à la surface.

Antoine se souvient de ce jour où son père lui avait demandé : « Es-tu un homme ? » La question était d'autant plus déplacée qu'il n'avait que dix ans. Ce n'est pas une question qu'un père pose à son fils à cet âge là. Mais Antoine, avec sa boule à zéro, avait bien compris que de sa réponse allait dépendre toute sa vie et il n'eut aucune hésitation, pas le moindre laps de temps après la question tant son désir d'être un homme était déjà inscrit en lui, dans son regard sombre et dans sa tête dure.

— Oui.

— Oui quoi ?

— Oui, je suis un homme, père.

Ses genoux s'étaient mis à trembler. À la façon dont son père lui prit la main pour le saluer ou le remercier comme il l'aurait fait avec n'importe quel adulte, Antoine sentit que cette première poignée de main dépassait largement le cadre d'une simple reconnaissance et que son père par ce geste d'homme venait d'adouber son garçon. Il y a quelque chose de la chevalerie quand un père propose à son fils de sortir de l'enfance plus tôt que prévu, comme le sortir du lit avant que le jour se lève pour l'accompagner à la chasse. Mais pour devancer cet appel, il fallait qu'il y ait urgence.

Dans l'écurie le cheval était mort à cause d'une phlébite.

— C'est le sort de ces pauvres bêtes qui passent leur vie debout sur leurs jambes, dit le père en patois, et tu vas remplacer le cheval.

L'année 1906 avait été mauvaise et il n'y avait pas d'argent pour acheter un autre cheval. Il fallait quand même faire les labours s'ils ne voulaient pas mourir de faim l'année suivante. C'était une chose immédiatement compréhensible pour un enfant de cet âge et de cette condition. Le père avait retourné ça plusieurs fois dans sa tête, autant qu'il allait devoir retourner ce grand champ des Combreuses. Il avait pensé à sa femme, elle était robuste et aurait pu tenir cette place mais elle était enceinte et un tel effort lui aurait fait prendre trop de risques. Pas question d'aller demander aux sœurs de sa femme un coup de main ou un prêt, des vieilles filles teigneuses qui, comme toutes les bonnes grenouilles de bénitier, jouissaient du malheur des autres.

Antoine fut tout désigné et prit donc la place du cheval, sans rechigner, harnaché, les sangles sur ses épaules, et à l'autre bout le socle et son père tenant les deux manches de la charrue. Tout se passa de nuit pour que le voisinage n'assiste pas à cette défaite. Trois nuits d'affilée éclairées à la torche que sa mère enceinte portait devant lui pour tenter de rendre la nuit moins obscure et le sillon plus droit. Il se souvient que par sa seule volonté il avait fini par se sentir cheval, les dents serrées sur le mors imaginaire sans se rendre compte à quel point les sangles de cuir sur ses épaules entaillaient ses chairs. Trois nuits sans se plaindre, non pas qu'il craignait des représailles mais parce qu'il ne voulait pas ajouter à la souffrance de son père. Il fallait donc supporter. La mère, le père et le fils rentraient juste avant que le jour ne se lève. Le père allait se coucher et la mère soignait son fils. Après avoir nettoyé les plaies qui avaient fini par être profondes au bout de trois nuits, elle déposait délicatement des pétales de lys macérés dans de l'alcool pour l'aider à cicatriser. C'était à hurler mais Antoine continuait à serrer les dents, à hennir en silence et à se cabrer sur ses jambes arrière. Ces trois jours ne lui ont pas appris la douleur mais à ne jamais se plaindre et à supporter le pire, faire de sa vie une célébration perpétuelle du vivant puisque tout ce qui ne tue pas rend plus fort. C'est ce qu'il avait appris tout seul de cette expérience tragique de son enfance.

Son père est mort quelques mois après, sans avoir soupesé la moisson. Sa mère avait dit à ses sœurs aînées après l'enterrement : « C'est la honte qui me l'a tué. » Être un homme pour Antoine entre dix et dix-huit ans ne fut possible qu'en tentant d'occuper la place du père, travaillant du matin au soir, prenant des décisions, et subvenant aux besoins de sa famille, de sa mère, de sa petite sœur qui avait à peine quelques mois à la mort de leur père. Antoine jouait à être un homme jusqu'au jour où, de la même façon qu'il s'était senti cheval durant ces trois nuits infernales de labour, il finit par se sentir homme à la foire de Maringues où il put racheter un cheval avec les fruits de son travail et en négociant lui-même le prix. Sa mère décida qu'il ne dormirait plus dans le lit de vacher à l'étable et lui permit de dormir dans son lit à la place de son père, mais il refusa, préférant à la chaleur de sa mère celle des bêtes. C'est ce qu'il lui avait dit avec toute la maladresse de l'homme qu'il était devenu en peu de temps. Ce cheval, c'était celui qu'il avait retrouvé à son retour des tranchées d'une maigreur squelettique et qui heureusement avait repris du poil de la bête.

— C'est pas la guerre qui fait de toi un homme, Léon, rappelle Antoine lors de l'une de leurs soirées d'ivresse. Pour moi, et je te jure que je ressens ça jusque dans mes tripes, c'est d'avoir pu sauver mon cheval quand je suis rentré. Tuer, ça peut pas faire de toi un homme. Sauver, oui.

— J'ai envie de t'embrasser, mon Antoine. Ce que tu racontes est une vraie mythologie.

— Quoi ? Une quoi ?

— Mythologie.

— Mes aïeux je sais même pas ce que ça veut dire. Une... ?

— Pas la peine. Ulysse non plus ne savait pas ce que c'était qu'une mythologie. Il était la mythologie ! Crois-moi, c'est autrement plus important

d'être une mythologie que de savoir ce que c'est. Tu es mon Ulysse à moi !

— Je comprends rien ! On voit bien que t'as été longtemps à l'école, toi, dit-il avant de partir d'un fou rire monstrueux dans lequel il entraîne son ami.

— Je n'ai fait que ça ! Mais si avoir fait mes humanités ne me permettait pas de m'adresser à toi, mon cher, mon très cher Antoine, alors ça ne servirait à rien. Tu comprends ?

— Non, mais continue.

— Je veux dire que l'instruction ne peut pas être plus importante que l'expérience, elle ne peut donc en aucun cas me séparer de toi ! Et toi tu as peur de ça. Tu as peur que je ne te méprise ou que je ne te voie plus ou je ne sais quoi encore. Il ne faut pas que tu aies peur de moi parce que moi je veux que tu parles, que tu n'arrêtes pas de parler, que tu me racontes ! Et... très important : je ne veux plus qu'on soit séparés. Jamais !

Leurs rencontres tournaient en beuveries magistrales qui atténuaient toute forme de pudeur entre eux et les autorisaient à se faire des déclarations intempestives et surtout publiques. Ainsi tout le monde en profitait-il mais pouvait surtout leur restituer ce qu'ils avaient dit ou fait la veille sous l'effet de l'ivresse.

— Léon, lui lance un soir Antoine, s'il y avait un mot pour dire toute l'amitié que je ressens pour toi, je te le dirais, mais j'ai bien peur qu'y en ait pas. Même en patois.

— Mais si, il y en a un, mon ami, mon frère, mon Ulysse. C'est le même mot que pour l'amour. Je t'aime.

Et pour désamorcer toute ambiguïté, Léon ajoute :

— ...C'est aussi ce que les parents disent à leurs enfants, pas seulement les amoureux. Tu vois, c'est un mot à plusieurs entrées.

— Alors c'est ça qu'il faut que je dise ?

— C'est ça.

Léon était monté sur le comptoir et s'était adressé à l'assemblée.

— Écoutez bien tous !... Antoine a quelque chose à me dire. À moi !

Toute l'assemblée du Petit Vincennes où ils étaient allés danser s'était arrêtée, et Antoine avait attrapé le visage de Léon entre ses deux mains puissantes.

— Léon, je t'aime.

— Bien sûr que tu m'aimes puisque je t'aime de tout mon cœur, mon Antoine.

Et, pour sceller l'amitié éternelle, Antoine avait embrassé Léon sur la bouche, dans un baiser puissant et viril qui avait duré le temps que chacun reprenne son souffle, avant que toute l'assemblée ne les applaudisse.

Aucun des deux ne savait que Rose était là parmi les danseurs.

Cinquième partie

1961
Les apprentissages

1

Si l'obsession de ma mère était que je sois une fille ou que je le devienne une fois l'ablation de mon sexe achevée, ma grand-mère en avait une autre. Très tôt elle a voulu que j'apprenne à lire et à écrire. Et que j'apprenne vite. Elle ne comprenait pas qu'on attende si longtemps pour apprendre à lire à un enfant. C'était comme si on le privait injustement de la plus importante des nourritures. Ma grand-mère redevenait Rose dès qu'elle abordait l'écriture ou la lecture. C'était comme si elle fermait et verrouillait toutes les écoutilles de la vie ordinaire.

Je n'ai pas le souvenir de ce commencement dans ma vie ; j'ai même l'impression d'avoir toujours su lire et écrire, un peu comme Athéna venue au monde antique avec tout son attirail pour combattre. Comme on n'apprenait pas à lire et à écrire dès la maternelle à l'école laïque (sauf quelques rudiments la dernière année), elle décida de m'apprendre elle-même ; un long travail qui quelquefois semble se prolonger encore aujourd'hui. Ce n'est pas une formule, cela vient sûrement de la table Henri II sur laquelle j'ai appris à lire et à écrire et qui me sert encore quelquefois pour écrire mes livres. Les premières leçons commencèrent sans livres scolaires, mais sur sa machine à écrire Underwood aux lettres blanches sur des touches rondes et noires ainsi que dans un carnet de broderie dans lequel tous les points étaient représentés dans un incroyable abécédaire. Les lettres en dentelle enluminaient le travail des leçons et la machine à écrire m'apprenait à former les mots. Lecture et écriture allaient de pair : une lettre lue, une lettre écrite et ainsi de suite.

Mon grand-père, toujours près du poêle, ne disait rien, il écoutait, se réjouissait quelquefois de mes réponses. Il était le gardien et le témoin de cette clandestinité.

Cet apprentissage organisé par Rose comme un jeu fut une manière de me laisser entrouvrir la porte de sa cathédrale qui me parut plus vaste que celle de mon grand-père, même si je me trompais. Je ne crois pas qu'elle m'ait dit une seule fois que ce travail devait rester secret mais d'instinct je sus qu'il ne fallait pas en parler à ma mère. Non pas que je craignais des représailles, mais parce que je venais de créer avec eux un monde qui n'appartenait qu'à nous trois et dans lequel, pour la première fois de ma vie, je me suis senti en sécurité.

Impossible de faire un travail sérieux sur la lecture et l'écriture sans un dévouement total à son élève. Ma grand-mère avait trop de travail à l'extérieur. Si seulement elle n'avait eu que du linge à repasser, elle aurait pu le faire chez elle tout en me surveillant. Mais non, elle avait trop besoin de tous ces petits travaux et de l'entretien de la Maison du peuple pour arrondir la maigre pension de mon grand-père et pour me faire découvrir toutes les choses qu'elle connaissait : elle rêvait de m'emmener en Italie ou à Versailles ou encore à l'ossuaire de Cerny-en-Laonnois tout près du Chemin des Dames. Surtout, elle devait faire des économies si elle voulait que je poursuive des études plus tard. Mon éducation devint sa seule préoccupation. Je compris très vite que ça n'allait pas s'arrêter à l'apprentissage de la lecture et de l'écriture. La porte de la cathédrale continua à s'ouvrir. C'est-à-dire que l'image de cette femme grosse, mal fagotée, toujours les cheveux mal peignés, l'image de l'ouvrière et de la femme de ménage qu'elle était devenue s'effaça d'un coup quand elle me fit entrer dans sa chambre. Personne, à part mon grand-père, n'y entrait ou n'y était entré, pas même ses filles, ni ses amies du Front populaire. Ils avaient un accord que j'étais loin de connaître. Mon grand-père dormait dans une autre chambre le lundi, le mardi et le mercredi. Il réintégrait la chambre « conjugale » le jeudi. Il en était ainsi depuis toujours. Pas une fois ils n'ont dérogé à cette règle qui cachait un secret que je ne découvrirais que bien plus tard. En revanche, que ce soit le lundi, le mardi ou le mercredi, son mari lui apportait tous les matins son café noir qu'elle buvait dans son lit dans une jolie tasse verte évasée et agrémentée d'une anse dorée.

Sa chambre était une chambre des années trente en noyer poli, ce qui rendait l'armoire et la tête de lit brillantes comme de la laque. Le plus intéressant était une petite vitrine, ordinaire, remplie de livres qu'elle cachait derrière deux rideaux d'un jaune mordoré et qu'elle voulut absolument me faire découvrir. Me faire toucher la beauté des livres reliés accumulés, plus ou moins bien rangés dans sa vitrine-bibliothèque, participait de l'apprentissage tout comme elle m'aurait jeté sur les cordes d'un piano à queue si elle avait voulu m'enseigner la musique. Il fallait que je sente les livres, que je les respire. Un livre devait passer par tous les sens, le toucher, l'odeur du papier, la vue géographique des mots sur la page, entendre les mots lus au hasard et à haute voix, et enfin le goût des reliures en cuir. C'était là qu'elle lisait la nuit au lieu de dormir.

— C'est pour ça que j'ai souvent l'air fatigué, mais lire ne fatigue pas, ça t'alourdit un peu parce que tu es moins bête qu'avant et que tu as appris ou compris des choses de la vie que tu n'aurais pas pu apprendre ou comprendre tout seul.

Puis elle me sortit deux livres, *L'Enfant* et *L'Insurgé* de Jules Vallès.

— Ça, tu vois Jean, ce sont de très grands livres. Vas-y, tu peux les prendre… La plupart des livres constituent pour chaque écrivain une œuvre, son œuvre… Avec Vallès c'est autre chose, c'est l'œuvre d'un combat ! Tu entends bien : l'œuvre d'un combat ! Mais tu es bien trop jeune pour comprendre tout ça.

Elle n'employait jamais le mot « auteur », mais toujours « écrivain ». Jules Vallès occupera plus tard la première place dans le panthéon de mes écrivains préférés mais resta pour l'heure enfermé dans la vitrine-bibliothèque. Mon élan vers les livres fut immédiat mais peu sincère parce que je voulais lui faire plaisir, comme je voulais faire plaisir à ma mère en la laissant m'habiller en fille. Il me paraissait plus simple d'entrer dans le désir des autres que dans le mien, que je n'arrivais pas à définir. Aucune fascination mais un ravissement. La fascination n'est qu'une pétrification souvent dangereuse. Un ravissement réel, mais pas au sens du bonheur, plutôt du rapt, de ce qui provoque un déplacement de soi dans l'espace ou à l'intérieur de soi, sans même bouger. Tous mes sens se mirent en action devant la petite table, près de la fenêtre, qui faisait office de bureau ou de bonheur-du-jour et sur laquelle étaient posés toutes sortes d'objets hétéroclites – une sulfure irisée de mauve et de rouge, des stylos encre à plume, un coupe-papier en plaqué or ciselé pour découper les pages des livres ou le courrier, des carnets et sa machine à écrire Underwood noire qui reprenait sa place en trônant devant cinq images : une nature morte que son frère lui avait dessinée de mémoire après avoir vu une exposition de Picasso à Paris, deux photographies de femmes que je ne connaissais pas et celle de Marie-Claire avec sa coupe à la Jeanne d'Arc. Enfin, la photographie sur carton jauni d'un Africain assis sur un promontoire qui semblait regarder le désert sans fin et qui éclipsa l'image de Marie-Claire.

C'est à cause de cette photographie que j'ai compris qu'il y avait autre chose que le monde de la place. Cet homme était très différent des gens que je connaissais. Il n'avait même rien à voir et pourtant j'avais l'impression de le connaître, du moins il ne m'était pas étranger, presque moins étranger que mes grands-parents. Et dans ce monde inconnu où l'Africain se tenait, les hommes me parurent plus majestueux, plus tranquilles et plus rassurants. Rose me laissa regarder la photographie mais je ne posai pas la question qui aurait dû venir naturellement : d'où tiens-tu cette image ? Je n'avais plus qu'à me débrouiller seul. Elle ouvrit deux autres livres en éventail pour me faire sentir l'odeur du cuir, du papier et de l'encre. Elle fourra son visage tout entier dans l'un d'eux pour en inspirer toutes les saveurs, comme une droguée le ferait pour sniffer une substance merveilleuse. Elle releva la tête, métamorphosée.

— Tu verras, un jour, tu auras autant besoin des livres pour vivre que de manger ou de rencontrer un ami ou même l'amour. Tu penses bien que toutes ces choses vont t'arriver. Et si par malheur tu ne ressens pas ce besoin tu seras perdu. Tu ne comprendras rien à ce qui t'arrive. Retiens bien ça : lire c'est être sauvé.

Puis elle ajouta :

— Sauvé de tout.

2

Je ne sais pas si c'est grâce à l'apprentissage de la lecture et de l'écriture ou à mon sens de l'observation découvert avec l'oiseau mort mais j'ai gravé dans ma mémoire des moments, des scènes qui m'ont particulièrement marqué. Rose, par exemple, excellait dans l'écriture des lettres d'amour qu'elle dictait aux jeunes filles dont les fiancés étaient, pour la plupart, appelés sous les drapeaux en Algérie. Elle ne précisait que l'orthographe des mots simples, favorisant ainsi quelques fautes qui donnaient une certaine authenticité à la lettre et évitaient de trahir son auteur véritable.

Irène Kramp, la sœur de François qui n'allait pas tarder à venir en vacances, demanda ce service à Rose un après-midi. Irène ne portait que des couleurs pastel comme si elle voulait affirmer publiquement sa virginité malgré son âge. Mon grand-père sortit pour leur laisser le champ libre, il savait que la jeune femme serait plus à l'aise sans sa présence. C'était toujours le moment où il y avait à faire au jardin. Ainsi tout le monde comprenait qu'il ne reviendrait pas avant deux ou trois heures. L'hiver, il trouvait quelque chose à réparer et disparaissait dans son atelier au rez-de-chaussée. Le départ de mon grand-père, qui avait fermé à clé la porte d'entrée à la demande de sa femme, favorisait une certaine clandestinité. Ma grand-mère avait surtout besoin de ne pas être dérangée. Si Irène avait manifestement une requête à lui faire, Rose s'était aussi donné une mission : faire d'Irène son alliée sur un sujet de la plus haute importance, à savoir son frère, François. Il fallait qu'il épouse sa fille. C'était surtout la perspective qu'un professeur de littérature devienne mon père qui la motivait. Pour l'heure, Rose s'inquiétait de la requête d'Irène qui, en tant qu'institutrice, aurait dû être capable d'écrire une belle lettre sans l'aide de personne.

— C'est que voyez-vous, Rose, j'ai bien essayé d'écrire, mais ce que j'ai à dire je peux le dire en une phrase. C'est terrible, non ? Et c'est loin d'être suffisant pour composer une lettre...

Le mot « amour » était resté en suspens et fut remplacé par un silence suffisamment éloquent.

— Je crois que j'ai tellement de choses à dire que ça se bouscule et je deviens vide. Mais vide comme vous n'imaginez pas, Rose !

J'entendais des choses qui n'avaient pas de sens précis pour moi mais qui me donnaient la mesure d'une langue incroyable que seuls les adultes pratiquaient avec facilité. « Je deviens vide », j'avais trouvé cette phrase d'une droiture sans raideur et d'un calibre peu ordinaire ; « Je deviens vide », je comprenais précisément ce qu'elle avait voulu dire sans être capable de l'éprouver. Pour ma part je me sentais plein de choses que je ne parvenais pas à identifier ni à nommer, jusqu'à éprouver le besoin de m'en délester. Comme Marie-Claire que je portais en moi et dont le poids augmentait au fur et à mesure que le mystère s'amplifiait. Je croyais que ce trop-plein d'inconnus qui me remplissait depuis ma naissance justifiait que je tienne debout sur la terre comme un sac de patates ou de charbon qui ne se tient droit qu'une fois rempli. La gravité n'avait rien à voir avec ce phénomène. Quand Irène exprima ce vide, je l'enviais presque. Je l'imaginais d'une légèreté qui aurait pu lui permettre de marcher au-dessus des choses terrestres, d'effleurer le monde de ses orteils jusqu'à s'envoler. Je n'entendais pas la paralysie que provoquait ce vide, ni cette impuissance à écrire seule une lettre d'amour. Le vide était-il une conséquence de l'amour ? C'était peut-être ce que ma mère voulait éviter en ne tombant jamais vraiment amoureuse.

— Dans le même temps, vous savez, cette histoire au fond est bien banale.

— Alors ça, ma petite Irène, ça n'existe pas les histoires d'amour banales ! Parce que si l'histoire est banale, c'est qu'il n'y a pas d'amour. L'amour, c'est l'inverse de la banalité. À mon avis c'est pour ça que tu n'arrives pas à écrire plus d'une ligne. Sinon ça t'enflammerait tout entière et tu n'aurais pas besoin de chercher tes mots. Même ceux que tu ne connais pas arriveraient tout seuls et à leur bonne place. C'est un mystère, mais c'est ainsi ! Pardonne-moi d'être aussi directe et franche, mais es-tu sûre de l'aimer, ce petit gars ? Parce que c'est pas parce qu'il est à la guerre qu'il faut lui donner de faux espoirs. Écrire à un soldat, c'est un sacré engagement, c'est lui donner de bonnes raisons de revenir. Sinon ils repartent et ils se font trouer la peau. C'est ce que toutes ces idiotes de marraines de guerre en 14 n'avaient pas compris ! Y a pas plus sensible qu'un homme. Et dire que c'est eux qu'on envoie à la guerre.

C'était au cours de ces séances que le mot « homme » revenait le plus régulièrement. Je débusquais ce mot dans les phrases de ma grand-mère qui semblait avoir beaucoup de choses à dire sur le sujet.

— Et où tu nous l'as connu celui-là ?

— Je l'ai rencontré par les petites annonces, osa lâcher Irène, un peu honteuse. Mais ne le dites à personne. Surtout pas à François. C'est que ce garçon avait l'air si seul là-bas. Il avait écrit dans *Le Chasseur français*...

— Tu es abonnée à cette revue... toi ?

— Je lis juste les petites annonces quand je vais chez le dentiste. C'est tout.

Ses joues rosirent légèrement mais pas plus que devant un médecin à qui l'on confie un symptôme bizarre ou mal placé.

— Bon ! Et il avait écrit quoi ?

— ... Les formules d'usage, bien sûr, sauf... sauf qu'il a terminé par : *Que devient le monde quand l'amour est absent ? Un désert.* C'est beau, non ? Je ne l'ai jamais rencontré, vous imaginez bien. J'ai sa photo, vous voulez la voir ?

Ma grand-mère prit l'image et regarda ce jeune homme tout maigre aux yeux sombres et cernés. Derrière la photographie qu'elle retourna machinalement, il donnait ses mensurations. 1,80 m, 75 kg, et il avait ajouté « de muscles » au crayon à papier.

— Un beau garçon, c'est sûr.

— Et la lettre qu'il m'a écrite est tout aussi belle.

— Donc tu lui as déjà écrit et il t'a déjà répondu ! On dirait qu'il a tout pour plaire celui-là. Et il s'appelle ?

— Julius. C'est original. Et je trouve que ça lui va bien.

— D'origine anglaise alors ?

Irène baissa les yeux, presque embarrassée.

— Julius Weirenberg.

— Boche ?! Enfin d'origine allemande.

— Oui, son père avait mis sa mère enceinte au début de la guerre et après l'armistice il est revenu pour l'épouser. Tout est dans la lettre qu'il m'a écrite. Il a à peine vingt ans, j'en ai six de plus que lui.

Braver un interdit était pour ma grand-mère la seule manière de reconnaître formellement l'amour et de le différencier de toutes ses autres formes comme l'affection, la tendresse, la séduction ou encore la pitié. À l'écouter, je pensais qu'elle savait de quoi elle parlait et que le couple qu'elle formait avec mon grand-père était un exemple dans ce domaine, même si je n'ai jamais vu le moindre signe d'affection ou de tendresse entre eux. Il n'y avait que le regard de mon grand-père qui, malgré le temps, semblait intact. Il la « badait », surtout quand elle parlait et elle parlait souvent, contrairement à lui.

Elle lut la lettre de plusieurs pages que Julius avait écrite à Irène, sans broncher, tout en rajustant par moments ses lunettes. Elle alluma une cigarette qu'elle tira de l'unique paquet qui lui faisait la semaine. Irène en profita pour s'intéresser à moi et me posa toutes sortes de questions, comme l'institutrice qu'elle était pouvait le faire, de manière mécanique et sans intérêt. Pour combler le silence de la lecture.

— Ce garçon est un poète ou je ne m'y connais pas.

— C'est ce que je pense aussi. Et je me dis qu'on ne devrait pas envoyer les poètes à la guerre.

— Bien sûr que si ! Imagine, ma pauvre Irène, que les imbéciles soient les seuls à nous protéger, on aurait du souci à se faire et aucune chance de gagner, même si cette guerre mériterait bien qu'on la perde. Mais ce n'est pas dit qu'on ne la perde pas non plus !... Regarde ce qui s'est passé avec l'Indochine. Les peuples opprimés finissent toujours par se soulever et contre un peuple en colère il faut se résigner. Ils vont nous mettre à genoux, moi je te le dis, parce que c'est à la fois une guerre et une révolution !

Nous mettre à genoux. Et non pas *les* mettre à genoux. Elle avait beau désapprouver cette guerre qui se passait de l'autre côté de la Méditerranée, comme elle avait désapprouvé la guerre d'Indochine, elle ne pouvait pas ne pas s'associer aux soldats qui tombaient et à ceux qui jouaient leur vie. Elle était française avant d'être une révolutionnaire communiste d'un genre particulier puisqu'elle ne militait plus depuis longtemps. Ça aussi c'était un autre mystère.

« Nous » était le seul mot qui rassemblait la nation. Et il fallait être capable d'en endosser toutes les erreurs aussi bien que les réussites, les succès et les échecs.

Ils vont nous mettre à genoux fut aussi le moment où tout pouvait basculer dans l'esprit d'une personne de bonne volonté comme Irène. Comme si Rose lui prédisait le pire. Julius était un des Français que l'Algérie allait mettre à genoux et peut-être tuer. Mais au lieu d'avoir une réaction virulente, de s'opposer à la malédiction, Irène venait de comprendre dans cette extrémité qu'une lettre d'amour devait s'écrire comme si elle était la dernière et qu'il ne fallait plus s'embarrasser de pudeurs qui auraient entravé son amour et sa pensée. Il ne restait plus qu'à trouver l'en-tête de la lettre et sur ce point essentiel Rose laissait le choix à Irène tout en sachant que cet en-tête déterminerait la suite. Cher Julius. Mon chéri. Julius mon amour. Mon amour. Irène opta sans hésitation pour *Mon Amour*.

À l'âge où d'autres enfants jouent dans les rues ou au stade, j'étais le témoin privilégié de ce que les femmes gardaient secret. Je connaissais Mlle Kramp et elle m'était toujours apparue comme une personne impeccable, nette, sans artifice, à la différence de ma mère qui flamboyait dans ses tenues amples mais serrées à la taille ou terriblement moulantes et décolletées.

Irène déborda d'amour jusqu'à en avoir les joues enflammées tout le temps de la dictée.

3

Je surprenais quelquefois ma grand-mère assise au coin de la table de la cuisine, courbée, creusant machinalement avec son doigt des trous dans la mousse de vaisselle agglutinée sur ses mains et dans laquelle la lumière se décomposait en petites cellules de couleurs. Ce n'était pas normal de la voir s'asseoir avant d'avoir fini son travail. Il fallait qu'elle soit violemment assaillie par des pensées qui la torturaient pour interrompre sa vaisselle. Cet état d'abattement pouvait surgir à n'importe quel moment de la journée. La nuit, il m'était arrivé aussi de l'entendre se lever, accablée par des cogitations obscures qui la terrassaient et venaient noircir le bleu perçant de ses yeux, qui lui avait valu un interrogatoire de plusieurs heures pendant la guerre après qu'elle eut foudroyé du regard un officier allemand croisé dans la rue. Ce n'est pas elle qui me l'a raconté. C'était Germaine Halévy, sa camarade d'usine. Elles étaient ensemble ce jour-là et remontaient la rue du Port.

Seule, quelquefois devant moi, elle se laissait aller à cette étrange méditation. Elle se demandait ce qu'elle avait raté. « Sa politique », c'était ça le problème de ses enfants ! La politique qui l'avait si longtemps retenue loin d'eux. « Tu n'étais pas là ! » « Tu pars encore ?! » Elle devait être honnête avec elle-même, il ne s'agissait pas seulement de politique. D'autres choses liées quand même à la politique et qu'elle préférait oublier. Les hommes, par exemple, un surtout. Si elle préférait les oublier, ce n'était pas parce qu'elle avait honte de son passé de femme et de militante mais pour éviter d'éprouver cet immense sentiment de bonheur que ces souvenirs lui procuraient.

Elle s'inquiétait surtout pour ma mère qui n'avait eu que des amants de passage ou peu fiables. La pire des choses eût été qu'elle épouse mon père le marin. Elle ne supportait pas cette idée, même si elle faisait toujours bonne figure quand il débarquait en permission pour quelques jours. Et elle savait que la situation ne pouvait pas durer. Il fallait un homme à sa fille, bien plus qu'un mari, quelqu'un qui saurait l'emmener quelque part dans ce monde.

— Maintenant, puisque nous sommes entre nous... si ta maman se mariait et qu'elle te laissait ici, avec ton grand-père et moi, est-ce que ça te conviendrait ?

Ma réponse fut oui, même si je la regrettai aussitôt après, c'était pire qu'un blasphème et je craignais que ma mère ne se sente blessée si elle avait vent de cette minuscule conversation.

— Prions... pour que cela soit possible alors. Prions !

Bien qu'elle ne crût pas en Dieu, le soutien du Seigneur ne pouvait pas être malvenu. Rester avec elle et mon grand-père, dans la maison sur la place, n'avait pas d'autre objectif que de parachever mon éducation afin, disait-elle, que j'aie une vie. C'est ce qu'elle répétait de plus en plus aux voisines, à ses vieilles amies, à sa tante Anna, à sa cousine Simone et même à Paul. Tout le monde était d'accord pour que j'aie une vie, même si personne ne voyait vraiment ce qu'elle voulait dire par « avoir une vie » ou parce qu'ils y voyaient l'expression d'une sorte de « folie des grandeurs ».

4

Ma grand-mère profitait d'un moment de répit pour lire quelques pages de « son » *Anna Karénine*. Ce temps de lecture qu'elle prenait quelquefois en journée était une énigme pour moi. Je ne comprenais pas pourquoi tout semblait s'arrêter autour d'elle, ni pourquoi mon grand-père prenait soin de ne faire aucun bruit dans ces moments-là. Elle ne demandait rien et pourtant le silence s'imposait de lui-même. Mon grand-père était dans son jardin le jour où ma mère fit littéralement irruption. C'était un vendredi et elle ne devait arriver que le lendemain, comme toutes les semaines.

— Ça y est je me marie. Il m'a demandée en mariage !

Ces deux petites phrases firent écho soit à un miracle, soit à une catastrophe annoncée.

— René s'est enfin décidé ?

— Pourquoi René ? Ça fait des mois que je ne l'ai pas vu.

— C'est normal, il est en Algérie. C'est un marin, mais c'est surtout un militaire, je te rappelle.

— Ça, je m'en fiche ! Et puis il n'avait qu'à m'offrir une bague de fiançailles depuis le temps, tu ne trouves pas ? Sans bague, pas de promesse, tu me l'as assez dit.

— Non, ce n'est pas moi qui t'ai dit ça, c'est ta grand-mère.

— Oui, ben, c'est pareil ! Moi, ça ne me suffit pas de me dire que je suis la plus belle et qu'un jour et patati et patata... Je vais avoir vingt-trois ans et j'en ai assez d'attendre !

— Inutile de t'énerver.

— Tu ne devineras jamais qui c'est.

— J'ai bien peur que si.

Ma mère prit le temps nécessaire, en profita pour m'embrasser, sans voir la machine à écrire, puis elle détacha chaque mot :

— ... Bientôt... je... m'appellerai... Mme... Lorin.

Tout en montrant la bague de fiançailles qu'elle portait au doigt, un « toi et moi » composé d'un rubis et d'un diamant.

Gabriel Lorin était le propriétaire de la boutique de porcelaine et de cristal où travaillait ma mère. Rose avait seize ans quand elle avait rencontré Lorin qui en avait neuf. C'était un cancre. Il était devenu quarante ans plus tard un homme très séduisant, une sorte de « vieux beau » sûr de lui mais sans prétention. Aujourd'hui Rose et lui entraient ensemble dans la vieillesse mais apparemment pas de la même façon. Mariette avait été une amie proche de la mère de Gabriel et ensemble les deux mères avaient imaginé l'union de leurs enfants et de leurs commerces. Mariette avait dit au sujet de l'âge de Gabriel : « Avec le temps, la différence d'âge s'estompe. » Mais personne n'avait imaginé que cette union sauterait une génération. Et puis, c'était Rose qui avait accompagné et présenté, pour ne pas dire confié, sa fille à Gabriel. Être à l'initiative de cette rencontre la mettait en mauvaise posture et lui laissait peu d'espace pour réagir, encore moins pour s'opposer. Elle referma *Anna Karénine* d'un coup. Même Louise était capable de comprendre que si sa mère abandonnait son livre en plein milieu de sa lecture, et probablement au milieu d'une phrase, cela n'augurait rien de bon. Tous les éléments étaient en place pour que la suite se passe mal. Ma présence et celle de la machine à écrire ne posaient toujours pas de problème. Ce n'était pas la première dispute à laquelle j'assistais et je commençais même à prendre un certain plaisir à ces duels oratoires, même si j'en connaissais parfaitement l'issue dont je serais une fois de plus l'otage.

Ma mère n'arrêtait pas de répéter que Lorin était tombé « fou amoureux » dès le premier jour.

— Mais moi je ne suis pas tombée amoureuse de lui tout de suite, surtout après ce qu'il m'avait dit. Tu te souviens de ce qu'il m'avait dit ?...

— Non. Je ne me souviens pas.

— Mais si ! « Mademoiselle, vous êtes aussi jolie que tout ce que je vends. » Je n'avais pas aimé du tout qu'il me compare à des objets. En le connaissant mieux j'ai fini par comprendre que c'était un compliment dans sa bouche. Parce qu'il a une passion pour tout ce qu'il vend, tu ne peux pas imaginer, ça va de la soupière en porcelaine de Limoges aux verres en cristal de Bohême en passant par ces magnifiques petites figurines de verre. Je suis folle moi aussi de ces petits chevaux en verre de Murano.

Gabriel Lorin avait acquis au cours des années une certitude qu'il avait érigée en croyance et qui se résumait en peu de mots : « Inutile d'être compétente si la vendeuse est d'une grande beauté. » La beauté était pour lui un sérieux argument de vente et personne n'échappait à ce pouvoir quasi subliminal, surtout pas ses clientes dont il avait remarqué qu'elles s'identifiaient toujours à la vendeuse. Il avait parfaitement compris dès le premier coup d'œil que Louise répondrait à ses attentes commerciales et même au-delà. Elle avait tout pour être une grande vendeuse : un physique, de la tenue, beaucoup d'allure et un regard. Surtout un regard. M. Lorin ne s'était pas douté que le piège commercial allait se transformer en piège sentimental et le ligoter entièrement.

Au début, il posa très vite les bases d'un jeu de séduction assez ordinaire entre un homme d'une cinquantaine d'années et une jeune fille qui n'avait pas l'air naïve. Cette absence de naïveté était largement mesurable chez Louise par le pouvoir que son regard exerçait sur les hommes. En leur faisant sentir sa fragilité de femme et son envie d'être protégée dès qu'elle levait les yeux sur eux, tous avaient l'impression de posséder plus de profondeur et plus d'importance qu'ils n'en avaient. Un mélange savant de persuasion et d'infantilisme qui réveillait, tout particulièrement chez les hommes mûrs, l'instinct paternel et le goût de l'inceste. M. Lorin y avait succombé en à peine six mois. Au départ ce furent des attentions : déposer une rose sur le comptoir, un brin de muguet au mois de mai ; lui offrir chaque semaine un petit animal en verre de Murano dont il aimait la finesse d'exécution, ajoutant à chaque fois : « Ce que j'aime avec ces minuscules représentations d'animaux sauvages, c'est la vulnérabilité que leur confère le travail si délicat du verre. C'est presque contre nature et ce qui est contre nature est souvent excitant, vous ne trouvez pas, Louise ? » Louise tous les samedis le remerciait en ajoutant : « C'est vrai, et dire qu'on pourrait les casser si facilement. »

Dernièrement, il lui avait offert des métrages de tissus de grande qualité, de la soie, de la moire ou du Tergal fleuri, sous prétexte qu'elle devait se faire coudre de nouvelles robes. Il était nécessaire qu'elle change de tenue le plus souvent possible pour son travail, une tenue par jour. Ses meilleures clientes, disait-il, ne supporteraient pas de voir la vendeuse porter toujours la même robe. « La vendeuse est un miroir dans lequel toutes mes clientes se mirent. » Il tenait encore à ce moment-là à rester dans le cadre professionnel. Il le rappelait sans cesse : « Tout dans le commerce n'est que jeu de projection et d'identification. » Louise était fascinée par ces réflexions dont elle se faisait la porte-parole quand elle rentrait le samedi soir. En revanche, sur les métrages de tissus, elle avait menti et prétendit les avoir achetés à bas prix grâce à une « copine » qui travaillait aux Galeries de Jaude.

Le mensonge pour Louise n'était pas une seconde nature, même si elle y avait souvent recours. C'était une façon de se défendre. Elle ne l'utilisait que pour éviter les questions embarrassantes, en particulier celles de sa mère. Elle en éprouvait un réel plaisir, mais sans malfaisance.

— Tu n'imagines pas, maman, la vie que je vais avoir ! Même moi je l'imagine à peine. Je ne travaillerai plus. Tu te rends compte ?... Et il ne veut surtout pas que nous habitions dans son appartement où il a vécu si longtemps avec sa femme jusqu'à sa mort. Nous aurons un nouvel appartement, encore plus moderne. Pas question d'aménager en centre-ville mais à Chamalières où ils construisent de très beaux immeubles.

Il m'a même emmenée choisir une cuisine tout en formica, si facile d'entretien ! Tu comprends ? Il veut recommencer sa vie en repartant à zéro.

— De zéro !

— Si tu veux, « de zéro » ! On s'en fout ! Alors, t'en penses quoi ?

— Parce que j'ai mon mot à dire ? Apparemment tu lui as dit oui, il t'a déjà offert une bague de fiançailles qui est vraiment très jolie. Qu'est-ce que je peux ajouter ?

Rose se doutait bien qu'un homme de cet âge ne s'était pas contenté de lui faire la cour et de la demander en mariage. Elle aussi connaissait la vie avec les hommes, même si plus rien dans son apparence ne le laissait supposer. Que sa fille ait couché avec Gabriel ne lui posait aucun problème. Cette demande en mariage ressemblait plus à un arrangement ou une affaire qu'à un projet de vie. D'ailleurs elle s'étonna que Louise n'ait parlé ni d'amour ni de son enfant. L'amour pourrait venir. Ça aussi Rose le savait. Mais qu'allait-il advenir de moi si elle épousait cet homme de vingt-sept ans son aîné ?

— Et je suppose que tu lui as parlé de Jean ?

— Je vais le faire, tu penses bien. Pas tout à la fois ! De toute façon il ne veut pas d'enfant. Mais le mien, oui ! J'en suis sûre, pour une raison assez simple : il a déjà deux grands fils qui sont étudiants et c'est eux qui hériteront de lui plus tard… enfin après moi, je suppose. C'est comme ça que les choses se passent, non ?

— Non, ce n'est pas tout à fait comme ça mais ça n'a pas d'importance. Pourquoi veux-tu épouser un homme avec lequel tu ne vas pas avoir d'enfants ?

La question eut pour effet immédiat de troubler Louise. Elle se perdit en chemin, impuissante à trouver ses mots, se mit à bégayer des bribes de réponses parce qu'elle était bien incapable de s'avouer la vérité qui, au fond d'elle-même, la paniquait.

Depuis le refus tardif de Germain de me faire entrer dans leur vie de couple, j'avais compris que ma mère avait fini par admettre que j'étais peut-être un obstacle à son rêve de fonder une famille parfaite. Chassant cette idée, et pour mettre un terme à cette discussion elle trouva le moyen de renverser la situation, le plus simple et toujours le même.

— Tu m'agaces avec tes questions ! conclut-elle. Est-ce que je t'en pose moi des questions ? Est-ce que je te demande pourquoi tu ne fais pas le ménage dans la semaine et pourquoi c'est toujours moi qui dois me le taper pendant mes deux jours de repos ?

Ma grand-mère garda son calme, les deux mains posées sur le roman de Tolstoï. Aucune expression sur son visage qui aurait pu attiser le conflit, mais pas de renoncement non plus.

— Je vais te répondre, ma petite fille. J'ai trente-quatre ans de plus que toi, je m'occupe de Jean quand tu n'es pas là de la semaine et je m'en tiens à toutes tes recommandations, même si je suis loin de les approuver, je travaille beaucoup, je fais des ménages chez des gens qui ont des salles de bains que je décrasse, je lave et je repasse, en plus de la Maison du peuple qui m'occupe bien le samedi et le dimanche. Alors oui, je suis fatiguée et si le ménage ici ne te convient pas, je le regrette mais c'est comme ça. Je te rappelle qu'ici je suis chez moi.

Ma grand-mère crut mettre un terme à cette discussion et ne pouvait pas imaginer que Louise allait s'emparer de sa dernière phrase pour débobiner toute sa méchanceté et toute sa rancœur.

— Chez toi, tu dis ? Elle est bien bonne celle-là ! Non, tu n'es pas chez toi, aucun de nous n'est chez lui. Ici c'est la maison de la vieille grand-mère qui n'est pas morte, que je sache. On est ici parce qu'elle le veut bien. Tout est à elle, qu'elle débloque ou pas : la maison, les meubles, la vaisselle, la grange derrière aussi, la petite maison à côté de la grange, le jardin, la vigne, le champ de pommes de terre et le bois ! Mais je sais ce que tu vas me dire, que c'est toi qui hériteras de tout. Mais tu hériteras de tout, pourquoi ?... Parce que ton frère est mort à la guerre de 14 et que ma tante Yvonne est morte avant. Sinon tu n'aurais eu qu'un tiers de tout ça ! Et tu peux me dire où tu serais aujourd'hui s'ils étaient vivants ? Moi, il faudra que je partage avec mes sœurs, ce qui veut dire qu'on n'aura pas grand-chose à l'arrivée, alors autant nous préparer la plus belle vie possible, mais ailleurs, comme Véronique le fait à Toulon avec Marie-Claire, que ça te plaise ou non...

Ma mère était partie dans la spirale des reproches, embourbée dans les questions d'héritage, sans plus pouvoir s'arrêter. Ma grand-mère, mesurant bien que la crise montait, préféra la laisser faire jusqu'au bout, sans intervenir, prête à supporter le flot d'insultes qui menaçaient de s'abattre sur elle, sans retirer sa main du livre comme si elle prêtait serment de rester calme et de supporter toutes les vérités dirigées contre elle.

— Alors moi je vais te dire, poursuivit Louise : je ne veux pas vivre comme toi ! C'est pas compliqué à comprendre, ça ! Quand on pense à tout ce que tu aurais pu faire, à tout ce que tu aurais pu devenir, intelligente comme tu es, mais non ! C'est pas comme nous ! Oui, nous, tes trois filles, on n'a pas fait d'études, des pauvres idiotes. Mais toi, la politique t'a tout pris ! Et ça continue... T'as beau parler ton espéranto, je ne suis pas bête à ce point ! Je sais bien ce qui se trame derrière tout ça. Tu ne vois pas que t'es devenue folle avec toutes tes idées ? Regarde ce que ça a fait de toi ! Tu crois que je n'entends pas ce qui se dit sur toi dans ton dos ? Et mon pauvre père qui a porté des cornes toute sa vie !

— Tu ne sais pas de quoi tu parles.

— Je ne sais pas de quoi je parle ? Je parle de ta légèreté, de ta mauvaise réputation. Et je reste polie. Ah oui, ils sont tous gentils avec toi quand ils ont besoin de toi pour leur écrire des lettres et je ne sais quoi d'autre ! Mais sinon qu'est-ce que tu crois qu'ils racontent ?

— Je n'ai pas à m'expliquer de ça avec ma fille.

— Ah oui ?... Et pourquoi tu crois que mes sœurs sont parties vivre à Toulon ?

Rose prit un temps et s'appuya comme à une béquille sur le roman de Tolstoï qu'elle avait retourné sur la tranche.

— Parce que tu ne comprendrais pas.

— Je suis trop bête, c'est ça ?

Plus sa voix partait dans les aigus, plus elle était incontrôlable, et plus sa mère gardait son calme.

— Tu n'es pas bête, tu es même relativement maligne, mais tu ne sais voir qu'un seul côté des choses parce que tu ne penses qu'à toi. Toujours toi !

— Elle est bonne celle-là ! Mais ma pauvre maman, regarde à quoi tu ressembles ! Pourquoi as-tu grossi à ce point ? Pourquoi te négliges-tu ainsi ? Tu veux que je te dise ? Parce que moi, s'il faut dire la vérité, je la dis ! Quelquefois tu me fais honte ! Oui, honte quand je te vois avec tes pantoufles éculées dans la rue ! Surtout quand on sait la belle fille que t'as été ! J'ai vu des photographies de toi ! Je sais ce que je dis. Hein ? Au lieu d'aller faire ta politique tu aurais mieux fait de t'occuper de tes enfants ! Heureusement qu'on a eu la Mariette pour nous élever pendant que toi tu faisais je sais pas quoi avec je sais pas qui ! Et elle nous a même donné un peu d'amour... oui, un peu ! Avec tous ses enfants morts il ne lui restait pas grand-chose mais ce pas grand-chose elle nous l'a donné. Toi, ton amour, tu l'as donné à tes copains du Parti ! Papa, lui, j'en parle pas, c'est un saint ! Mais toi, t'as jamais été – et je ne parle même pas d'être une bonne mère – tu n'as même jamais été une mère ! Jamais ! Et qu'est-ce que tu crois qu'on fait, Véronique, Marie-Claire et moi ? On essaie d'avoir une vie. C'est tout. Mais toi, ça ne te convient jamais. Alors si ce qu'on est devenues mes sœurs et moi ça ne te convient pas, c'est de ta faute et uniquement de ta faute. Et maintenant fous-moi la paix !

Si le mensonge avait sur elle le pouvoir d'éluder les vraies réponses et de nourrir une certaine malice, la vérité qui avait un réel pouvoir de crucifixion ne lui procurait aucun plaisir. Au contraire, elle était bien trop fragile pour assumer ce séisme qui l'avait submergée. L'irruption de sa méchanceté se retourna contre elle et l'ensevelit tout entière. Elle s'effondra sur la table sans qu'il soit possible de la consoler.

J'avais assisté à toute la scène sans que personne, ni l'une ni l'autre, l'ait vraiment remarqué. Ma grand-mère n'avait pas bougé ses mains de sa bible tolstoïenne, sans réaction apparente, comme si sa fille avait raison. Mais ce que Louise ne savait pas, ou ne comprenait pas, c'est que rien de ce qu'elle avait reproché à sa mère n'avait été le fruit ni du hasard, ni de la malchance, et encore moins de la malveillance. Tout ce que Rose était devenue ne lui avait été dicté que par sa seule volonté. C'est d'ailleurs ce qui l'aidait à supporter les insultes.

5

Tout le monde sur la place avait entendu le raffut de Louise mais personne ne se serait permis d'intervenir ni de faire le moindre commentaire. Notre famille bénéficiait d'un statut particulier en grande partie grâce à la générosité de ma grand-mère. Si elle ne réagissait pas contre sa fille, personne alors ne s'y serait avisé à sa place.

Mon grand-père entra dans la cuisine quelques minutes plus tard. Il avait échappé à l'assaut de sa fille mais au premier coup d'œil il comprit que quelque chose de grave s'était produit. Même s'il avait toujours dit qu'il ne croyait plus en Dieu, il avait été nourri aux images et aux histoires bibliques, comme l'Apocalypse, l'enfer, le paradis, le fils prodigue, le vin de la vigne ou le Bon Samaritain, sur lesquelles il s'appuyait encore pour comprendre les situations difficiles. Cette fois-ci ce fut le Déluge, cette volonté du ciel de tout détruire. Mais aujourd'hui le ciel s'appelait Louise même si elle était défigurée par les larmes et sa méchanceté sortie d'elle comme un démon qui l'aurait possédée depuis longtemps. Sa seule inquiétude concernait sa femme. Il la connaissait mieux que personne, l'avait souvent observée sans rien dire et un seul regard lui suffisait pour la percer jusqu'à l'âme même si elle ne montrait rien, toujours debout devant la table, blanche comme une morte, les deux mains sur son livre. Pas d'esclandre, pas de coup de gueule. Pas de prise de pouvoir non plus. Elle était comme une horloge dont on pouvait encore entendre le tic-tac mais dont les aiguilles et le balancier s'étaient arrêtés. Le panier d'Antoine, rempli de légumes, fit office de trait d'union surtout qu'il venait de rapporter les premières fraises dont sa femme raffolait. Elle lui annonça la possibilité d'un mariage entre Louise et Gabriel Lorin. Antoine sortit de sa réserve et conclut en posant une question qui n'appelait pas de réponse :

— Un mariage ? Avec un homme qui n'est pas venu demander sa main à son père ?

Ce vieux rituel de la demande en mariage ne faisait pas partie de ses principes. C'était simplement sa manière de dire qu'il ne croyait pas à cette union.

6

Ma mère avait quand même évoqué par deux fois sa sœur Marie-Claire. Si j'avais été tétanisé par la scène à laquelle je venais d'assister, je l'étais bien plus par la perspective de ce qui m'attendait. Je savais que ma mère ne ressortait jamais tranquille de ces conflits qui s'achevaient toujours par un monologue. L'onde de choc de cette violence ne manquerait pas de se répercuter sur moi. Honteuse, elle allait dans un seul mouvement me soulever de ma chaise, m'attraper et m'emporter pour se réfugier avec moi dans notre chambre. C'est exactement ce qui se produisit.

Pas d'autre manière d'apaiser sa défaite qu'en s'acharnant sur moi, m'oubliant jusqu'à faire de moi sa chose, son autre elle-même, modifiant mon corps d'enfant docile en triturant mon image jusqu'à ce que je ressemble à nouveau à une petite fille modèle de la tête aux pieds. C'était ce qui l'aidait à calmer cette crise et lui assurait qu'elle avait le pouvoir de tout transformer si elle le voulait, surtout quand le reste du monde lui résistait. Elle commença à peigner mes anglaises, me faire une raie parfaite sur le côté, avant d'accrocher deux barrettes à rubans dans mes cheveux. Enfin, elle me passa une petite robe blanche tout en dentelle parfaitement ajustée à ma taille sans être neuve pour autant. Elle avait été portée par les filles de la maison.

— Marie-Claire aussi l'a mise ?

Ce fut la première vraie question que j'ai osé poser sans éprouver cette difficulté paralysante à chercher des mots que je ne connaissais pas.

— Non, elle n'en a pas eu le temps.

Il n'y eut pas un mot de plus sur le sujet qui court-circuitait ses objectifs. Ses gestes étaient parfaitement coordonnés.

Elle avait le pouvoir de rectifier ce qu'elle appelait une « erreur de la nature ». Je n'avais plus de jambes, plus de bras, plus de visage et je croyais que la mollesse de mes membres et de mes joues, de la même façon que je l'avais ressenti dans la fontaine, rendait mon corps si malléable que ma mère pouvait en prendre possession, le faire et le défaire à volonté. Mon corps ne m'appartenait plus. La transformation de mon image était la preuve de la toute-puissance de ma mère. Elle aurait tout aussi bien pu me changer en animal. Je mis longtemps à comprendre qu'elle me modelait à son image quand elle était enfant.

Face à son éblouissement devant la petite fille qu'elle venait de recréer une fois encore, j'étais incapable d'émettre la moindre résistance. Je la laissai continuer. Elle me couvrit de bijoux, passa son tube de rouge sur mes lèvres, m'assit sur le lit comme une poupée de foire et me laissa exceptionnellement jouer avec les petits chevaux de verre que Lorin lui avait offerts, le temps qu'elle se refasse une beauté devant la glace. Le monologue qu'elle avait commencé dans la cuisine devant sa mère n'était pas fini pour autant. Dans ces moments où elle atteignait une sorte de paroxysme je pouvais entrevoir sa folie.

— Le problème, ma beauté, avec le mariage, c'est de devoir vivre avec un homme toute sa vie. Sauf si tu fais comme ma sœur et que tu divorces. Le problème, quand tu ne divorces pas, c'est que tu perds toute ta liberté. On n'est pas bien toutes les deux comme ça ? Non, ce n'est pas ça le problème. C'est que je vais devoir passer toute ma vie – et une vie c'est long, regarde la mémé Mariette –, toute une vie avec cet homme et il va mourir un jour. Et je me retrouverai veuve assez jeune vu son âge. Voilà, c'est ça le choix que tu as : divorcée ou veuve. Jamais personne ne m'a fait autant de cadeaux que lui ! Je suis folle de ces petits chevaux en cristal. Personne ! Surtout pas Germain et ton père encore moins. Il ne me rapporte que des choses sans intérêt parce que lui…

Elle poursuivait son monologue, rassurée par la présence de « sa petite fille chérie » qui ne l'interrompait pas. Tout y passait. Elle avait des reproches à faire à tout le monde : sa mère en premier qu'elle dénigrait en permanence pour sa conduite de femme légère, tout en reconnaissant qu'elle était plus intelligente que les autres femmes, son père qu'elle divinisait mais qui aurait dû chasser sa femme depuis longtemps s'il avait été un homme, sa grand-mère qu'elle admirait même si elle regrettait l'état de faiblesse dans lequel elle était depuis quelques années, sa sœur Véronique qui était tout ce qu'elle ne voulait pas devenir et pour laquelle elle éprouvait un certain dégoût.

— Une malchance en fin de compte que Véronique ne soit pas restée ici. Si elle était restée ici, sur la place, comme moi, rien de tout ça ne serait arrivé. Rien !

Impossible pour moi, à cet instant, de comprendre de quoi elle parlait ni d'entendre que cette phrase contenait le pire secret de ma famille, un secret qui me concernait tout particulièrement.

Tout en ayant remis de l'ordre dans sa tête elle s'était refait un visage. Ses yeux se remplirent de larmes comme si elle prenait enfin la mesure de son propre désastre. Elle se tourna vers moi, toujours assis en poupée de foire sur le lit.

— Tu vois bien qu'ils sont tous fous et que tu es une vraie petite fille !...

Elle semblait en éprouver une joie immense comme si elle venait d'en avoir la preuve :

— Un garçon aurait cassé les petits chevaux. C'est du Murano ! Y a rien de plus fragile. Mais toi, non.

Deux forces contraires s'opposaient et m'épuisaient, l'une à me définir en garçon et l'autre à maintenir coûte que coûte mon statut de fille adorée, convaincu que si je renonçais à ce statut je risquais de perdre ma mère. Je pressentais de manière floue mais angoissante que ce lien qui m'attachait à elle était d'une extrême fragilité. Rien de plus qu'un fil à broder. Et peut-être que moi aussi, si je me rebellais, je pourrais disparaître à mon tour, comme Marie-Claire avait disparu au point de devenir une énigme.

7

Je n'avais jamais vu ces deux femmes et pourtant elles avaient l'air de parfaitement me connaître.

— Avec ces cheveux longs tu ressembles à rien.

Je les avais aperçues traverser la place, en bon ordre de marche jusqu'à la porte d'entrée où je me tenais avec la détermination d'un soldat qui partirait en première ligne, pas sûr de revenir vivant. C'étaient la mère et la sœur de René. Il y avait dans leurs attitudes à la fois quelque chose d'héroïque et de pétrifié comme les joueurs de roulette qui ont déjà beaucoup perdu et prient pour que la petite boule noire s'arrête sur le numéro qu'ils viennent de jouer. Le couloir jusqu'à la cuisine au demi-étage était relativement long et suffisamment sombre pour qu'elles perdent de leur assurance. La plus vieille, la mère de René, paraissait venue d'un autre temps. Petite, des yeux de fouine enfoncés sous le rebord de son chapeau de paille. Toute de noir vêtue, du manteau jusqu'aux chevilles, sac à main en bouclier, des chaussures à talons épais. Sous le galure de paille elle cachait un minuscule chignon à l'embusqué qu'elle gardait depuis la mort de son premier mari au Chemin des Dames. Joe, sa fille, raide et un peu nerveuse, gagna immédiatement la sympathie de Rose qui avait l'air de bien la connaître. Elles venaient de déranger ma grand-mère qui profitait d'avoir fini son travail, de ce que son mari soit au jardin et de ce que je joue sur la place pour fumer son unique cigarette de la journée. La mère de René évita de justesse une grande bouffée quand ma grand-mère ouvrit la porte. Pas question de l'écraser même si elle se trouvait en présence de personnes qu'elle n'avait pas envie de voir. C'était peut-être un coup de René qui avait envoyé sa mère et sa sœur en ambassadrices faire sa demande ou tâter le terrain. Au-delà de la guerre d'Algérie qui pouvait opposer les deux familles, autre chose se jouait. Les parents de René n'étaient pas à franchement parler des ouvriers même s'ils travaillaient dans une usine. Le père de René, celui qui l'avait envoyé dans la marine, était le premier maître papetier de la Banque de France que le gouvernement français avait installé à Vic-le-Comte dans l'entre-deux-guerres. C'était ici que l'on fabriquait le papier pour les billets. Le monde de Vic-le-Comte, excepté les commerçants et les notables, était depuis divisé en deux, les ouvriers Michelin d'un côté et les ouvriers de la Banque de l'autre. Les deux camps ne se rencontraient jamais, seuls les commerçants jouaient sur les deux tableaux. Personne ne disait « la Banque de France », c'eût été donner une sorte de particule supplémentaire à leur statut déjà particulier. Leurs salaires étaient nettement supérieurs à ceux des ouvriers Michelin et comptaient quinze mois par an contre douze. Ce qui faisait d'eux non plus des ouvriers mais des employés de la Banque. D'ailleurs, il n'y avait pas de communistes à la Banque. Les employés, devenus des chantres de la vie moderne, faisaient construire des villas à tour de bras autour de l'usine bâtie entre la gare et le pont des Goules.

Joe, la sœur de René, était le parfait exemple de cette arrogance qui ne se voyait jamais aussi bien que lorsqu'elle cherchait à paraître humble, et son apparente gentillesse n'était que le produit de ses années passées dans le pensionnat de l'école des sœurs.

La discussion prit la tournure d'un jeu de stratégie où personne ne voulait ni avancer trop vite, ni surtout offenser son interlocuteur. Elles slalomaient avec une aisance que seule la pratique d'un français solide pouvait soutenir. Leur erreur fut de ne pas connaître la femme qui leur faisait face.

— Si nous sommes venues, c'est parce que René ne va plus rester très longtemps dans la marine maintenant. Et l'idée de se caser, de revenir à une vie normale est son seul objectif.

— Qu'entendez-vous par vie normale ? C'est précisément ce que ma fille ne pourra jamais supporter. Elle pourrait s'y conformer et même avec une grande dévotion, mais combien de temps ? Louise n'est pas une personne stable. Ça, tout le monde le sait.

— Et René non plus, ça aussi vous le savez.

— Oui, je le sais. Mais mettez deux scorpions dans un bocal, inévitablement l'un mange l'autre.

— Vous voulez dire que mon frère et votre fille sont des scorpions ?

— Non, je veux dire que des personnes d'une même nature finissent par s'entre-dévorer.

— Il est vrai que vous êtes spécialiste en vie conjugale... d'après ce que tout le monde dit.

— Et bien d'autres choses encore, mais j'ai suffisamment vécu, oui, et je connais suffisamment ma fille pour affirmer qu'elle n'est pas faite pour votre fils. Il faut être lucide. Je le suis et si je vous entends bien, vous, vous ne cherchez qu'à mettre les choses en ordre, et quand je dis en ordre, en bonne catholique, je veux dire dans le respect de la morale. Parce que le vrai problème dans cette équation impossible, c'est l'enfant, n'est-ce pas ?

— J'allais y venir justement. Mais je ne voulais pas commencer par ce point qui aurait pu troubler notre conversation.

— Elle est troublée depuis bien longtemps.

— Écoutez, c'est quand même le fils de mon frère ! Et il n'est pas question qu'il ne reçoive pas les principes de notre famille.

— Traduisez mieux votre pensée. Vous comptez en faire quoi ? Un bon catholique, lui fabriquer des œillères pour qu'il marche droit ? Si vous voulez le voir, voyez-le, je ne vous en ai jamais empêchées mais jusque-là vous ne vous êtes pas beaucoup manifestées. Je me trompe ?

— Reconnaissez que la situation était difficile.

— Elle l'est toujours, figurez-vous. Alors pourquoi maintenant ?

— Il va bientôt avoir sept ans et il ne vit qu'avec vous. Trouvez-vous cela normal ?

— Ah nous y revoilà. La normalité. Alors je vais vous retourner la question. Pensez-vous qu'une vie « normale », entre un père et une mère, soit la seule manière d'élever correctement un enfant ?

— Oui, je n'en connais pas d'autres.

— Je respecte absolument ce point de vue. Effectivement, ma fille et René, pour lequel j'ai beaucoup d'affection...

— Taisez-vous, madame, réagit enfin la mère de René, le mot affection me semble déplacé : vous n'êtes pas sa mère.

— Vous avez parfaitement raison, madame. Parce que si j'avais été sa mère, je ne l'aurais pas envoyé dans la marine à dix-sept ans à cause de ragots sur sa relation avec son ancien instituteur. C'est bien de ça qu'il s'agit ! Si cela fait partie des choses que font les familles normales, c'est précisément ce que je n'ai jamais fait et ne ferai jamais à mes enfants. Alors qui me dit que vous ne vous comporterez pas de la même façon avec son fils ? Quoi qu'il en soit, concernant René, Louise prendra sa décision toute seule. Quant à l'enfant, si vous voulez le voir, vous êtes les bienvenues, mais c'est ici que ça se passera.

En dehors de toutes les choses dites lors de cette rencontre, je n'en avais retenu qu'une seule : j'étais bien le fils de René.

8

La bague de fiançailles n'était plus au doigt de ma mère. Gabriel Lorin n'était plus que son patron. Seulement, depuis sa rupture ou son refus, elle donnait l'impression de ne plus être là. Et rien ne pouvait davantage inquiéter ses parents que de voir leur fille dans cet état d'absence. J'avais l'impression de la voir pour la première fois, ni belle ni défigurée, mais presque transparente. Le silence était brisé par des petites phrases banales et pleines de componction de la part de son père ou de sa mère : « Tu es sûre que tu ne veux pas manger ? », « J'ai fait un clafoutis, ton gâteau préféré », « À force de pleurer tu vas abîmer tes beaux yeux ». J'avais l'impression qu'elle était redevenue une enfant malade que l'on force à se nourrir. Le pire était qu'elle ne me voyait plus. Je n'existais plus. Je la fatiguais. Je finis par croire qu'elle ne voulait plus de moi. Alors je disparaissais dans le silence. Tous les autres relais de la vie ordinaire, le petit déjeuner, l'école maternelle, l'habillement, les jeux n'occupaient plus que mes grands-parents.

— Je ne veux plus manger et je ne vais pas me marier. Ni avec lui ni avec personne. C'est fini.

— Que tu ne l'épouses pas, soit. Mais pourquoi prendre une décision si radicale ? Pour ma part je ne t'ai fait aucun reproche, je t'ai juste questionnée.

— Je sais.

Je ne quittais pas ma mère des yeux et son renoncement au mariage avec Gabriel Lorin me rassurait. Rien n'allait changer. J'allais pouvoir rester dans cette maison. La maison était ce qui comptait le plus, comme si j'étais fait de ces murs fissurés, de ces pièces immenses qui ne demandaient qu'à être remplies, de cet escalier monumental qui n'en finissait pas de faire de l'écho, de ces caves profondes qui renfermaient des trésors et de ces deux greniers où les objets des disparus reposaient en paix, leurs vêtements surtout, leurs robes en particulier.

— Si c'est à cause de Jean on trouvera toujours une solution, tu le sais ?

— Oui, je le sais.

— Tu finiras bien par trouver un mari. Je n'ai aucun doute là-dessus, belle comme tu es.

— J'aimerais vraiment me marier mais en même temps...

— En même temps quoi ?

— ... En même temps, ce serait plus facile si c'était moi qui mourais la première.

La conversation prenait une tournure que ma grand-mère aurait voulu éviter. Elle ne supportait pas quand sa fille commençait à jouer avec l'idée de la mort. Apparemment ce n'était pas la première fois. Dans mon coin, assis sur ma chaise à dénouer les fils à broder, je crus entendre très clairement que ma mère voulait mourir.

— Qu'est-ce que tu entends par « si c'était moi qui mourais la première » ?

— Je ne suis pas l'idiote que l'on croit. Et je vois bien la peine dans laquelle les femmes sont quand elles perdent leur mari. Le mariage c'est pour toute une vie et si tu n'imagines pas ça, si tu ne vois pas qu'un jour ça finira, tu es perdue quand ça arrive. Moi je ne veux pas vivre ça. Je ne veux pas passer une vie avec un homme qui va mourir et me laisser seule. Comment tu feras, toi, quand papa sera mort ?

Pleurer était la seule arme que ma mère avait pour se défendre ou pour attirer la compassion. Cette fois-ci elle pleurait aussi parce que René, qu'elle avait prévenu de sa rupture avec Lorin, venait d'annoncer par lettre sa visite lors de sa prochaine permission. Il avait bien précisé qu'il viendrait avec une intention claire : l'épouser.

Pour distraire la panique que cette annonce avait provoquée, elle ne trouva pas de meilleure solution que de m'habiller non plus en petite fille mais en femme. Pour la première fois, elle m'enfila une de ses robes, bien trop grande, qui formait autour de moi une corolle posée par-dessus un jupon empesé qu'elle serra à la taille avec une épingle à nourrice. Quelques bijoux de pacotille, des colliers, des chaînes, des bracelets, deux boucles d'oreilles à clips, du rouge sur les lèvres, un diadème sur la tête et un peu de son rouge aux ongles. Si quelqu'un frappait à la porte de la chambre, elle répondait : « On s'amuse, on a bien le droit », comme une gamine, et elle n'ouvrait pas. Elle avait besoin de fabriquer une image d'elle en miniature, incapable de réfléchir sur elle-même sans l'aide de ce miroir.

— Tu ferais quoi à ma place, ma beauté ?... Je ne peux pas épouser ton père, je ne peux pas ! Même s'il n'est pas si vieux que ça. C'est au-delà de mes forces. Toi, je suis sûre que tu me comprends. Et pourquoi je l'épouserais ? Ça n'a aucun sens. Aucun. En plus tu ne le connais pas vraiment... Je ne suis même pas sûre que tu l'aimes... Qu'est-ce qu'il a fait pour toi, ma merveille, à part envoyer ce costume chinois qui n'est même pas en soie et que tu ne porteras jamais ? Tu l'aimes, ton papa ?... Ah tu ne réponds pas. Tu vois bien que toi non plus tu ne l'aimes pas, et pourquoi tu l'aimerais, tu ne le vois jamais. Et lui, c'est à peine s'il te connaît. Et puis je vais te dire quelque chose – parce qu'il n'abandonnera pas la partie aussi facilement et mieux vaut que tu sois préparé : je ne suis pas certaine qu'il soit ton père... Voilà ! Si j'étais sûre, tu penses bien que je n'hésiterais pas, je me marierais, je te le promets, ma petite chérie adorée... Et puis même si on suppose qu'il est ton père, est-ce que c'est une bonne raison pour l'épouser ? Il a peut-être le pied marin mais moi j'ai les pieds sur le plancher des vaches et ça ne peut pas aller ensemble...

Une fois son monologue délirant terminé et ma nouvelle apparence achevée, elle me fit chausser ses escarpins à hauts talons bien trop grands pour moi. Elle me fit descendre le grand escalier noir et me conduisit pour la première fois sur la place. Personne n'osa s'interposer ! Mes grands-parents savaient que leur fille n'était pas dans son état normal, qu'elle agissait en somnambule, que le moindre bruit pourrait la contrarier et la faire déraper. Ma grand-mère souffrait du comportement incohérent de sa fille et de la voir s'en prendre à moi, même si je dansais devant elle comme pour lui dire : « Regarde, tu vois bien que je suis heureux puisqu'elle est heureuse. » J'aurais suivi ma mère jusqu'en enfer. Jusque-là elle ne m'avait jamais exposé de manière si outrancière et si théâtrale. Me montrer ne lui suffit pas et elle me fit faire le tour de la fontaine, le tour de la place en majesté.

Toutes les femmes sur le pas de leur porte applaudissaient la petite créature qui déambulait. « Oh comme elle est jolie », « Et comment s'appelle cette belle princesse ? » Princesse était le terme qu'elles avaient spontanément trouvé parce que, de toute évidence, il ne s'agissait plus de l'image d'une petite fille mais bien d'une femme miniature. Infante eût été celui qui m'aurait le mieux convenu, mais personne ne connaissait ce mot. Ma mère, tout en faisant parader cette représentation la plus intime, la plus fragile d'elle-même, retrouvait son sourire. Elle redevenait belle. J'étais seul dans cette arène et pourtant j'avais l'impression d'être suivi par toute une procession qui faisait écho à d'autres processions, celle de la Vierge au mois de mai ou celles, spectaculaires, que le Galérien m'avait racontées quand des rois et des reines étaient entrés sur cette place en grand apparat des siècles plus tôt.

— C'est son portrait tout craché !

Je devins à mon tour le « portrait craché » de quelqu'un sans savoir de qui il s'agissait. Peut-être Marie-Claire, si j'en croyais certaines femmes qui pleuraient en me touchant comme si j'étais devenu l'enfant thaumaturge, une sorte de petite sainte aux pouvoirs de guérison.

C'était un dimanche. Les hommes qui ne travaillaient pas sont apparus eux aussi sur le seuil de leur maison, alertés par leurs épouses, et aucun n'hésita à me faire compliment de ma beauté.

— Ça fera une belle femme quand elle sera grande !

— Ah oui c'est sûr, une sacrée belle fille. Faudra faire attention aux garçons !

Ça riait de partout et personne ne s'offusquait de cette mascarade. C'était un jeu, un déguisement qui n'avait pas d'autre fonction que de distraire le monde et d'éviter à ma mère de penser au marin en créant cette espèce de tourbillon autour de son enfant. Des hommes me prenaient sur leurs genoux et jouaient avec la jolie petite demoiselle, certains me faisaient monter sur leurs épaules et devenaient ma monture pour me faire faire un nouveau tour de la place, mais au trot cette fois-ci, avec leurs grosses mains d'hommes sur mes cuisses d'enfant pour, disaient-ils, maintenir l'équilibre.

Sous la robe trop grande et le maquillage à outrance, je ressemblais à une jeune vierge prostituée qui passait de mains en mains. Lâché par ma mère, je fus pris d'une réelle angoisse dans ce manège, équivalente à celle dont j'avais été saisi dans le trou de la fontaine. Je n'éprouvais aucun plaisir à cette exhibition, même si je m'y pliais, prenant sur moi pour le seul bonheur que ce petit instant de théâtre procurait à ma mère ; quelquefois ce bonheur la submergeait et elle me couvrait de baisers, son visage se contorsionnait à nouveau, quelque chose de sa folie surgissait et froissait son image et son regard si tendre d'ordinaire. Cela me terrifiait. Cette défiguration ne durait pas longtemps mais suffisamment pour me laisser le temps d'intérioriser cette terreur et de la transformer. J'entrais dans son délire sans condition chaque fois qu'elle le proposait. Chaque fois avec de plus en plus de conviction. Ce jour-là je me mis moi-même à jouer avec un éventail en papier que j'avais trouvé dans un tiroir de la chambre de la vieille grand-mère. J'en jouais si bien que tout le monde applaudit sur mon passage, même la famille Hernandez me fit danser sur la table de sa cuisine sur une musique de flamenco. La petite infante, ce dimanche, avait réussi l'inimaginable : prendre la place de la splendide.

9

Le marin arriva un peu plus tôt que prévu, un samedi soir. Ma mère se préparait pour aller danser. L'accueil glacial qu'elle lui réserva ne pouvait laisser aucun doute quant à sa réponse mais le marin fit mine de ne pas comprendre la situation.

— Tu fais ce que tu veux, René, mais moi je vais danser.

— C'est parce que je m'inquiétais que je suis venu plus tôt.

— T'inquiéter de quoi, grands dieux ? On se demande bien.

— Je n'ai pratiquement pas reçu de lettres de toi.

— Tu sais bien que je fais trop de fautes d'orthographe.

— Ta mère pouvait te les corriger.

— Pour qu'elle lise ce que je t'écris ? Pas question. Tu as rasé ta barbe ?

— Oui, j'ai bien compris que la dernière fois ça avait fait peur à mon fils.

Le mot « fils » avait enfin été prononcé. Sans sa barbe il était en effet moins effrayant. Mieux ! Il était un père acceptable. Mais ma mère ne me permit pas de m'installer dans cette idée qui l'aurait contrainte au mariage.

— Ton fils ? Comme tu y vas. J'ai une mauvaise nouvelle à t'apprendre, René.

— Tu ne veux pas m'épouser, c'est ça ?

— Non, non, ne me fais pas dire ce que je ne veux pas dire. Bien sûr que si. Mais voilà. Je dois être honnête avec toi. Ton fils n'est pas ton fils. Et maintenant la question est : m'épouseras-tu en sachant ça ? Tu sais, j'ai failli me marier quand tu n'étais pas là. Puis j'ai renoncé. Il était trop vieux et l'idée qu'il meure assez vite m'a fait reculer. Sinon je n'aurais pas hésité. Il faut bien que tu te mettes ça dans la tête… Maintenant, pas question que ma merveille entende des choses qui pourraient la perturber. Alors fais bien attention à ce que tu vas dire.

Elle avait toutes les audaces. Et, comme elle l'espérait, il n'y eut pas de réaction de la part de René, comme pétrifié.

— Regarde ! Tu vois bien que cet enfant n'a rien en commun avec toi. Je veux dire physiquement. Pour son âge il a déjà une tête de plus que les autres et toi tu fais à peine un mètre soixante-dix. Reconnais-le, René, tu n'es pas très grand. Et puis s'il y a bien quelqu'un qui est au courant, c'est moi.

Il n'y eut pas plus de mots prononcés. René avait traversé des mers, des océans, une guerre en Algérie et des milliers de kilomètres pour se faire rejeter en quelques phrases. Elle aurait préféré qu'il la gifle ou qu'il se batte pour la conquérir, mais non, il resta sans voix, presque sans vie.

— C'est qui, son père, alors ?

— Tu parles d'une question ! Quel rapport avec le mariage ?

L'absence de résistance de René donna raison à ma mère. Une fois son maquillage terminé, elle alla danser, peut-être plus légère une fois délestée de ce fardeau. René lui demanda s'il pouvait rester un moment avec moi en promettant de me ramener au bal. Après tout, pour elle tout était réglé et elle accepta.

10

René choisit de prendre sa place de père une fois que tout était perdu pour lui. Il s'adressa pour la première fois directement à moi, face à face, sans elle.

— Je sais bien, moi, que tu es mon fils. Ça ne peut pas être autrement mais la situation est difficile. Compliquée aussi. De toute façon, avec Louise, tout est compliqué. Comme toujours avec les filles de ta grand-mère, sauf Marie-Claire peut-être, c'était la plus gentille des trois, mais c'était encore une enfant. Un jour, tu comprendras tout ça et il est bien probable que tu nous jugeras tous. Moi, je te le dis Jean, tu auras bien raison de nous juger parce que nous méritons tous d'être punis, tous ! Moi le premier, Louise, Véronique et surtout Rose. Elle a plus que sa part dans tout ça. Ne t'inquiète pas, les punitions ne me font pas peur… si elles sont justes. Mon père à moi n'était pas un tendre, on peut même dire qu'il était coriace. Et moi je suis ton père. Je veux que tu le saches. Et je veux surtout que tu saches que je n'ai rien à te reprocher. Ce qui veut dire que tu n'as rien à craindre de moi. Tu comprends ça ?

J'acquiesçais bien que troublé par les paroles de cet homme qui jusque-là n'avait exprimé aucun intérêt pour moi et pour lequel j'avais toujours eu l'impression de ne rien représenter. C'était comme si j'étais le seul lien qui lui restait pour sentir ma mère encore près de lui. Je ne comprenais pas grand-chose non plus à cette déclaration confuse. Était-il ivre ? Peut-être qu'il avait bu avant de venir. L'idée de cet état d'ébriété me vint de sa parole qui ondulait, on aurait dit qu'elle suivait et glissait sur la crête des vagues de cette histoire dont il était de toute évidence le personnage central mais qui ce soir lui échappait totalement.

— En même temps, c'est vrai : je n'ai pas le droit d'être ton père. Je ne suis jamais là. Je suis toujours en train de naviguer sur les mers. Je voudrais être là tout le temps mais je crois que je ne saurais pas faire le père. Je pensais que je pourrais reconquérir Louise mais je me suis trompé. Je vois bien que ce n'est pas possible. Et je vois bien que tu es entièrement à elle. Entièrement !

Rien ne pouvait plus faire écho en moi. C'était exactement ce que je ressentais sans jamais avoir réussi à le dire. « Je suis entièrement à ma mère. Elle peut faire ce qu'elle veut de moi. Mon corps lui appartient. » C'était dans ces rares moments où les adultes s'adressaient à moi sans filtre que je ressentais l'enfance, cet état du début de la vie, comme une séquestration puisque j'étais incapable de faire une phrase cohérente qui m'aurait permis de dialoguer, de questionner, de répondre ! C'est avec René que j'ai éprouvé ce manque à un point extrême, douloureux parce que j'étais sûr qu'il était mon père. Je n'en ai jamais eu autant la conviction que ce jour-là. Même si je n'arrivais pas à tout saisir de ses propos.

— Si tu veux je peux te porter.

Ça n'avait l'air de rien mais cette phrase, dans sa bouche, prenait une force presque mythologique. Il voulait réparer le drame de notre dernière rencontre quand, à cause de sa barbe, je m'étais mis à hurler alors qu'il me hissait jusqu'à lui. J'avais repéré dans la sainte chapelle une sculpture qui représentait un homme portant un enfant sur son épaule. Tout me poussait à accéder à sa demande, j'en avais même le désir mais je n'arrivais pas à lui manifester ma confiance. Il me donnait ma place de fils dans sa vie mais je craignais en acceptant qu'il ne m'emporte avec lui.

— S'il te plaît Jean. Ça me ferait plaisir de te porter. Ensuite je te redonnerai à Louise. Elle ne pourrait pas vivre sans toi. Et crois-moi que ce ne sont pas des paroles en l'air.

D'un seul mouvement René me hissa sur ses épaules tout en gardant sa clope entre ses lèvres. Jamais je n'avais senti la force d'un homme capable de me soulever de terre d'une seule main. J'ai aimé cette sensation, être soulevé, moi qui avais tant de mal à me tenir debout dans cette vie. Mon grand-père était déjà trop fatigué pour réussir un tel exploit. Il ne fallut pas longtemps pour que j'enfouisse mon visage dans le creux de son cou, toujours ce désir de disparaître, enivré par son odeur, un après-rasage bon marché sans doute, une odeur que je ne connaissais pas, un mélange de poivre et de lavande qui devint pour moi l'odeur incontestable des hommes.

« Tu sens bon » fut la première et presque la seule parole intime que j'ai dite à mon père.

— Toi aussi tu sens bon.

Comme deux animaux qui se seraient reconnus après s'être bien reniflés. Je me suis mis à pleurer. C'est à ce moment-là que j'ai ressenti une immense fatigue. Ma mère venait de s'éloigner, il était le seul capable de m'en délester et de la porter à ma place.

— Tout le monde dit que Louise est folle, reprit-il. Moi je m'en fous qu'elle soit folle, elle est tellement belle. Tellement belle ! Tu sais, je l'ai aimée dès la première fois que je l'ai vue. Et ça ne date pas d'hier ! Elle avait à peine douze ans. Elle venait de faire sa communion. J'en avais vingt-huit. Mais elle n'était plus une petite fille, elle avait dans les yeux quelque chose, une flamme, qui contredisait son âge. Elle savait déjà regarder les hommes. Ah ça oui, tu peux me croire ! C'est bizarre, mais y a des femmes comme ça. Je peux dire ces choses maintenant mais à l'époque j'ai eu honte de ressentir un tel désir pour une gamine. Tu ne sais pas ce que c'est, le désir, mais tu connaîtras ça un jour. C'est une merveille autant qu'une saloperie. Tout le monde connaît ça. Je n'avais jamais connu un tel chambardement en moi. Je veux dire : c'était inattendu que je tombe amoureux d'une enfant... C'est pour ça que je me suis engagé à nouveau dans la marine, m'éloigner le plus loin possible pour éviter de la heurter ou de me briser, j'en sais rien. Je ne suis pas un homme malhonnête. Ça, il faut que tu le saches. J'ai attendu qu'elle grandisse. Je m'étais engagé dans la marine une première fois à l'âge de dix-sept ans. C'est mon père qui a signé mon incorporation pour se débarrasser de moi. J'avais déjà fait des choses qu'il ne fallait pas faire. Je suis parti d'ici pour aller naviguer, faire le tour du monde sur un porte-hélicoptères, la *Jeanne d'Arc* ! Ça a été pour moi comme une prison sur l'eau. Tu connais la mer !

— Non.

— Bien sûr que si, mais tu t'en souviens pas.

Je n'en revenais pas d'avoir vu la mer et de ne pas m'en souvenir. Peut-être que j'avais vu Marie-Claire et que je ne m'en souvenais pas non plus. Peut-être que j'avais connu le soldat, le frère de ma grand-mère, et que je ne m'en souvenais pas. Il me semblait possible d'oublier quelqu'un, mais ne pas me rappeler avoir vu la mer comme sur les cartes postales qu'envoyait Véronique me parut impensable.

— Mais si ! Louise t'avait emmené à Toulon pour que je te voie, tu étais tout petit, tu avais à peine trois ans et je venais de faire le tour du monde pour la deuxième fois. Ça aussi, faudra que je t'en parle, du tour du monde. La mer, même si elle est de la même couleur que le ciel, elle bouge, tu sais !

Il me fit sauter dans ses bras, se mit à tanguer pour imiter la houle et le mouvement des vagues... ce qui eut pour effet de me faire rire à gorge déployée.

— Tu vois, ça fait comme ça, la mer ! Et je vais te dire : tu es bien mon fils parce que tu as le pied marin ! Sinon, tu vomirais au lieu de te marrer comme un petit baleineau qui a perdu sa maman !

Je ne l'avais jamais cherché et pourtant je venais de le trouver. Sa confession restait obscure mais René m'offrait un souvenir maritime en échange. Pour autant, le monologue du marin ne m'apparut pas comme une parole de reconnaissance mais comme celle d'un adieu. Quelque chose de l'ordre du drame se dessina dans le sanglot qui m'envahit : il ne faisait plus aucun doute que j'allais devoir le quitter alors que nous venions à peine de nous reconnaître.

Nous étions arrivés devant la Maison du peuple. On entendait résonner l'orchestre du bal. Il devait y avoir du monde mais la place du Jeu-de-Paume était vide. Il n'y a que nous deux dans mon souvenir. Mon père me serra dans ses bras pour y étouffer un sanglot puissant, un sanglot d'homme un peu dérangeant. L'odeur de poivre et de lavande m'étourdissait encore. Ma mère, qui l'attendait et s'impatientait de ne pas me voir arriver, l'interpella du balcon de la Maison du peuple. Il répondit à son ordre et me déposa à terre. Il resta sur la place, devant la fontaine. Il me regarda passer la grande porte, je me fis tamponner le poignet comme tous ceux qui entraient pour danser et montai rejoindre ma mère au balcon.

Elle voulut absolument savoir ce qu'il m'avait dit. Apparemment elle regrettait de nous avoir laissés seuls et, pour la première fois de ma vie, sans m'opposer à elle mais avec la conviction que je devais me protéger, je choisis le mensonge :

— Rien, il m'a rien dit.

— Il ne t'a pas dit des choses sur moi ?

— Il a dit qu'il repartait à la guerre.

Par une incroyable acrobatie entre le mensonge et le désir profond d'avoir un père guerrier, je venais d'énoncer une vérité qui me dépassait. René repartait réellement à la guerre. Ma mère, dont la cruauté pouvait n'avoir aucune limite, se contenta de conclure par ces mots :

— Tant mieux ! Il est très gentil mais il n'est pas très intéressant.

Cette phrase était d'autant plus curieuse que j'avais trouvé beaucoup d'intérêt à le rencontrer, à la différence des autres fois où il m'avait paru insignifiant.

11

Il était réellement reparti en Algérie. La plus grande mission de la marine était la surveillance de la façade maritime et l'évacuation des troupes, quand nécessaire, des Français d'origine et des harkis. Cette guerre était évoquée de manière relativement légère dans les conversations. Elle n'avait pas d'importance, comme s'il lui manquait la dimension mondiale des deux autres. Il n'en demeura pas moins que je devins celui qui attendait son père parti à la guerre. Cette attente donna une nouvelle ampleur à mon existence et me permit de déplacer mon inquiétude sur un autre que moi-même au risque de me faire perdre toute vigilance. L'absence de ce père devenu soudain presque mythique commença à peser, mes silences aussi. J'avais de plus en plus de mal à manger, peut-être aussi parce que les morts de la guerre revenaient chaque jour sous la forme de récits héroïques ou désastreux. Mes grands-parents, ma grand-mère surtout, aimaient parler de la Première et de la Seconde Guerre mondiale. Comme s'il fallait consolider régulièrement le récit pour renforcer la mémoire. La guerre occupait donc une place considérable. Moi, pour masquer mon manque d'appétit réel, je déclarais ne pas aimer tel ou tel plat. Mais cela eut pour effet de les engager dans de nouveaux récits, de plus en plus sordides, surtout si Geneviève, sa vieille amie du Front populaire, s'invitait à la table comme elle le faisait assez souvent.

Elle arrivait sur la place avec sa DS noire, une Royale au bec. Comme elle était petite son buste était très rapproché du volant et elle faisait un grand usage du klaxon. Toujours en jupe écossaise étroite et en dessous du genou, chaussée d'escarpins en croco, elle descendait de sa voiture, oubliant régulièrement le frein à main.

— Je me suis levée ce matin en me disant : « Il faut que t'ailles embrasser ta Rose chérie. » Alors me v'là.

— Embrasse-moi, embrasse-moi autant que tu veux.

Et Geneviève se jetait alors dans les bras de ma grand-mère de façon voluptueuse et enfantine, restant de longues minutes dans cette position. Elle seule, avec les amies du Front populaire, pouvait se permettre de l'appeler « ma Rose ». Ma grand-mère devenait une espèce d'arbre revitalisant, le temps que Geneviève revienne à la réalité, les yeux mouillés de larmes.

— Tu comprends, des fois c'est plus fort que moi, ça me revient.

Les larmes de Geneviève venaient du camp de Ravensbrück. Ça la prenait tout d'un coup. Elle quittait sa maison, abandonnait sa vieille mère et sautait dans sa DS. Une fois elle n'avait pas pris le temps de s'habiller et était arrivée en chemise de nuit. Dans ce cas, il n'y avait que les bras de ma grand-mère pour la consoler ou pour l'aider à porter les pires images qui la terrassaient et qui venaient la travailler, disait-elle, avec le même acharnement que les nazis l'avaient torturée.

Geneviève n'aimait pas ma mère et ne s'en cachait pas. Elle la jugeait folle et évitait de nous rendre visite en fin de semaine. Une fois, une seule fois, elle était apparue un dimanche, assaillie par les démons nazis venus la martyriser dans ses cauchemars. Ma mère se trouvait là et Geneviève, en la pointant du doigt, a dit :

— Toi, t'approche pas de moi. Il me faut *ma* Rose.

— Elle est pas là.

— Elle est où ?

— J'en sais rien, moi.

— Évidemment toi tu ne sais jamais rien ! Je me demande comment tu peux être sa fille. Ils ont dû t'échanger, à la maternité, c'est pas Dieu possible autrement !

— Impossible, je suis née dans cette maison.

— Je le sais ça ! J'étais là ! Mais j'aurais dû te noyer comme les petits chats et *ma* Rose serait bien tranquille !

Geneviève s'agenouilla et s'agrippa à moi comme si j'avais la force de ma grand-mère. J'ai refermé mes bras sur elle pour la contenir. Et je l'ai contenue le temps qu'elle revienne à elle, qu'elle se radoucisse. Elle avait oublié les méchancetés qu'elle avait dites à ma mère et demanda à voir mon arrière-grand-mère pour laquelle elle avait un respect irraisonné, sans doute une manière de retrouver dans ce corps si maigre quelque chose des camps et des corps épuisés de ses camarades qu'elle n'avait pas réussi à soigner ni même à porter en terre.

Mariette, qui ne savait rien des camps de concentration, la laissa lui caresser les mains. Geneviève était fascinée par cette femme née en 1867, qui avait presque cent ans, avait connu trois guerres et était encore là.

Enfin ma grand-mère arriva. D'un sourire d'enfant pauvre, Geneviève s'excusa d'être venue un dimanche.

— C'est notre petite Geneviève, tu te souviens ? dit Rose à sa mère.

— C'est celle qui a tant souffert ? demanda Mariette avec une voix usée qui ressemblait presque à une agonie.

— C'est ça. Celle qui a tant souffert, maman.

— Ma pauvre petite, dit-elle tout en caressant la joue de Geneviève comme si ce geste maternel avait le pouvoir de l'apaiser.

L'arrière-grand-mère, d'habitude si éteinte, sembla recouvrer la vie quelques minutes et laissa entrevoir la femme puissante qu'elle avait été. Geneviève lui embrassa les mains, puis, comme si la main sans chair de Mariette s'était détachée de son corps, Geneviève la posa sur son visage, son front, ses joues et dans son cou, comme elle l'aurait fait d'un linge humide pour se rafraîchir. Leurs gestes, leurs attitudes, leurs intentions exprimaient en un accord parfait quelque chose de la souffrance endurée. La scène était d'une intensité qui paraissait abolir le temps entre les trois femmes reliées par un fil invisible, presque palpable.

12

Le grenier était devenu mon refuge. Là, je trouvais tout l'attirail qu'on utilisait pour les épouvantails. J'étais sûr que ma mère ne viendrait pas dans le lieu des vieilles choses. Ni même ma grand-mère qui n'aimait pas plus que sa fille s'y aventurer, pour la bonne raison que c'était elle qui avait relégué tout ce qui s'y trouvait ; des choses dont elle ne voulait plus mais dont elle ne parvenait pas à se séparer. Elle aurait pu les donner ou les vendre à des brocanteurs. Récupérer un peu d'argent avec ces merveilles, comme elle les appelait. Aucune volonté de se débarrasser du passé donc. Au contraire. C'était tout le paradoxe dans lequel je me construisais sûrement. Une grande partie du passé séjournait dans ce purgatoire. Le grenier répondait mieux que ma famille à mes questions sur la vie avant ma venue au monde. Le purgatoire était aussi une sorte de musée des disparus. Dans des malles, des jupons, l'un d'eux en particulier, rouge serti d'un liseré noir, ou des robes d'un autre temps, bien trop volumineuses, en dentelle, en moire, et même en soie bleue, toutes les robes que la vieille grand-mère portait avant la mort de son fils et dans lesquelles, quand la tentation était trop grande, je disparaissais entièrement après les avoir enfilées. Je devenais sans le savoir mon arrière-grand-mère. Comme malgré mes six ans je faisais la taille d'un enfant de neuf, quelques-unes m'allaient à la perfection, d'autant que la vieille grand-mère était toute petite. Le prétexte était de ressusciter le passé avec mon corps ramolli d'enfant. Je finissais par être méconnaissable sous le voile en tulle brodé et dans le miroir brisé tout près du stock d'ombrelles relégué ici après la fermeture du magasin de parapluies. Au milieu de toutes ces choses cassées, déchirées, sales ou poussiéreuses je me sentais à mon aise. Rien ne me paraissait étranger et surtout je ne paraissais étranger à rien de ce qui m'entourait.

Je jouais de plus en plus avec les objets abandonnés et, pour une raison que j'ignore, j'avais appelé le grenier le Désert. J'allais au Désert comme mon grand-père pouvait dire « Je vais au jardin ». Tous ces rebuts étaient devenus, depuis que ma mère disparaissait en semaine, ma source d'inspiration pour jouer et laisser de côté les jeux de l'enfance. L'inertie de toutes ces choses, photographies, ombrelles, éventails, vêtements, jouait en ma faveur et me permettait de créer un monde inerte, certes, mais que je pouvais dominer tout en leur attribuant des rôles dans un théâtre que j'inventais. Je créais un monde à l'intérieur du monde pour à la fois mieux supporter et mieux comprendre celui de ma famille et de la place.

Je trouvais plusieurs portraits sous verre comme celui de la mère de mon grand-père. Ces photographies formaient une généalogie en image de gens qui m'avaient précédé dans cette maison et sur la place. Parmi ces quatre portraits de femmes se trouvait celui d'une petite fille qui ressemblait à ma mère mais avec un air bien plus innocent. Plus tard j'ai appris qu'il s'agissait de la sœur aînée de ma grand-mère, Yvonne, terrassée par une méningite à l'âge de onze ans en 1910. Je retrouvai le corsage qu'elle portait sur la photographie. Il suffit que j'enfile le vêtement pour devenir instantanément la jeune fille morte.

Il n'y avait qu'un seul cadre qui contenait la photographie d'un homme. Yeux clairs, moustache proéminente, sourcils froncés et parfaitement dessinés. L'épingle à cravate fixée sur sa lavallière lui donnait une certaine prestance. L'homme paraissait jeune, sans que je puisse vraiment lui donner un âge. C'était Pierre, le frère de ma grand-mère. J'eus beau chercher, je n'ai jamais trouvé de vêtements d'homme. En revanche, au fond d'une malle, je découvris par hasard des cartons à dessins sous des tas de vieux linges reprisés représentant des figures antiques, uniquement des figures d'hommes, des nus d'hommes exécutés au crayon. Et, parmi ces visages sans regard et ces musculatures parfaitement dessinés, je trouvai à nouveau le portrait de Pierre. Le dessin avait dû être fait à partir de la photographie. Son visage avait gardé les traits de l'enfant-fille sur la photographie de la chambre aux papillons mais c'était bien celui d'un homme. Plus rien ne pouvait m'empêcher de devenir un homme moi aussi. Cette idée tout à fait nouvelle et rassurante pour moi est née dans ce grenier. J'ai commencé à cette époque à imaginer l'homme que j'allais devenir. Grand, j'étais sûr que je le serais, je l'étais déjà. Aurais-je une moustache, des cheveux frisés comme ceux de Pierre, un corps aussi bien sculpté que les corps antiques des dessins ? Ces questions revenaient à chaque fois que je croisais un homme qui devenait un modèle ; mais la question la plus importante et qui occupa tout le reste de mon enfance fut : comment devient-on un homme ?

13

Rose, comme tous les matins, porta à sa mère son petit déjeuner composé de deux tartines de pain bis abondamment beurrées et d'un bol de café au lait. La chambre était sombre. Au début elle crut avoir mal vu. Elle fut surtout incommodée par une odeur désagréable de pourriture qui la prit à la gorge. Pas cette odeur de vieux, de soupe et de papier d'Arménie qu'elle connaissait bien. Elle crut tout d'abord que sa mère avait fait sous elle et qu'il faudrait la laver entièrement. Ce n'était pas la première fois mais ça n'était plus arrivé depuis quelques semaines. Rose n'avait jamais manifesté le moindre dégoût pour ces choses naturelles qui rabaissent les vieilles personnes à l'état de nourrisson. C'était sa mère. C'était tout ce qu'elle pouvait faire pour elle, sans rechigner mais sans plaisir, en plus d'essuyer quelques-unes de ses insultes quand ça lui prenait de la blesser. Pas une corvée. Un devoir. Mais cette fois c'était différent. Rose en prit conscience après avoir ouvert un des rideaux et laissé entrer la lumière du matin. Sa mère avait recouvert le papier peint aux papillons de grands points d'interrogation formés avec ses excréments.

Ce fut ça, la stupéfaction, bien plus que la découverte de sa mère qui souriait sur son lit de mort comme tous ceux qui n'ont plus de dents. Autre mystère, Mariette s'était couchée en ayant pris soin de sortir de son armoire la chemise de nuit qu'elle avait fait broder des années auparavant par Mme Lacroix d'un M entrelacé d'un P et d'un Y, son initiale entrelacée des deux initiales de Pierre et d'Yvonne, ses deux enfants morts. C'est comme ça qu'elle avait toujours voulu monter au ciel, pieds nus et habillée d'une jolie chemise de nuit neuve, avec l'idée qu'elle pourrait ainsi se faufiler parmi les anges.

Ma mère ne manifesta ni étonnement ni tristesse et proposa de tout nettoyer. Rose l'en empêcha. L'œuvre était encore trop fraîche et la matière risquait de s'étaler. Le dégoût emplit sa bouche et provoqua une incontrôlable envie de vomir.

Antoine proposa que l'on déplace le corps de sa belle-mère dans une autre chambre. Tout le monde la connaissait et tout le monde allait venir lui rendre un dernier hommage, ou se délecter du chagrin de la famille, s'interroger, savoir si la vieille avait laissé de l'argent, beaucoup ou peu, et s'inquiéter de l'avenir, tout en sachant que Rose hériterait de la maison et de tout le reste, la vigne et le jardin que Mariette avait achetés pour Antoine peu de temps après leur mariage. Un gros avantage quand on n'a qu'une misérable pension de guerre et une retraite tout aussi misérable de chez Michelin. Un héritage que Rose, comme l'avait rappelé Louise, ne devait qu'à la mort de sa sœur et de son frère. C'était vrai. Maintenant qu'il était une réalité, il devenait indécent. Rose en convenait. Loin de ces préoccupations, Antoine, qui était un homme plus simple, attendait une réponse à sa proposition. Il connaissait les gens et savait qu'il valait mieux éviter que les voisins ne soient témoins de cette décoration pour le moins particulière. Ils en auraient tous parlé. Tous ri. Pas uniquement à cause de l'aspect insensé de cette « œuvre », mais parce que toute œuvre questionne et interroge, celle-ci autant que celles des plus grands artistes. Antoine ne savait rien des œuvres d'art mais il savait qu'on se poserait des questions sur le sens caché de ce message de dernière minute. Il avait raison. Geneviève qui aimait tant la mère de Rose accourut la première et se mit aussitôt à rire de cette tapisserie.

— Non mais quelle bonne femme ta mère ! C'est comme si elle nous avait dit : « Arrêtez de vous faire chier pour rien et faites-en quelque chose, tout comme moi ! »

Rose ne savait pas ce qu'elle devait penser ou comprendre. La question n'était pas « Qu'est-ce que Mariette a voulu dire ? » mais « Qu'est-ce qui l'a poussée à faire ça ? » Antoine pensait qu'il ne fallait pas aller chercher bien loin. Ces points d'interrogation, de la part d'une analphabète, posaient la vie comme une énigme. J'ai traversé ma vie et je ne sais toujours pas à quoi ça sert. Qu'en ai-je fait ? Tout ça pour ça ? Mais il se garda bien de donner son avis. Rose qui connaissait sa mère mieux que les autres n'avait pas d'explication plus sûre à donner. Elle ne savait qu'une chose : toute sa vie sa mère avait imaginé ce moment où elle allait quitter ce monde. L'idée de la fin qui avait tardé à venir provoquait chez Mariette une certaine jouissance, de l'ordre de la délivrance, comme si la vie avait été bien plus difficile que la mort. C'était à chaque fois l'occasion pour elle de rappeler à sa fille ou à ses petites-filles : « Il y aura ce que je vous laisserai et ce que j'emporterai. » Combien de fois avait-elle dit cette phrase ! Pour Rose ce fut une évidence, l'analphabète prononçait cette phrase pour la dernière fois. Comme si elle leur laissait ses derniers excréments terrestres et emportait avec elle le sens de ces motifs. Il y a ce que je laisserai et ce que j'emporterai.

Mariette venait de souiller le papier peint que son fils avait choisi quand elle avait refait sa chambre en 1912, sa chambre de jeune homme. Pourquoi salir tant d'années après et avec tant d'assurance les papillons peints du fils adoré ? Mariette en avait-elle fini avec la douleur du fils mort ? Voulut-elle rappeler l'inutilité de la guerre ? Face à un tel mystère et malgré la tournure sérieuse que prenait cette affaire, Geneviève et Rose furent prises d'un fou rire impossible à contrôler. La mort, surtout la mort des vieux, provoque quelquefois de grandes crises de rire pour ceux qui la vivent au plus près, sans que cela empêche le chagrin. C'est peut-être même ce qui permet d'éviter à la douleur de nous dévorer.

14

Antoine céda sa chambre pour y accueillir le corps sans vie de sa belle-mère. En sa qualité de « laveur de morts » du village il eût été hors de question qu'il se soustraie à cette tâche. Il fallut d'abord sortir Mariette de son lit et la descendre un étage plus bas. Il porta sa belle-mère, aussi légère qu'un linceul, de la même façon qu'il aurait porté une jeune mariée sur le seuil de sa maison et de sa chambre d'amour. Une fois Mariette déposée, Antoine se prépara à la toilette mortuaire, et lui qui ne demandait jamais rien de particulier voulut ce jour-là qu'on le laisse seul. Personne ne s'opposa à sa demande.

Mariette n'était pas morte depuis bien longtemps. Elle avait attendu le début du jour pour faciliter les choses à Antoine : elle savait qu'une fois morte son corps serait remis sans pudeur entre les mains de son gendre pendant que son âme passerait entre celles de Dieu, sûrement tout aussi fermes. Les mains d'Antoine et les mains de Dieu étaient des mains de paysan identiques à celles de ses aïeux, toutes déformées, gonflées de rhumatismes, quelquefois crevassées par les engelures dues au mauvais temps ou aux grosses chaleurs, et les ongles noirs qu'ils se nettoyaient avec la lame de leur couteau. Avec quoi Dieu se curait-il les ongles ? Il ne pouvait pas avoir labouré la terre à mains nues sans avoir les ongles sales !

Elle avait vu son gendre défricher le jardin qu'elle avait acheté pour lui. Ce n'était pas un jardin mais une roncière ! Et elle avait assisté émerveillée à la puissance de cet homme jeune et vigoureux qui avait en peu de temps transformé la broussaille en paradis. Adam devait lui aussi être musclé et sec comme Antoine. Passer entre les mains de son gendre qui ne prononçait pas plus de mots que Dieu était le plus sûr moyen de rejoindre cette contrée céleste dont elle seule et Antoine connaissaient le nom en patois : l'Empurgar.

Avant la raideur cadavérique les mouvements sont plus faciles, aussi faciles que de laver et langer un nourrisson. Antoine trouva que sa belle-mère ressemblait à une vieille petite fille.

Pourtant, il était intimidé. Il se rappela qu'il n'avait pas vu sa propre mère morte. Son cercueil était déjà fermé quand il était arrivé du front le jour de son enterrement.

Ordinairement, il parlait aux morts qu'il préparait, plaisantait quelquefois ou se rappelait à leur bon souvenir, mais cette fois-ci la toilette se fit dans un recueillement digne de celui qui accompagnait la toilette d'un ancien combattant ; chacun de ses gestes, chacune de ses actions étaient empreints d'une réelle solennité : laver le corps à l'aide d'un gant parfumé d'eau de Cologne ne lui parut pas insurmontable. En revanche, boucher tous les orifices du corps de sa belle-mère avec du coton hydrophile fut une opération plus délicate, surtout lorsqu'il s'agit d'obstruer son sexe puis de la langer. Il était sauvé par sa grande pratique de ce genre de toilette et fit tous les gestes nécessaires en aveugle. Puis il s'empressa de la revêtir de la chemise de nuit prévue à cet effet. La chemise de nuit entièrement brodée qui était restée si longtemps dans l'armoire conservait les marques de son pliage. Il déposa entre ses doigts le chapelet de jais noir serti de petites médailles dédiées à la Vierge. Rose eut enfin l'autorisation d'entrer et déplia délicatement sur le corps de sa mère son plus beau drap en broderie Richelieu. Mariette parut toute souriante dans le lit d'Antoine qui devint pour deux jours son lit de mort. Les visites pouvaient commencer.

15

Pris entre cette tristesse sans drame d'avoir perdu ma vieille grand-mère et la joie de revoir si vite ma tante Véronique, comprimé entre une disparition et une apparition, je profitais de la situation pour mesurer les effets que produisait la mort d'un être cher sur ceux qui lui survivent. Le constat fut simple : les ombres de la maison ne paraissaient pas plus épaisses, ni plus fraîches. Les fissures dans le plâtre de l'escalier ne s'écartaient pas davantage. Rien, à part la tristesse et cette espèce d'énervement diffus ressenti jusqu'au jour où l'on met le corps sans vie dans le cercueil puis le cercueil en terre. Cette fébrilité s'étendit à toute la famille tant il y avait de choses à faire et à penser. Ils étaient tous projetés dans un temps invivable, au cours duquel la mort d'un être cher transforme la vie en quelques jours singuliers où règne la même excitation que celle des jours de fête.

Comme il valait mieux que je débarrasse le plancher, je fus confié à Paul qui avait pour mission d'aller chercher Véronique à l'aéroport d'Aulnat avec sa 4CV. Prévenue par le boucher, ma tante arriva spécialement en avion le jour même. Je la vis descendre sur le tarmac avec l'allure d'une actrice de cinéma, peut-être à cause du vent qui, en dehors de ses lunettes noires, mettait chaque élément de sa tenue en mouvement. Elle referma sur elle les deux pans de son manteau en astrakan, recracha la fumée de sa cigarette et fit claquer son Dupont plaqué or avant de le jeter dans son sac comme une chose sans valeur. Véronique fut la première femme que j'ai vue fumer dans la rue, ce que ma mère n'aurait jamais fait. Ce geste provocateur démontrait sa facilité à imposer publiquement ce qu'elle était et qu'elle aimait être par-dessus tout : une femme qui avait choisi son camp entre le jour et la nuit, entre les ouvriers et les truands, entre la sobriété et l'alcool, entre la vertu et la débauche, entre la chaîne étouffante des Puys et l'horizon sans fin de la Méditerranée.

Comme elle n'avait qu'un sac à main en croco pour seul bagage j'eus l'impression qu'elle ne s'était pas couchée et avait directement sauté dans un avion sans avoir pris le temps de repasser chez elle après sa nuit dans son bar. Une fois dans la voiture, elle fuma cigarette sur cigarette. Elle paraissait nerveuse, plus nerveuse que d'habitude. Chercher son briquet dans son sac l'agaçait. Ses gestes semblaient ne plus être coordonnés, entre sa mèche de cheveux qui dépassait du foulard, le briquet qui tremblait dans sa main et les lunettes qui glissaient sur son nez. Une fois sur la route Paul ne manqua pas de lui raconter l'exploit pictural de sa grand-mère, ce qui lui fit baisser sa paire de lunettes sur son nez, comme si cela lui permettait de mieux entendre. Paul en profita pour lui annoncer son mariage. Le temps du voyage, la morte fut oubliée et ils ne parlèrent que de la fiancée que personne n'avait encore jamais vue.

Véronique se recueillit sur la dépouille de sa grand-mère toute raide avant de se rendre dans la chambre au papier peint accompagnée de

Paul. Rose assise dans le Voltaire tentait encore de résoudre l'énigme des points d'interrogation. Véronique sentait qu'il valait mieux ne pas la contrarier.

— Trente-deux fois le même signe ! Je les ai comptés. La vie est une énigme mais la mort en est une bien plus grande encore. Sauf que la mort n'était pas un mystère pour ma mère, c'est un monde dans lequel se trouvent ses enfants, elle le connaissait parfaitement. Oui, je sais, ça a l'air bizarre mais je le pense vraiment. Impossible qu'avant de quitter la vie elle ait perdu ses croyances en une vie après la vie. Possible que ces signes soient une façon de nous dire que pour elle l'énigme était résolue. Elle a la réponse maintenant. En même temps il faut dire que, plus elle vieillissait, plus elle ressemblait à une petite fille, tantôt adorable, tantôt méchante, ce qu'elle n'a jamais été de toute sa vie.

— Peut-être parce que la vieillesse lui avait offert l'enfance qu'elle n'avait pas eue.

Rose fut surprise par la conclusion de sa fille et en fut heureuse sur le moment. C'était bien la preuve que Véronique était la plus intelligente. Il ne faisait aucun doute qu'elle aurait pu avoir une autre vie si elle ne s'était pas laissée aller à ses faiblesses. C'est ce que Véronique crut voir dans le regard de sa mère.

— Je l'ai entendue marcher dans sa chambre mais je ne me suis pas levée. Tu entends ça, je ne me suis pas levée ! Si seulement j'avais imaginé ce qu'elle faisait !... Elle m'aurait sûrement donné une explication. Toutes les nuits depuis dix ans je me lève pour vérifier si tout va bien pour elle, et cette nuit-là je n'ai pas bougé parce qu'elle faisait un peu de bruit. J'ai même entendu le son du couvercle qu'elle a reposé sur le seau ! Si elle faisait du bruit, c'est qu'elle était vivante et que tout allait bien sinon elle aurait appelé ou crié...

Sa culpabilité la fit trébucher sur une nouvelle réponse.

— Si ça se trouve elle se demandait simplement pourquoi elle était seule, pourquoi je ne venais pas l'aider. Peut-être qu'elle n'arrivait plus à m'appeler. C'était peut-être une façon de me dire : « Tu m'as abandonnée. »

Véronique s'accroupit, posa ses mains parfaitement manucurées sur les mains de sa mère parfaitement blanches à cause des lessives.

— Maman, tu t'es levée toutes les nuits pendant toutes ces années, tu n'as rien à te reprocher. Ce n'est pas comme si elle était morte en tombant de son lit. Papa m'a dit qu'elle était couchée quand tu l'as trouvée.

— Oui, c'est vrai. Elle s'était même lavé les mains avec l'eau du broc. Et elle avait sorti la chemise de nuit qu'elle avait fait broder pour cette occasion, tu te rappelles ?

— Donc elle savait ce qu'elle faisait. Si ça se trouve, ces points d'interrogation n'ont aucun sens. Elle croyait peut-être peindre des fleurs. Moi, à ta place, j'arracherais le papier peint.

— Pour l'instant, on ne touche à rien, on ferme la chambre et on verra plus tard.

Puis elle se reprit :

— Je verrai plus tard.

16

Rose, qui avait souvent été en conflit avec sa mère, fut entièrement envahie par le chagrin. Mariette l'avait reliée depuis ses quatorze ans à son frère Pierre et à sa sœur Yvonne. C'était le temps heureux de son enfance que sa mère avait conservé comme un trésor et dans lequel elle avait pu abondamment puiser les images ou les paroles qui l'apaisaient mais qu'elle avait désormais emportées avec elle dans la tombe. La mort de Mariette lui fit l'effet d'un naufrage dont l'équipage, son frère et sa sœur, venait de périr corps et biens.

Elle ne s'attendait pas à ça. Elle croyait que ces deuils étaient faits depuis longtemps. Elle devait bien reconnaître qu'il n'en était rien. La mort de sa mère avait brutalement réveillé celles de Pierre et d'Yvonne. Comme si elle avait redonné à sa mère le pouvoir d'accueillir ses morts en elle, d'en être le seul réceptacle possible, le ventre où son frère et sa sœur s'étaient réfugiés toutes ces années. Ce fut plus qu'un tremblement dans sa chair. Elle eut la réelle sensation d'être aspirée de toute sa substance, vidée de tout contenu.

17

L'enterrement religieux était pour ma grand-mère une épreuve presque insurmontable. Tout le monde le savait et chacun salua son effort quand elle accepta de se soumettre une dernière fois aux volontés de Mariette. Après tout, la foi de sa mère était un engagement pris avec le Christ dès son enfance et qu'elle n'avait jamais trahi malgré les difficultés rencontrées et les deuils traversés. C'était la dernière concession que Rose ferait à Dieu ce jour-là. Après ce serait fini.

La cérémonie religieuse eut lieu comme prévu à neuf heures du matin. Mariette avait toujours précisé qu'elle voulait être enterrée à l'heure où elle était née. Jusqu'au bout elle avait maintenu ses croyances sauvages tissées de liens qu'elle était la seule à faire. Jusque-là je m'étais contenté de tourner autour de la sainte chapelle et d'y faire quelques incursions. Elle était toujours vide mais cette fois-ci elle était noire de monde. J'y entrai derrière le cercueil porté par quatre hommes que je ne connaissais pas. Ce jour-là je fus bien plus impressionné par les vitraux qui me révélaient un monde céleste et coloré que j'avais entrevu quelquefois dans les mouvements des nuages. La fraîcheur du lieu me surprit et me mit en confiance. Je tenais la main de ma mère tout de noir vêtue et incapable de s'arrêter de pleurer. Mon grand-père continuait son travail mortuaire en arrangeant les gerbes autour du cercueil. Tout se passa pour le mieux jusqu'au moment où Marcel Prévaut, avec ses pantalons trop courts et ses socquettes blanches, donna les premières notes de *Jésus que ma joie demeure*. Il était assez doué sans être virtuose pour ne faire aucune fausse note ; ce qui permettait à la musique de restituer son potentiel d'émotions. Je ne voulais rien rater de cette journée exceptionnelle. Véronique malgré ses résistances finit par essuyer une larme et profita de la situation pour se rapprocher de moi et me prendre la main que ma mère, dans son chagrin un peu théâtral, avait lâchée. Rose restait de marbre. Antoine ne put retenir un sanglot. Le curé Sarreault, pressé de monter en chaire, bâcla la cérémonie jusqu'à sauter des passages entiers de la messe des morts. En réalité, il était tout excité. Ce n'était pas tous les jours qu'une famille de mécréants faisait enterrer l'une des leurs à l'église. Enfin, le moment tant attendu arriva. Il prit la parole pour procéder à l'oraison de Mariette née Fournial et épouse Malguy.

— Mariette Malguy ! commença-t-il comme s'il avait voulu réveiller la morte. Malguy ! Qui n'était pas votre nom en Jésus. Celui qui vous fut donné à votre naissance, c'est Fournial. Mariette Fournial, petite sœur de Jésus, combien de fois tu es venue ici te reposer. Oui te reposer ! Elle me le disait souvent : « Mon père, ici je me repose. » Elle ne priait pas, elle se reposait du vacarme de sa vie et du vacarme de sa famille. Un vacarme épouvantable pour un être aussi fragile.

Sûrement influencé par Don Camillo – le héros de ces films que Rose détestait, ce curé qui, même s'il était quelquefois réprimandé par Dieu lui-même, finissait toujours par triompher du communiste représenté par un Peppone sosie exact de Staline –, le père Sarreault continua sur ce mode, énumérant les tragédies et les drames qu'elle avait vécus... La mort de ses enfants fut donc une tragédie mais l'adhésion de sa fille au Parti communiste fut un drame, celui du déshonneur, une douleur qui ne la quitta jamais !

L'oraison n'en finissait pas. Geneviève, qui était venue à l'office pour ne pas abandonner sa Rose dans cette épreuve, sortit de son rang, fit claquer ses talons sur les dalles de la travée centrale en se dirigeant vers la sortie, créant ainsi un silence qui faillit étouffer le curé. Si Rose n'était pas sortie à son tour, ce n'était pas parce qu'elle craignait un scandale, mais parce qu'elle tenait à avoir le dernier mot. Antoine, légèrement anesthésié par son chagrin, n'avait pas vraiment écouté l'oraison du père Sarreault qui restait son camarade de tranchées, et il ne comprit pas pourquoi, une fois l'office terminé, Rose ne prit pas la direction de la sortie et se dirigea tout droit vers le curé.

— Dites-moi, vous connaissiez bien ma mère ?

— Je crois que l'on peut dire ça, Rose. Il y a des choses qui se disent en confession et qui aident à nous frayer un chemin vers la vérité d'une personne.

— Alors il faut croire que ma mère a oublié de vous confesser certains péchés.

— Les péchés véniels n'empêchent pas de monter à la droite du Père.

— Je ne pense pas à des péchés véniels, monsieur le curé. Ma mère avait un peu plus d'envergure que ça. Mais peu importe ! La messe une fois dite ne peut en aucun cas être désavouée, n'est-ce pas ?

— En aucun cas, Seigneur Dieu ! Pourquoi cette question ?

— Parce que ma mère a dû oublier de vous dire qu'elle était divorcée. Donc, si on résume, vous avez enterré une femme divorcée qui a vécu dans le péché pendant des années avec un autre homme sans se confesser. Ça, c'est ma mère tout craché. Elle n'a jamais eu besoin de vous, elle s'est toujours arrangée avec le Bon Dieu directement.

Le curé avait son compte et Rose put profiter de son petit triomphe qui valait mieux encore qu'une sortie fracassante en plein milieu de l'office.

SIXIÈME PARTIE

1924
Devenir une femme

Le baiser

Rose s'est inscrite à un cours de sténographie et de dactylographie à Clermont, ce qui lui garantit surtout de passer la semaine auprès d'Alice qui est devenue le nouveau tuteur sur lequel elle s'appuie pour continuer à grandir. Elle est aussi sa professeure, son mentor, son amie jusqu'au baiser déposé sur la bouche de Rose et qui l'étourdit. Pourtant le baiser est à peine effleuré. C'est inattendu. C'est délicieux quand elle recommence et quand le baiser se prolonge en caresses sous sa jupe. Puis vient le moment de l'effeuillage. Alice connaît tous les systèmes de boutonnage et de ficelage des vêtements féminins. Ses doigts n'hésitent pas et ne sont surpris par aucune attache, aucun obstacle, ni du corsage ni de la jupe. Abandonnée. Passive. Offerte. Nue. Rose ne sait comment réagir, si elle doit agir ou si elle doit se laisser faire. Elle est vaincue sans avoir manifesté la moindre résistance. Elle succombe. Le silence à ce moment précis est enivrant. De minuscules soubresauts dans son corps, sous sa peau, qu'elle n'a jamais ressentis. Leurs regards se croisent et consentent.

Alice semble faire apparaître son corps de femme. Elle le lui dessine par ses caresses. Ce sont celles d'une sculptrice qui polirait le plus doucement possible son œuvre afin que la lumière en révèle les creux qui affleurent sur le ventre, sous les seins et entre les seins, l'arrondi des hanches, la musculature des cuisses après une enfance à crapahuter sur les murets et dans les arbres jusqu'à la partie la plus sombre et la plus sensible, au creux même de son être le plus intime. Tout n'est plus qu'humidité, sueur. Elle se fluidifie. Elle se noie dans son corps. Les baisers sont aussi doux quand Alice aborde le sexe intouché de Rose, à peine caché par une toison très fine et plus douce que la soie. Faire frémir ses lèvres, lui révéler son clitoris ; et le corps tout entier de Rose se met naturellement en mouvement ; des spasmes plus ou moins froids la parcourent jusqu'à ce tremblement océanique et électrique qu'elle ressent pour la première fois au point de faire de son corps un arc tendu à l'extrême. Il n'y a plus de phrase, il n'y a plus de mot. La langue s'est évaporée dans sa respiration haletante et ses gémissements jusqu'au séisme. Quelque chose gravit en elle, palier par palier, une ascension qu'elle ne pouvait même pas imaginer et qui semble la faire sortir de son corps d'enfant. Enfin le sommet de la montagne ! Elle ne sait pas ce qui lui brûle tant les yeux. Plus jamais elle ne posera sur l'avenir la question du bas plutôt que du haut, du vertige plutôt que de l'ascension.

L'initiation politique commence à ce moment-là, dans son corps révélé. Aucune préméditation, pas même une seconde avant cette intimité qui a commencé par un baiser presque perdu. Un élan comme pour leur première rencontre. Alice n'a agi ni par amour ni encore moins par dévotion. Elle vient simplement d'apprendre à Rose ce qu'elle sera en droit d'exiger des hommes si elle ne veut pas, comme beaucoup de femmes, croire que la brutalité, la soumission et la misère sexuelle sont leur lot. Ce n'est pas une leçon. C'est un bonheur, le présage du bien. C'est aussi un renversement. Plus jamais Rose ne pensera que son corps n'a aucune valeur, qu'il ne sert qu'aux plaisirs des hommes, à pisser, à chier et à fabriquer de la descendance. Qu'il ne serait donc que pourriture et matrice fécondable. Alice tient à ce qu'on appelle les choses par leur nom. On ne fera pas une révolution sans s'acquitter dans le langage de certaines vérités qui ne sont dégradantes que pour ceux qui les ignorent ou qui veulent les cacher, ceux qui justement maltraitent ou méprisent le corps des femmes tout en voulant faire croire qu'il est d'une pureté angélique. Si Rose en l'écoutant reste blottie contre Alice, ce n'est pas parce qu'elle vient de sombrer dans la niaiserie des sentiments mais parce qu'elle sait qu'Alice, sans triomphe, vient de faire d'elle une femme. Elle sait que ça ne se reproduira pas. Ce ne sera pas un secret mais une connivence qui se passera de tout aveu public.

— Tu connais la plus fameuse des légendes au sujet de Tirésias, le devin de Thèbes ?

— Non.

— Un jour Zeus et Héra se disputaient sur l'Olympe au sujet de la jouissance. Zeus prétendait que la jouissance des femmes était plus forte que celle des hommes. Héra, fatiguée je suppose d'argumenter sans preuve, a l'idée de convoquer

Tirésias qui, lui, a été homme puis femme avant de redevenir un homme. La question est donc posée à Tirésias qui répondit ceci : « Quand l'homme jouit une fois, la femme jouit neuf fois. » Offensée, Héra lui retira la vue. C'est ça la bonne nouvelle qu'il faut annoncer au monde entier, tu comprends. Il faut que les femmes cessent d'avoir peur de leur corps et de leur pouvoir. Une vraie révolution ne peut commencer que par là.

Pas de confusion non plus, pas même celle des sentiments. Alice aussi pourrait rester dans cette position des heures, des jours peut-être jusqu'à ce que Rose roule sur le côté du lit, finisse par se lever et qu'une fois levée, la métamorphose soit si visible qu'elle ne reconnaisse plus vraiment la jeune fille qu'elle a connue jusque-là.

Alice attend tout de la révolution russe où ces questions sont déjà largement débattues. Débattues, pas acquises ! Faut pas confondre. Elle allume une cigarette jaune à bout doré. Puis sa pensée glisse sur la réalité politique. Sur ce sujet, elle avoue faire confiance à Lénine parce qu'elle sait qu'il est entouré de femmes remarquables : son épouse Nadejda, Alexandra Kollontaï et Inès Armand, la Française de l'histoire. Les trois femmes étaient dans le train qui l'a ramené en Russie en 17. Elle croit surtout en Alexandra Kollontaï qu'elle a rencontrée en 1910 à la Journée internationale des femmes socialistes à Copenhague. Elle l'a écoutée tout un après-midi faire part de sa vision, en particulier sur l'amour et sur la sexualité, qui en a quand même offusqué plus d'une. La plupart de ces femmes socialistes étaient venues pour réclamer le droit de vote, le droit au travail et la fin des discriminations au travail. La Kollontaï a tout bousculé ce jour-là. Tout renversé. Elle a mis l'amour et la fin de la famille au cœur de la révolution. Sans un changement radical de notre conception de notre relation à l'amour et à la famille, aucune révolution ne lui semblait possible, comme s'il fallait en finir avec le romantisme d'un côté et l'aliénation de l'autre. Tout se joue dans ces deux phénomènes.

Inutile de bousculer Rose davantage, de lui faire tout lire sur ces sujets. C'est l'expérience qui doit la guider vers certains livres, et c'est son expérience qu'elle doit reconnaître dans les livres et non l'inverse si elle veut être sûre de son combat. C'est en mettant Rose en état d'éveil qu'elle l'aide le plus. Elle veut lui apprendre qu'aucun engagement politique ne peut être aveugle ni fondé sur la seule émotion. Ce qui ne l'empêche pas de finir son exposé en lui rappelant de ne jamais oublier que « militant » et « militer » sont les anagrammes de « limitant » et de « limiter ». C'est le rire qui l'emporte et qui désacralise cet après-midi si particulier. Alice coupe la magnifique natte de Rose et Rose coupe la magnifique crinière d'Alice. Leurs chevelures sont le signe visible par tous de leur rébellion.

Changer d'image

C'est une contagion sous couvert de la mode. Toutes les filles se font couper les cheveux. Les garçonnes prennent une place déterminante. Comme si toutes ces sœurs de soldats morts à la guerre voulaient les remplacer ou rappeler leur existence. Le Sénat vient une nouvelle fois de leur refuser le droit de vote alors que l'Assemblée nationale y a accédé par deux fois. Les radicaux, majoritaires au Sénat, s'y sont opposés. Ces humanistes, héritiers de la Révolution française, ont jugé que les femmes n'étaient pas aptes à prendre une décision politique. La chose est clairement dite mais la vérité est plus sournoise et plus insultante. Ils pensent que les femmes, « naturellement » proches des curés, voteraient à droite. Ce n'est même pas de la philosophie misogyne, juste de la tambouille politique à laquelle Clemenceau participe sans manifester la moindre hésitation. Il est comme tous les autres, un homme à moustache. Ils se ressemblent tellement, tous ces barbus de la République, qu'il n'est plus possible de les distinguer. Si les femmes se font couper les cheveux, les jeunes hommes, comme Léon et Antoine, refusent de se faire pousser la barbe ou d'afficher une moustache trop proéminente. Ils veulent montrer leurs beaux visages, autant dire qu'ils veulent montrer la vérité.

C'est un séisme dans les familles. Mariette n'a trop rien dit sur la coupe de cheveux de Rose, même si elle trouve que ça fait une tête atroce. Mais quand elle refuse de porter un corset que sa mère lui a fait faire sur mesure, le scandale n'est plus très loin. Des discussions sans fin s'amorcent entre la mère et la fille, mais Rose tient bon. C'est la première fois qu'elle s'oppose à sa mère avec autant de véhémence.

Tout devient affaire de honte et de déshonneur. Ce que Mariette appelle une honte ou un déshonneur est en fait une révolution. Si elle était seulement vestimentaire, elle pourrait s'en accommoder, mais elle sent bien que ce mouvement ne s'arrête pas là. Elle le pressent et renifle le danger, même si elle s'en tient à l'image. Renoncer au corset, c'est aussi renoncer à une taille fine, cette taille de guêpe si appréciée des hommes qui peuvent en faire le tour avec leurs mains. Préférer une absence de taille, c'est manifester publiquement son refus de toute oppression. Dans le même mouvement et pour les mêmes raisons, Rose ne porte plus que des robes ou des jupes droites ou plissées qui s'arrêtent aux mollets, des corsages fluides en soie et un bracelet d'origine indienne, un serpent d'argent qui s'enroule sur son bras, qu'Alice lui a offert. Rose croit qu'en participant à cette libération du corps si longtemps comprimé, en le libérant de toutes ces fanfreluches qui n'étaient que les symboles de la soumission, en transformant sa silhouette de jeune fille engoncée en une colonne antique, elle contribuera à cette révolution du monde. Son nouveau style est une déclaration, en particulier pour prévenir sa mère de changements plus importants. Mariette doit reconnaître que la mollesse de sa fille a disparu. Bien sûr, elle craint que ce prodige ne soit le fait d'une rencontre avec un homme. Elle sait comment les hommes peuvent modeler les femmes. D'un côté elle est rassurée et de l'autre elle réprouve. Elle n'aurait jamais dû lui laisser prendre ces cours de dactylographie ! Va savoir qui elle a pu rencontrer dans les rues de Clermont.

Rose ne répond pas et laisse l'inquiétude s'emparer de sa mère. Elle n'a qu'un seul objectif : participer à la construction de ce nouveau monde que la fin de la guerre et la révolution russe définissent chaque jour davantage. Ce conflit quasi permanent avec sa mère l'oblige à une sorte de férocité, à des remarques injustes ou déplacées mais qui l'aident à s'opposer même si elle n'a pas grand-chose à lui reprocher.

Une seule question brouille un instant sa vision : que sait-elle du monde pour vouloir le changer ? C'est le premier temps de sa pensée, qui l'occupe tout entière. Suit une autre question qui contient sa réponse : peut-on changer le monde sans commencer par trouver en soi l'absolue nécessité de le vouloir et de le faire ? Il faut un écho d'une sonorité parfaite entre les grandes idées révolutionnaires et les désirs personnels, intimes, les plus profonds. Peut-être même les plus inavouables. Elle est convaincue qu'il faut pour ça avoir déjà accompli un certain nombre de changements intérieurs. L'exploit vestimentaire ne suffit pas. Le mot « révolution » est décidément le plus approprié. Le dictionnaire Larousse le lui confirme, même si elle ne s'arrête qu'à la définition astronomique : « Rotation complète d'un corps mobile autour de son axe ». C'est exactement ce qu'elle fait : elle tourne autour d'elle-même pour comprendre de quoi elle est faite. S'envisager sous toutes les coutures, celles du dehors qui n'ont pas grande importance et celles du dedans qui lui paraissent plus complexes mais plus sûres. Il est temps pour Rose de faire l'expertise complète de ses connaissances, de ses attentes, de ses rêves, de ses désirs, pour les confronter aux lectures de ces géants de la pensée.

Qui suis-je ? Qu'est-ce que je veux ? Qu'est-ce que je sais ? Elle aime lire, elle aime particulièrement lire les romans russes, ceux de la vieille Russie, les romans de la nouvelle ne sont pas encore écrits. Elle a perdu un frère à la guerre. Mais elle n'est pas la seule. Chaque famille française est dans ce cas. Elle a été heureuse dans une famille sans père et le père ne semble pas lui manquer. Elle n'aime pas les romans à l'eau de rose parce qu'elle ne croit pas en ce genre d'amour. Elle a lu chez Alice La Paysanne pervertie *de Restif de La Bretonne et* De la ruse des femmes, *du même auteur. Ces livres, elle les avait surtout lus par hasard en fouinant dans les piles en son absence. Dans la suite de son expertise viennent d'autres auteurs. Marx qui exalte tout à la fois son sens de la droiture morale et sa condamnation de la bourgeoisie mais qui l'étourdit un peu. Lamartine la réveille de son étourdissement et lui ouvre une plus large perspective sur le reste du monde. Pour le reste tout fut facile pour elle, elle n'a jamais manqué de rien. Elle ne sait rien de la pauvreté, à la différence de sa mère qui l'a combattue et qui en a triomphé toute seule pour offrir à ses enfants le modèle bourgeois d'une vie de famille. Elle n'a donc rien ressenti dans sa chair de la pauvreté et de la misère, de la faim, de l'épuisement au travail. Mais cela oblitère-t-il sa conscience ou sa compassion ? Elle écrit le mot « compassion » dans une lettre qu'elle adresse à Alice. Puis elle s'excuse de l'avoir écrit dans la lettre suivante. La compassion est une notion bien trop chrétienne et n'a pas pour objet de dénoncer ou de s'indigner, mais de partager le poids du malheur. La compassion ou la tolérance ne lui paraissent plus vraiment des outils pour changer le monde, il faut de la colère ainsi qu'une sincère et féroce indignation. Sans quoi rien ne changera. Alice la laisse faire, la laisse dire. Elle veut seulement être le témoin de la métamorphose et s'en réjouit. Rose pose les bonnes questions alors qu'elle commence à fumer ses premières cigarettes. Ses lettres à Alice, écrites pendant ses périodes de vacances, elle les tape à la machine. Elle n'aime rien tant que le papier pelure sous le carbone qui lui permet de garder une trace de ses écrits.*

Elle ne peut pas se contenter de « suivre ». Il faut qu'elle se détache. Elle ne peut plus se contenter de suivre le spectre de son frère, ni même l'influence d'Alice. Alice entrevoit très clairement les signes annonciateurs de la séparation quand l'élève, sans encore réellement dépasser le maître, montre son désir d'y parvenir en le défiant. Rose se lance et déclare son point de vue sur la place de la femme dans la société. Elle a vite appris des femmes socialistes qu'elle a rencontrées chez Alice, mais elle ne partage pas tout à fait leurs points de vue qu'elle trouve trop matérialistes. Elle pense que les femmes ont un rôle essentiel à jouer dans une révolution et qu'elles ne peuvent pas faire leur révolution à côté de la révolution. Il ne doit y avoir qu'une seule révolution. Alice a reposé sa tasse dans la soucoupe, intriguée par l'effet d'annonce, inquiète peut-être un peu.

— Il faut que les femmes prennent le pouvoir elles aussi et ne se contentent pas des miettes. Si les femmes dirigeaient les nations, elles refuseraient de mettre au monde des soldats ou de la chair à canon et les guerres seraient évitées. Je le sais, ma mère le répète à longueur de journée. Elle ne dit pas que des bêtises. Elle n'en dit jamais d'ailleurs.

— Rose, c'est une utopie, peut-être même un mensonge. Regarde, l'Histoire dit le contraire. Pense aux grandes souveraines qui n'ont pas hésité à faire des guerres terribles.

— Tu parles d'un argument ! Tes fameuses souveraines, qui se croient nées de droit divin, sont des folles ! Qui peut croire être né de droit divin ? Si tu osais dire une chose pareille tu serais enfermée à vie ! Elles sont piégées par la position mythologique qu'elles occupent ! Quelle misère au fond ! Moi je te parle des femmes d'aujourd'hui. Que se passerait-il si des femmes dirigeaient une république ? Que se serait-il passé si Rosa Luxemburg, ta Rosa, avait dirigé l'Allemagne, elle qui s'est opposée à cette guerre ? Rosa n'est pas tombée dans le panneau de l'attentat de l'archiduc et de l'archiduchesse d'Autriche à Sarajevo qui ne fut qu'une manipulation du Kaiser ! Tout le monde le sait maintenant ! D'ailleurs, si ça se trouve, c'est lui qui les a fait assassiner pour déclencher cette guerre dont il rêvait et qui, au bout du bout, lui a valu quoi ? La destitution et l'exil. Des millions de morts pour en arriver là. Les Français n'ont eu besoin de personne pour destituer leur roi. Et il a fallu une guerre mondiale pour que les Allemands destituent leur empereur ?

Que peut-on attendre d'un peuple qui n'a aucun courage politique ? Rosa, elle, a vu le piège avant tout le monde. Elle a vu tous les pièges et elle en est morte. Tu veux que je te dise, le socialisme allemand ne me rassure pas plus que le socialisme français. Je te rappelle que tous ces hommes – parce qu'il n'y a que des hommes qui siègent à l'Assemblée – ont voté contre le droit de vote des femmes. S'ils pouvaient faire des enfants tout seuls, ils seraient les plus heureux de la terre ! Et s'ils y arrivaient, nous serions les premières qu'ils extermineraient. Faire des enfants ! Est-ce que tu te rends compte que faire des enfants c'est notre seule arme contre eux...

Alice se réjouit d'assister à la naissance de cette jeune femme qui se déploie chaque jour davantage.

— Crois-tu que ton frère aurait voté pour que les femmes aient le droit de vote ?

— Quelle question ! Ça ne fait aucun doute.

— C'est vrai, ce n'était pas un homme comme les autres. Mais il y a beaucoup d'hommes remarquables, tu sais, comme August Bebel par exemple, qui a écrit sur les femmes et leur oppression au cours de l'Histoire. Il doit être quelque part par là... Pierre l'a lu plusieurs fois. C'est Paul Lafargue, le gendre de Marx en personne, qui en a signé la préface.

— Je ne peux pas m'empêcher de penser que c'est mon frère qui devrait être au pouvoir à la place de tous ces vieux barbus.

— Ton frère et toi.

— Et le monde serait bien plus beau. J'ai compris ça aussi : qu'il n'y a pas de bonheur sans beauté.

— Et comment tu définis la beauté ? Le bonheur on peut le repérer, le socialiser, mais la beauté... ?

— La beauté, pour moi, c'est ce qui me fait pleurer sans que je sache pourquoi. Il faut que ce soit plus grand que moi. Il m'est même arrivé de pleurer en regardant ma mère fabriquer un parapluie. Ce n'est pas donné à tout le monde, c'est même très difficile et, vois-tu, j'ai l'impression que chaque point qu'elle coud sur ces baleines raides et souvent récalcitrantes est une manière de faire plier le monde à sa volonté. J'ai beaucoup d'admiration pour elle et, en même temps, je ne sais pas qui elle est. Je n'ai pas toujours été comme ça. C'est comme si tout l'amour que mon frère portait à ma mère m'avait irradiée. Je l'aime plus parce que je la regarde mieux.

Tout ce chemin qu'elle avait parcouru sur les femmes et les hommes, sur la politique et l'histoire, pour finir par parler de sa mère ! se réjouit Alice.

*

Mariette est loin du compte avec ses recommandations permanentes sur les hommes et le mariage qui pèsent de moins en moins lourd face au projet d'engagement de sa fille que Marx, Taine, Lamartine, Babeuf renforcent chaque jour. Marx pour le système économique et le partage, Taine pour la beauté qu'il réduit à la simplicité, Lamartine pour la conscience du monde et Babeuf pour la justice. Et puis il y a surtout l'image de l'Africain qui est toujours là et qui lui rappelle l'essentiel sur le sens de la vie avec ou sans Dieu mais où la beauté, bien plus que la puissance de la nature, occupe une place centrale. Rose synthétise, elle résume ses pensées pour les faire tenir dans un mouchoir qu'elle peut emporter n'importe où et dans lequel elle peut plier autant qu'elle le veut toutes ces grandes idées de révolution puisqu'elles se résument toutes à la même chose : la recherche incessante du bonheur pour les plus miséreux que Marx a bien nommés le « prolétariat ». Il est clair pour elle que la bourgeoisie n'a plus de place dans ce projet où la terre revient à ceux qui la cultivent et les usines à ceux qui les font tourner. Mais alors, quelle sera la nature de ce bonheur s'il ne se calque plus sur l'image de la sacro-sainte famille ? D'après Rose, la sainte Famille n'existe pas. Joseph, Marie et Jésus ne sont représentés ensemble qu'au moment de la naissance. Ensuite, fini ! Jésus est représenté une fois avec sa mère, une fois avec son père comme s'il était l'enfant de parents séparés. Alors pourquoi avoir utilisé cette image de la sainte Famille comme modèle vertueux si c'est une construction de toutes pièces soutenue par l'Église ? Quelle autre explication ? Rose n'arrive même pas à reconnaître la représentation de la Vierge et de l'enfant Jésus comme une image de la maternité. Aucun tableau qui les représente ne s'appelle « La Vierge et SON enfant », toujours « La Vierge et l'Enfant » ou « La Vierge à l'Enfant ». Parce que ce n'est pas son enfant ! Le bambin auréolé ne lui appartient pas, elle l'offre au monde. Il ne la regarde quasiment jamais, c'est la mère qui l'expose à la populace à laquelle elle le destine. C'est ça le véritable message de la mère et de l'enfant : nos enfants ne nous appartiennent pas, nous ne les faisons par pour nous-mêmes, mais pour les offrir au monde. Rose pense qu'il s'agit là d'une clé pour l'avenir. Et si nous faisions des enfants pour les autres et non pour nous-mêmes ? Il lui apparaît de manière de plus en plus évidente qu'il va falloir inventer aussi une autre forme de bonheur que le bonheur bourgeois de la famille auquel elle donne secrètement un nom : la Tabula-rasa. Et c'est là que commence l'abîme.

*

Rose a un problème avec les socialistes de tous bords, les compassionnels, comme elle les appelle, ceux qui appartiennent au courant défini par Marx lui-même comme le socialisme féodal, le socialisme petit-bourgeois, le prétendu « vrai » socialisme allemand, ou le socialisme conservateur qui ne sont que le triomphe de la bourgeoisie.

— Si je comprends bien, tu ne t'y reconnais pas ? lui demande Alice.

— Si, justement, je m'y reconnais trop. C'est ça le problème. Tu vois, c'est comme si je faisais partie d'une famille de malfrats dont je réprouverais les actions criminelles mais que je continuerais à défendre contre vents et marées. C'est juste de la bonne conscience familiale. Dans le même temps, quand j'ai lu pour la deuxième fois le Manifeste du Parti communiste, *ce n'était plus la pensée de Marx et d'Engels que je lisais, c'était la mienne. Le livre est devenu un miroir. Je ne peux pas mieux l'expliquer.*

Alice ne s'attendait pas à ce que sa protégée aille si vite et si loin. Il est donc temps de lui faire gravir une nouvelle marche.

Le 11 février 1924, elle lui propose de l'accompagner à Vic-le-Comte à une réunion du Parti communiste alors dénommé Section française de l'Internationale communiste. Le mot « international » a de la gueule ! Tout le monde a l'impression de participer à un mouvement ouvrier mondial, même si la réunion se passe Chez Baptiste dans l'arrière-salle du café situé en face de la vieille halle et de la fontaine en lave noire au sommet de laquelle se tient Messidor, le représentant révolutionnaire de l'été en costume de paysan antique. C'est aussi l'endroit où l'on danse mais le piano mécanique ne retentira qu'à la fin de la réunion. Valser pour s'enivrer après avoir longtemps discuté. Rien de mieux pour sentir la vie reprendre à plein régime par les pieds et non plus par la tête. Rose a une passion pour la danse qu'elle partage avec sa cousine Simone, la fille de sa tante Anna. Elles se retrouvent tous les samedis soir dans cette arrière-salle. Rose veut rompre avec l'ancien monde sans être encore capable de le définir, même si, grâce à ses lectures, elle commence à en dessiner les contours. Sa cousine est moins avancée sur ce point ; peut-être parce qu'elle n'a pas eu de frère mort à la guerre, ni de mari, elle ne ressent pas encore ce besoin irrépressible de changement qui est la seule manière sincère de donner un sens à cette guerre.

*

Si le visage de Léon n'était pas si parfait, si régulier, ses yeux si bleus, si son visage de fille n'était pas en contradiction avec sa voix et sa raideur militaire, il n'aurait pas eu un tel pouvoir d'attraction sur la plupart des jeunes filles, et en particulier sur Rose. Non seulement Léon appartient à cette nouvelle génération, mais il en est le plus beau spécimen. Comme beaucoup de ses amis qu'il appelle ses frères il est internationaliste. Son projet : éviter que la guerre ne recommence. Il a l'air de savoir ce qu'il faut faire. Il n'est pas là depuis une demi-heure qu'un groupe s'est déjà formé autour de lui. Rose est entrée dans son regard. Il ne l'a pas quittée des yeux sans que cela l'empêche de continuer à discourir sur l'avenir du monde, sur un monde socialiste, un vrai monde socialiste. L'Allemagne lui sert d'exemple. Il se méfie. Cette guerre a certes destitué l'empereur Guillaume et disloqué l'Empire allemand devenu une république, mais il a bien du mal à croire à ce changement. Il ne fait pas confiance aux Boches.

C'est le début de cette course effrénée d'amour qu'exalte ce deuil national puisqu'il a le pouvoir d'atténuer les deuils personnels. Léon projette de partir en Russie. Il veut voir de ses propres yeux comment le peuple russe s'est libéré du joug d'une seule et grande famille impériale. C'est toujours la même histoire, une poignée d'hommes exploite les autres et s'empare de toutes leurs richesses, les laisse exsangues, affamés, mourants, et les remet entre les mains de Dieu que ces pauvres bougres finissent par aimer à la folie. À la surprise générale, l'amour de Dieu est une chose qu'il comprend. Il a le pouvoir d'apaiser la misère, quelquefois de lui donner un sens avec cette promesse que les derniers seront les premiers dans le Royaume de Dieu, hélas sans cesse différé. C'est cette même place qu'il veut pour le peuple maintenant, et il la veut ici, sur terre, dans le monde d'aujourd'hui. Quelqu'un se lève et cite Marx : « La religion est l'opium du peuple ! » Mais Léon n'interprète pas la phrase au sens de l'endormissement, mais du plaisir. D'après lui, jusqu'à aujourd'hui la religion était seule capable de provoquer l'ivresse de ses adeptes. Et puis, il y a cette phrase incroyable : « Dis seulement une parole et je serai guéri » ! C'est la phrase la plus mystérieuse jamais prononcée. Qui doit parler pour guérir ? Dieu ? Le Christ ? Quand est-ce qu'Il parle ? Quelle parole doit être prononcée pour avoir un tel pouvoir sur le corps et sur l'esprit ? À quelle guérison fait-on réellement allusion ? Celle du corps ? Celle de l'esprit ? Les deux ? La vraie nouveauté est d'en finir avec la solitude, l'isolement, c'est-à-dire avec l'individualisme. Face à cette magnifique promesse, il a trouvé une autre parole qui ne dit pas « je vais vous guérir » mais « vous allez vous guérir si vous êtes ensemble ». Ensemble pour tout partager. Il est intarissable et Antoine, qui ne se tient jamais loin de lui, boit littéralement ses paroles. C'est comme ça qu'il aimerait pouvoir parler. Il le fait mais en silence.

Ces réunions Chez Baptiste sont de plus en plus vives. Ça parle, ça dénonce, ça explique, ça renseigne sur le mouvement communiste, sur les camarades allemands, les camarades russes, les camarades anglais. Chacune de ces réunions est une leçon sur le sens de la révolution. Rose écoute mais n'arrive pas à être totalement satisfaite. Elle s'inquiète, la vraie question du bonheur n'est jamais posée en termes simples. Elle comprend bien que pour donner corps à la pensée politique, il faut l'étoffer, la consolider du point de vue philosophique, social et économique. Tout marche ensemble, certes, mais pourquoi ne pas vouloir aussi la fortifier par des rêves et des émotions ? C'est Léon qui reprend la parole et Rose approuve tout ce qu'il dit. « Certains pensent que je devrais me taire parce que je ne suis pas un ouvrier. Mais je suis moins qu'un ouvrier, dit-il, puisque je ne travaille pas. » Ce qu'il dit amuse Rose. Elle aime sa légèreté et soutient cette parole qui lui paraît sincère puisque Léon s'attache aux seuls principes de l'égalité et de la justice. Elle sait que celui-là a lu Victor Hugo à tire-larigot. Il lui plaît ce type, tout mince et si sûr de lui.

*

On a l'impression que c'est Léon qui guide Antoine, qui le protège et le rassure, alors qu'Antoine est le plus robuste. Rose a reconnu immédiatement en lui le soldat. Léon n'a rien dit et il s'étonne que Rose soit capable en un regard de savoir d'où vient son ami qui ne fait aucun usage de ses médailles.

— Est-ce l'âge qui me trahit ? demande Antoine.

— Non. Ça vient de vos yeux. De votre regard surtout.

Il a vingt-huit ans et de toute évidence il sait plus de choses sur le monde qu'aucun d'entre eux.

Il aimerait danser avec Rose à la fin de la réunion. Antoine est un danseur aux souliers cirés. Il ne les cire que pour aller danser. L'invitation se fera sûrement avec toute la maladresse d'un homme qui ne sait plus ce que c'est qu'être un homme. Il est paysan, fils et petit-fils de paysan. Il le dit :

— Je suis un paysan, mais un paysan sans terre. Alors je travaille à l'usine.

Il a tout légué à sa petite sœur, Marie-Antoinette, qui vient de se marier. Il n'exalte pas pour autant le monde ouvrier. Impossible de passer de la pleine nature à l'enfermement en usine sans éprouver au fond de soi une défaite. Il regrette mais il n'a pas la culture des ouvriers qui le sont de père en fils. Lui, son père montait à cheval et bénissait ses lopins de terre tous les jours. Il trouve le travail en usine moins dur que le travail de la terre et surtout bien moins satisfaisant. Pas de combat à mener chaque jour. Pas de victoire non plus en retour. Et cette inlassable répétition des gestes et des actions à rendre fou. Il le dit : « La guerre m'a été moins étrangère que l'usine. » Ce qui ne veut pas dire qu'il a aimé la guerre et qu'il la regrette. Non. Personne ne peut aimer la guerre à part ceux qui ne la font pas. Il dit son admiration pour le maréchal Pétain et sa sérieuse réserve sur Clemenceau qui reste pour lui un journaliste doublé d'un politicien qui n'a rien fait d'autre que de prolonger la guerre d'une longue année. Personne ne peut encore dire combien cette guerre a fait de morts mais il en a vu plus qu'il ne pouvait supporter d'en voir. C'est une armée de morts qui le hante. De cette guerre il n'a retenu qu'une seule chose, le mot « nous ». Il se souvient de son retour, il n'avait que ce mot dans la tête. Et ce qu'il aime chez les communistes, c'est l'emploi de ce même mot, cet « Unissons-nous ».

La prise de parole

C'est Léon qui donne à Rose l'envie de prendre la parole. Elle parle devant tout le monde et ses mots ressemblent à ceux d'une déclaration d'amour. Il y a dans l'engagement de Rose une part de poésie que la plupart des hommes de la salle ont repérée. Ils la prennent pour une suffragette qui n'aurait que le droit de vote à réclamer. Rose fait face à ses premiers accusateurs qui la renvoient à cette image. Elle ne sait pas si sa pensée n'est pas suffisamment étayée ou si la leur est déjà confite dans un discours officiel mais elle se lève d'un bond et reconnaît que, oui, elle a besoin de poésie et accroche immédiatement le regard de Léon. Poésie, c'est-à-dire ce qui l'emporte alors que rien de ce qu'elle entend ici ne l'emmène nulle part. Elle, elle veut que ça agisse directement sur elle, ici et maintenant. Elle pense que chacun a le devoir, au nom de la révolution, de modifier son propre mode de vie à l'aune de ses rêves. C'est une aventure à la fois commune et individuelle. Après ça, la révolution se fera d'elle-même au lieu de fabriquer une machine révolutionnaire qui, comme le déplora Condorcet, se transforma en une machination contre le peuple. Elle invoque les poètes, Lamartine et Victor Hugo et leurs engagements personnels pour la République. Elle rappelle que Marx lui-même a commencé par écrire de la poésie quand il était encore un jeune homme. La poésie n'empêche pas d'avoir les yeux ouverts, c'est même le contraire puisque les poètes sont des visionnaires.

Rose a un point de vue tranché sur la place des femmes dans le communisme et conclut en affirmant que si les hommes communistes ne comprennent pas que ce n'est pas aux femmes de chercher à tout prix à leur ressembler (c'est l'erreur des suffragettes, ajoute-t-elle), une révolution, une vraie révolution moderne, prônera l'inverse ! C'est aux hommes de chercher à ressembler aux femmes. Oui, elle trouve les femmes magnifiques, poétiques et fécondes dans tous les sens du terme. Qui a ouvert la voie à la révolution russe si ce ne sont les femmes en février 1917 ? Qui a ouvert la voie à la Révolution française si ce ne sont les femmes qui ont marché sur Versailles ? Elles n'ont pas besoin d'être acceptées par la communauté des hommes pour être révélées. Elle est droit dans le sillon d'Alice quand elle lui avait dit que les femmes n'avaient pas besoin des hommes pour devenir des femmes. Rose a au moins gagné le silence après son intervention.

*

Le brouhaha est revenu, quelqu'un met le piano mécanique en marche. Léon et Antoine se présentent devant Rose pour l'inviter à danser mais ils ont un problème. Ils veulent tous les deux danser avec elle.

La question est : lequel choisira-t-elle en premier ?

— Pourquoi choisir ? Et pourquoi ne pas danser à trois ?

— Hélas, ce n'est pas possible, regrette Léon.

Antoine se contente de sourire.

— Donc si je comprends bien, on veut faire la révolution mais on n'est même pas foutus d'inventer une danse ? Vous voyez bien que les femmes ont toujours un pas d'avance sur vous, messieurs.

— Ça va faire une petite ronde idiote et on risque de se ridiculiser.

— Pourquoi faire une ronde, nous ne sommes plus des enfants. Enfin moi je ne suis plus une enfant. Je propose la technique suivante : imaginez que vous dansez tous les deux et que je me glisse entre vous deux. Un temps face à vous (elle désigne Antoine) et un autre temps face à vous (elle désigne Léon). En somme, vous n'avez rien à faire, c'est moi qui fais tout le travail. Une valse à trois temps pour six pieds.

On dirait qu'ils ont toujours dansé de cette façon. Ils éblouissent. La piste se vide pour les laisser danser.

Alice sait qu'elle n'a plus rien à lui apprendre.

Septième partie

1962
Le jardin

1

« Si tu as un jardin dans ta bibliothèque, rien ne nous manquera. » Longtemps, Rose crut que cette pensée appartenait à son frère, qu'elle se contentait de la répéter, mais Cicéron l'avait écrite près de deux mille ans plus tôt. Et c'est bien Cicéron que Pierre avait lu en Italie, tous les après-midi, dans sa petite chambre tout près du Campo dei Fiori.

Tous les 21 juin les sortilèges de l'hiver disparaissaient avec le solstice d'été. Commençait alors la saison du jardin que Rose avait attendue toute l'année. Le bonheur de ma grand-mère était palpable dès le matin, même si pour la première fois sa mère ne suivrait pas le convoi. À peine levée, elle s'agitait avec une fébrilité que la fraîcheur matinale excitait avant de subir les grands abattements provoqués par la canicule de l'après-midi. Il fallait que tout soit parfait, surtout ne rien oublier. C'était toute une expédition. Mon grand-père portait dans sa remorque accrochée à son vélo le fauteuil en osier dans lequel Rose aimait s'asseoir, de la jolie vaisselle, de la faïence blanche et solide de Sarreguemines, des torchons propres, des verres à absinthe qui pouvaient contenir une grande quantité de citronnade, le panier à tricot, les vieux pull-overs à détricoter et son livre. Puis mon grand-père passait à la papeterie chez Mlle Lacoinque prendre le journal. Le pain, il l'avait acheté dès six heures du matin, directement au fournil, parce qu'il tenait à ce que j'aie du pain frais pour mon petit déjeuner. Un vrai déménagement. Ainsi le « trône » de Rose, autrement dit le fauteuil en osier, traversait les rues de Vic, et passait devant le monument aux morts devant lequel mon grand-père ne manquait jamais de soulever légèrement sa casquette, suivant le même principe que celui des signes de croix des pratiquants se présentant devant l'autel. Salut les gars ! Pendant ce temps, ma grand-mère consacrait sa matinée à préparer le pique-nique qu'elle rangeait dans deux grands paniers recouverts de torchons. Elle remplissait une gourde de citronnade qu'elle irait placer au bout d'une ficelle dans le puisard aussitôt arrivée dans le jardin pour la garder fraîche ainsi que la bouteille de rosé qu'Antoine avait tiré au tonneau. La plupart du temps elle préparait des plats simples et froids. C'était la période de la mayonnaise pour accompagner les viandes qu'elle avait fait cuire la veille ou tôt le matin et toutes sortes de salades souvent à base de haricots verts du jardin. Mon grand-père cueillait directement aux arbres les fruits pour le dessert, des abricots et des prunes. Rose prévoyait un goûter, un clafoutis aux fruits de saison, un quatre-quarts ou quelquefois une charlotte conservée dans une glacière portative remplie de glaçons. On allait se régaler en plein air, mais pas question de manger à même le sol. Elle n'avait plus l'âge ni la souplesse nécessaire pour ce genre d'exercice. Le pique-nique se déroulait à table et sur une nappe à carreaux qui faisait plusieurs jours, un coup à l'endroit et un coup à l'envers. Ensuite, dans l'après-midi, les visites commenceraient, ma grand-mère lirait son roman ou tricoterait, mon grand-père ferait une sieste dans le carré d'herbe à l'ombre et prévu spécialement à cet effet avec ou sans moi car j'avais du mal à m'endormir en plein jour. Puis il se remettrait à travailler son jardin une fois la grosse chaleur passée. Souvent je regardais ma grand-mère lire et j'attendais qu'elle me fasse la lecture à haute voix de certains passages, les plus beaux, auxquels je ne comprenais pas grand-chose hormis les longues descriptions de paysages. Il y avait un paradoxe à vouloir d'un côté que j'apprenne à lire et à écrire le plus vite possible et de l'autre côté à m'empêcher de lire des livres de mon âge. Elle voulait me faire désirer les livres et me montrer, comme une lionne le ferait avec ses petits pour leur donner le goût de la chasse, le plaisir qu'elle prenait et qui m'était encore interdit.

*

J'ai encore en mémoire des images de Mariette quand mon grand-père l'embarquait jusqu'au jardin pour profiter du grand air et des fleurs. Elle, si rétive à tout depuis qu'elle avait sombré dans la folie de la vieillesse, se laissait faire et, tenant la main de son gendre, montait dans la remorque bien fixée comme dans l'un des carrosses de sa jeunesse qu'elle avait connus sans jamais les utiliser. Elle acceptait sans rechigner qu'il l'attache au fauteuil par une sangle. Mon grand-père était particulièrement attentionné envers sa belle-mère qui, en contrepartie, pouvait tout accepter de lui. Elle lui répondait au doigt et à l'œil, sans jamais manifester la moindre résistance, avec la docilité d'un vieux chien qui répondrait à la voix de son maître. C'était un des effets de la voix de mon grand-père : c'était la seule voix d'homme qui résonnait dans cette maison. Ce que Mariette aimait dans cette voix grave n'était pas l'autorité, au contraire, elle ne résistait pas à sa douceur, surtout s'il lui parlait en patois. C'était fini. Mariette ne traverserait plus jamais le village jusqu'au jardin et plus personne sur son passage ne la saluerait comme une reine.

2

Il faisait une chaleur à crever. Mes longs cheveux collaient à mon cou et me gênaient. Ma grand-mère parut aussi agacée que moi et se mit en tête de me faire couper les cheveux en même temps que les siens qu'elle tenait serrés en un petit chignon misérable vu le peu qui lui restait sur le crâne. Elle aurait pu me les couper elle-même mais elle savait que je ne l'aurais pas laissée faire, de peur de décevoir ma mère le samedi suivant. Elle compta sur l'autorité naturelle du coiffeur.

Elle profita de ce que la boutique était vide pour s'installer la première dans un des deux fauteuils rouges face au grand miroir. M. Jauris arriva, mince, élégant dans son tablier de nylon vert, et, d'un geste assuré, la paire de ciseaux à la main, s'approcha d'elle.

— Alors, Rose, qu'est-ce qu'on vous fait ? Une couleur ? Une permanente ? Une mise en plis ?

— Ne soyez pas ridicule. Coupez-moi ça. Je ne peux plus supporter cette longueur.

— Mais vous avez...

— On voit bien que ce n'est pas vous qui portez des cheveux longs par cette chaleur. Je ne sais pas comment cet enfant fait avec une telle tignasse ! Coupez-moi ces queues de rat, d'accord ?... De toute façon, si vous n'êtes pas d'accord, c'est pareil. Coupez-moi cette misère, s'il vous plaît.

Mme Jauris, toujours bien coiffée, dans un joli tablier en nylon parme ou rose, cheveux légèrement bleutés, était préposée aux shampooings. Elle apparut sans pouvoir s'empêcher de manifester sa désapprobation d'une moue méprisante.

— Voyez, Rose, ma femme non plus n'est pas d'accord.

Ma grand-mère était en train de sacrifier la pauvre longueur de ses cheveux pour me convaincre d'en faire autant. Je ne savais pas encore qu'elle ne les laisserait plus jamais repousser. C'était sa manière de me montrer sa solidarité. Une fois le shampooing terminé, je regardai ses cheveux tomber par mèches maigrelettes autour du fauteuil. Elle n'avait pas la chevelure de ses filles !

— Coupez jusqu'aux oreilles. Comme je les portais dans ma jeunesse, une coupe au carré quoi.

— Mais, Rose, c'est plus du tout la mode.

— Je m'en fous de la mode !

M. Jauris s'exécuta contre son gré et coupa au niveau des lobes, ni plus haut ni plus bas. Une fois la coupe terminée, elle prit le peigne des mains du coiffeur et plaqua ses cheveux en arrière comme ceux des hommes gominés. Son beau visage de poupée russe aux pommettes saillantes et au regard volontaire réapparut. Cette coupe de cheveux à la garçonne qu'elle avait portée du temps de sa jeunesse lui rendait justice. C'était bien elle mais en mieux. Puis elle poussa un grand soupir.

— Tu ne peux pas savoir comme je me sens mieux ! Le thermomètre peut grimper maintenant !... Si j'étais à ta place je n'hésiterais pas.

Il lui restait un dernier argument qu'elle avait gardé dans l'espoir qu'il me ferait baisser la garde :

— Et puis c'est vrai qu'avec ces cheveux longs, c'est vraiment une petite fille.

Le coiffeur et sa femme, sans comprendre qu'elle les manipulait, abondèrent dans son sens.

— C'est vrai, une jolie petite fille !

Au risque de me blesser, elle comptait sur ce combat intérieur que je menais tout seul depuis des années et qu'elle avait parfaitement repéré. Son dernier argument me fit vaciller bien plus que la chaleur. J'acceptai de sacrifier ce que ma mère aimait le plus chez moi : mes anglaises. Et si je me mis à pleurer une fois la coupe terminée, ce fut uniquement parce que je ne m'étais pas reconnu dans le miroir du coiffeur. J'étais incapable de savoir qui me regardait dans la glace.

3

Tout était prêt, les haricots verts récoltés le matin très tôt pour les conserves, les fruits à foison pour les confitures, les rangs de salades, les dahlias et les glaïeuls en plates-bandes parfaitement distinctes pour les bouquets. Les iris, les fleurs préférées de ma grand-mère, tout autour du puisard, étaient fanés depuis longtemps mais mon grand-père jubilait à l'idée que cette année le rosier avait entièrement envahi la tonnelle. Quand Rose entrait pour la première fois de l'année dans le jardin, elle en faisait le tour. La beauté du lieu se déclinait avec tous les sens : sentir les roses, goûter l'oseille, toucher la fermeté des haricots, en prendre un et le casser entre ses doigts avant de le croquer, ou encore s'émerveiller du concert des oiseaux et des abeilles dont la société l'impressionnait, même si cette reine qui passait sa vie à pondre avait quelque chose d'un peu trop monarchique à ses yeux. Ce jardin était la création d'Antoine. Aussi ne manquait-elle pas de lui dire : « Antoine, tu as encore bien travaillé cette année, vraiment bien. » C'était plus fort qu'elle, elle voyait le travail avant de voir la beauté mais cela revenait au même. La même façon de s'exclamer. La même émotion puisque, d'après elle, il n'y avait pas de beauté sans travail.

Grâce au rosier grimpant, sous la tonnelle au centre du jardin, il y aurait pour la première fois de l'ombre tout l'après-midi sans que ma grand-mère ait à se déplacer. Fait singulier, ce fut le premier été où Rose n'utilisa pas une des ombrelles que sa mère avait fabriquées. Il en restait encore dans le grenier, des japonisantes, d'autres en dentelle mauve ou blanche, et les plus étonnantes, les ombrelles noires pour paysannes qu'elle avait conçues sur le modèle des parapluies d'hommes, une création originale qui fit en son temps la fortune de sa mère et me servait à jouer et à m'habiller en fille des temps anciens.

Si Rose aimait cette période de l'année, c'était aussi à cause de Geneviève qui venait à pied tous les après-midi, quelquefois pour ne rien dire, juste rester là et entendre Rose tourner les pages de son livre ou le cliquetis des aiguilles à tricoter. Elle aimait rire aussi, beaucoup, avec sa cousine Simone, la mère de Paul, dont le jardin était juste en face, de l'autre côté du chemin, et qui avait toujours de bonnes blagues à raconter. D'ailleurs il n'était pas rare que l'on passe d'un jardin à l'autre pour le café, une limonade ou même pour donner un coup de main : équeuter les haricots ou dénoyauter les prunes.

C'était surtout la saison où Rose savait que François viendrait passer l'été dans sa maison de famille auprès de sa sœur Irène. Cette année elle comptait bien le convaincre d'épouser sa fille. Tout comme son mari entretenait son jardin dans l'attente d'enchanter sa femme dès les premiers jours de juillet, Rose entretenait avec François une correspondance pour maintenir un lien puissant entre elle et lui, certes, mais aussi avec Louise dont elle lui parlait dans ses lettres.

Les bouteilles de rosé et de limonade avaient été immergées dans le puisard au milieu de la vase et des têtards. De temps en temps mon grand-père remontait une bouteille et venait se rafraîchir sous la tonnelle, pas longtemps, avant de repartir travailler sous le soleil, sans oublier de porter sa casquette pour éviter les insolations. Il aimait la chaleur comme personne tant il avait eu froid dans les tranchées de Verdun. C'était ce qu'il fallait comprendre quand on le regardait travailler sous un cagnard d'enfer sans jamais transpirer. En dehors de son activité maraîchère, il aimait passer des moments sous la tonnelle pour écouter les conversations de sa femme avec Geneviève ou avec Simone, et surtout avec François quand il serait de retour en juillet. Chaque été, les deux parleurs se régalaient tant de leurs échanges, de leurs divergences, de leurs découvertes ou de leurs contradictions qu'Antoine avait l'impression d'assister à une joute qui réveillait en lui le sentiment vivace de sa jeunesse, du temps de Léon et d'Alice. Pas une journée passée dans son jardin sans remercier cette femme qu'il avait épousée pour une raison profondément enracinée en lui, non pas pour fonder une famille, mais pour lui avoir offert bien avant leur mariage et avec la complicité de Léon une jeunesse à laquelle il avait cru ne plus avoir droit après quatre ans dans les tranchées. La jeunesse restait pour mon grand-père une espèce de lieu sacré qui contenait tous les germes de la vie à venir, un jardin en gestation. Après avoir quitté sa ferme et sa condition de paysan, il avait fait de son jardin un éden réinventé qui contenait toutes les beautés de l'humanité : les nourritures simples de la terre qu'il maîtrisait parfaitement et les nourritures de l'esprit grâce à Rose et François dont les extrapolations littéraires ou politiques le dépassaient quelquefois. Moi, tout en jouant avec les outils de jardinage miniatures qu'il m'avait fabriqués, je ne pouvais pas faire autrement que d'être porté, ensemencé par tout cela. Le jour où je compris que ma grand-mère avait tant tenu à ce que je sache lire le plus vite possible pour pouvoir lire les gros titres des journaux à mon grand-père fut la première grande révélation de ma vie, plus importante même que de savoir si j'étais une fille ou un garçon. J'ai d'abord pensé qu'il s'agissait d'un nouvel exercice, mais la vraie raison dépassait le cadre de mon apprentissage : mon grand-père ne savait pas lire ! Au début je ne l'ai pas cru puisqu'il me lisait des histoires le soir, il y parvenait même avec le livre à l'envers, ce qui aurait dû éveiller mes soupçons. Mais avant de savoir lire moi-même cette acrobatie me paraissait possible. Jusque-là sa femme s'était contentée de lui raconter les actualités, jamais elle n'aurait voulu humilier son mari en lui faisant la lecture elle-même devant leurs enfants. Ce fut sa façon de protéger l'image du père pour ses filles. Maintenant qu'elles avaient quitté la maison – même ma mère ne représentait plus un danger puisqu'elle n'était pas là de la semaine – les lectures à haute voix pouvaient commencer.

Antoine n'avait plus rien à craindre et pouvait supporter sans honte son mensonge.

C'est en croisant le regard bouleversé de cet homme, qui entrait de plain-pied dans la vieillesse, que s'est créé entre lui et moi un attachement solide et secret qui fonctionna longtemps sur l'admiration mutuelle et l'échange. Une fois que je lui avais lu les gros titres, les sous-titres et parfois des articles entiers (quand ils n'étaient pas trop longs), il essuyait ses yeux d'un revers de la main, se levait, me demandait de l'accompagner pour à son tour m'apprendre quelque chose en échange. C'était dans ce but qu'il m'avait fabriqué des outils à ma taille pour m'apprendre à jardiner.

4

Le temps occupé par les conversations de l'été n'était pas un temps inactif, c'était aussi celui du travail avec les pelotes de laine qui s'exerçait sur place tout en restant assis. Ainsi ma grand-mère pouvait-elle suivre et participer à une conversation en même temps que nous fabriquions, elle et moi, une pelote. Si elle maintenait un certain désordre dans sa maison, particulièrement dans la cuisine et dans sa chambre où elle entreposait des piles de journaux tels que *L'Humanité* et *La Vérité* qu'elle collectionnait, elle était douée pour faire des économies et pour recréer du neuf avec du vieux. Le principe fonctionnait sur la base simple élaborée par Lavoisier qu'elle citait à chaque occasion : « Rien ne se perd, rien ne se crée, tout se transforme. » Il fallait donc commencer par démailler les vieux pull-overs. Et pour s'assurer de ma participation elle transformait cette activité fastidieuse en jeu. Sous la tonnelle, pendant qu'elle parlait ou écoutait, je me tenais face à elle et mes bras servaient de dévidoir. J'avais tout le temps de la regarder sans être pris en faute comme cela m'arrivait, je pouvais voir son visage de près, voir comme il changeait, s'enflammait dans une conversation qui l'excitait, ou se rembrunissait quand ce qu'elle entendait ne lui convenait pas. Mais plus que tout cela, j'étais hypnotisé par la façon dont un pull-over ancien, troué ou simplement démodé, se démontait entièrement maille par maille en quelques minutes, se détricotait, pour se transformer d'abord en un grand écheveau puis en pelote. Plus la pelote grossissait entre les doigts de ma grand-mère pendant qu'elle parlait avec Geneviève ou François, plus je devais agir vite avec mes bras et mes mains pour ne pas ralentir le processus. Ça finissait par des éclats de rire qui court-circuitaient la conversation en cours et toujours par un baiser qu'elle faisait claquer sur ma joue pour me rappeler que j'étais de la partie. Je pris conscience que c'était exactement ce baiser que j'attendais, d'une part parce qu'elle n'était pas très démonstrative dans l'expression de ses sentiments, même avec un enfant, et d'autre part parce que ce baiser claquait sur ma joue avec une sincérité sans calcul et surtout sans dévoration, à la différence de ceux de ma mère qui me réduisaient chaque fois à un objet sacrificiel.

La fabrication des pelotes de laine avait un objectif précis, m'obliger à écouter ce que les adultes avaient à dire. De la même façon que Rose avait toujours été impatiente à l'idée que je sache lire et écrire, elle voulait que j'apprenne ce qui se disait l'été dans le jardin, sans filtre et sans censure : aussi bien les histoires d'amour joyeuses ou compliquées que les histoires épouvantables des camps de concentration ou les idées saisissantes en matière de politique et de littérature. Pour qu'un enfant apprenne il ne fallait rien lui cacher, ou le moins possible. On me cachait déjà suffisamment de choses sur ma propre vie. Ainsi, de dévidoir je devenais le réceptacle de révélations et de pensées que je ne comprenais pas dans leur globalité mais que j'écoutais comme une musique dont j'aurais apprécié la mélodie sans être capable d'en déchiffrer la partition.

La plupart de mes gilets ou de mes pull-overs étaient faits dans ces laines de récupération qui avaient été portées par ma mère ou par ma tante Véronique ou encore par Marie-Claire, même si ce prénom n'était jamais prononcé. Mais quand Rose parlait de « ses filles » elle pensait aux trois, je l'entendais dans sa voix. Je me sentais protégé dans ces pull-overs que j'avais vus se défaire et se refaire sous mes yeux à l'aide de deux longues aiguilles en bois ou en os. Rose, comme sa cousine Simone, était la reine des transformations. Combien de vieux draps trop reprisés finissaient en torchons, de robes en jupes, de manteaux en vestes ! La veste en velours que mon grand-père portait pour faire son jardin tout comme son tablier de jardinier étaient des chefs-d'œuvre de reprises et de rapiècements en tous genres. Elle ne créait rien, elle réinventait tout, à la différence de Marie-Thérèse qui était capable de créer des modèles dans l'esprit de la mode pour ma mère. Rose, elle, ne valait rien en broderie. D'ailleurs elle n'avait participé à aucun des trousseaux de ses filles et le petit livre de broderie qui montrait tous les points possibles de cet art ne lui avait servi que d'abécédaire pendant la première phase de mon apprentissage de la lecture.

5

La présence de ma mère perturbait la fin de la semaine au jardin. Avec elle tout pouvait à tout moment se dégrader jusqu'à former un de ces orages d'été. Depuis qu'elle travaillait dans son magasin de cristal et de porcelaine, elle avait changé. Tout le monde avait remarqué à quel point une feuille de paye à la fin du mois lui avait donné une assurance relativement factice. Lorsqu'elle arrivait parfaitement coiffée, maquillée et perchée sur ses socles en bois, l'idée du danger se formait. L'air changeait de texture, devenait plus étouffant. Elle s'agaçait très vite pour des choses souvent futiles. Le puisard inoffensif qui retenait au frais les bouteilles devenait tout d'un coup la raison de toutes ses inquiétudes. On m'avait expliqué qu'il ne fallait pas en descendre les marches car je risquais de glisser et de mourir en me noyant. Je transgressais l'interdit aussi souvent que possible quand j'échappais à leur vigilance. Ce n'était pas l'eau ni la vase qui m'attiraient mais les têtards que je récupérais dans un bocal. Ensuite je pouvais passer des heures à les regarder dans l'espoir d'assister à leur métamorphose en grenouilles. Comme les chenilles qui devenaient des papillons, je n'avais jamais assisté à leur transformation mais j'étais fasciné par leur pouvoir de mutation. Se pouvait-il que l'on puisse changer de forme et de corps comme les têtards et les chenilles ? Oui, j'en avais eu la preuve récemment avec la photographie de Pierre trouvée au grenier. La petite fille à laquelle il ressemblait enfant était devenue ce jeune homme grand, svelte, portant une jolie moustache soignée.

Les têtards répugnaient à ma mère qui ne supportait pas que je puisse trouver un intérêt à les observer. Toutes les cinq minutes elle m'appelait pour vérifier si je n'étais pas tombé dans l'eau. Les dimanches et lundis elle rapportait avec elle un canevas ou un tissu sur lequel elle avait décalqué en bleu un motif à broder, espérant que j'allais rester tranquille, assis près d'elle, sans bouger, surtout sans bouger. C'est dans ce jardin que j'ai pris conscience qu'elle n'était pas à sa place. Son absence de la semaine m'avait permis de m'ouvrir d'autres horizons au sens propre du terme.

— Il est devenu infernal depuis que je ne suis plus là.

Rose se contentait de continuer son tricot ou son livre. Autant ma mère occupait tout l'espace dans la maison, autant ici elle se liquéfiait, même ses réflexions n'avaient plus de poids, sauf si l'orage se manifestait en elle. Elle semblait n'avoir aucune autre solution pour se tirer d'affaire ou tenter de donner le change que de reprendre possession de moi comme si j'étais une sorte de bouclier qui la protégeait des agressions extérieures.

Quand ma mère n'était pas là je pouvais être dans le jardin sans y être, personne ne s'inquiétait de moi. C'était aussi le travail courbé de mon grand-père qui me donnait cette liberté et ce sentiment d'assurance. Le jardin était un monde clos, à ma taille, où nous étions peu nombreux, Rose et Antoine me surveillaient sans m'en donner l'impression. À peine du coin de l'œil.

J'avais très tôt mesuré que le jardin était un monde à l'intérieur du monde et que, paradoxalement, malgré ses murs clos, je pouvais transformer cet espace en d'autres mondes au gré de mon imagination ; alors que la place, peut-être à cause des cinq rues qui partaient en étoile, offrait des échappées qui m'obligeaient au repli. Le jardin me donnait une place que je n'avais nulle part ailleurs. Je pouvais vivre dans ce refuge, cet éden inconscient, sous la tutelle discrète de mes grands-parents. Bien plus que le puisard, c'étaient eux deux qui étaient au centre du jardin. Rose reprenait toute sa dimension impériale assise dans son fauteuil en osier avec son éventail de 1848 et mon grand-père celle d'homme tranquille et de paysan. L'équilibre était parfait. Quand on repartait du jardin avant le soir, le panier était rempli et le livre de ma grand-mère finissait sur les légumes ou les fruits. Chacun avait accompli quelque chose d'extraordinaire.

6

Quand ma mère nous rejoignit, nous étions au jardin. Nous avions passé l'après-midi avec Geneviève, la cousine Simone et son fils Paul qui avait enfin annoncé son mariage avec une jeune fille rencontrée au cœur d'une nuit agitée, presque au petit matin, au bar La Lune. Le mariage était pour l'automne. Simone s'en réjouissait et regrettait de ne pas avoir encore rencontré la jeune fille.

— La jeune femme, avait repris son fils.

— Pas utile de préciser.

— Ah si ! Je n'aime pas les filles, tout le monde le sait !

L'annonce du mariage de son cousin provoqua chez ma mère une agitation peu ordinaire dont ma coupe de cheveux devint le prétexte et moi la cible. Elle commença d'abord par pleurnicher sur mes boucles perdues bien que ma grand-mère, qui avait prévu sa réaction, ait pris soin de ramasser pour elle les mèches coupées, peut-être même pour les mettre en médaillon comme la vieille grand-mère l'avait fait avec les mèches de ses enfants morts tenues par de minuscules nœuds en velours satiné. Elle m'en voulait de ne pas m'être opposé, de ne pas avoir empêché ce massacre. Comme elle ne m'avait pas encore embrassé et qu'elle ne comptait pas le faire, je compris que la trahison ne méritait aucune pitié. D'un côté j'étais paralysé jusqu'à mes larmes qui n'arrivaient pas à couler, et de l'autre j'étais incapable de réparer ce que j'avais laissé faire. En peu de temps je vis ma mère se fissurer entièrement, sans que je puisse contenir sa folie. Au point extrême de l'agitation, elle déclara sans hésiter qu'elle ne m'aimait plus. Je ne t'aime plus. Elle le répéta sur tous les tons. Je ne t'aime plus. Je ne t'aime plus. Je cherchai avec toute ma maladresse à lui exprimer mon affection ou obtenir son pardon en m'accrochant à sa jupe mais elle me repoussa en affirmant qu'elle ne m'aimerait plus jamais.

— Louise ! On ne dit pas ça à un enfant. Ne l'écoute pas, mon chéri, elle est en colère et quand elle est en colère elle dit n'importe quoi.

La discussion entre ma mère et ma grand-mère prit une dimension jusque-là jamais atteinte. La voix de ma mère déraillait dans les aigus, mobilisant toute sa beauté : comme un animal sur le point de combattre, se redressant, se raidissant, ses mains prêtes à griffer pour affronter la tranquillité froide de sa mère, la dénonçant et l'accusant des pires choses.

— C'est toi, toi, la responsable de tout ça !

— Il a l'âge qu'on lui coupe les cheveux et en plus il fait trop chaud !

— Je m'en fous pas mal de ses cheveux ! Je ne te parle pas de ses cheveux ! C'est rien, des cheveux ! C'est un mal pour un bien !

« Un mal pour un bien » est une phrase impossible à comprendre pour un enfant de sept ans. J'avais beau me répéter ces mots, je ne parvenais pas à en tirer le moindre soulagement, comme si ces deux termes ne pouvaient pas se dire dans une même phrase.

— Pas la peine de faire celle qui ne comprend pas. Tu fais toujours celle qui ne comprend pas ! Alors je vais te le dire une bonne fois pour toutes : t'as pas de leçon à me donner ! Aucune et dans aucun domaine. Et tu sais pourquoi ? Tu le sais ? T'es même pas une mère ! Et tu ne l'as jamais été. Mais moi ! moi ! je sais qui tu es. Je le sais ! Tu les impressionnes peut-être tous avec tes livres, tes grandes phrases et ta politique mais pas moi ! Pas moi !

Elle doublait toutes ses phrases, pour gagner du temps et chercher les mots les plus violents et les plus aiguisés susceptibles d'atteindre sa mère. Avec la même volonté, elle soulevait à demi-mot des monceaux d'histoires que je ne connaissais pas mais qui de toute évidence faisaient vaciller ma grand-mère. Ma mère continua à déraper, mesurant avec délice la douleur qu'elle provoquait. Déstabilisée, Rose se rassit, sans voix, sous l'avalanche des reproches, renonçant au combat avec une incroyable rapidité comme si elle le savait perdu d'avance.

— Si la vieille grand-mère était encore là elle serait d'accord avec moi. On était toujours d'accord toutes les deux. Elle aussi savait ce que tu valais. Et elle en a souffert ! Combien de fois elle me l'a dit que tu ne valais rien et que c'est toi qui aurais dû mourir et pas ta sœur Yvonne qui était pleine de vertus !

— Louise, maintenant tu te tais.

Mon grand-père venait d'intervenir. Il fallait croire que l'enjeu était considérable. La parole de ceux qui ne parlent jamais, du moins à tort et à travers, a le pouvoir de faire cesser n'importe quel combat ou conflit. Ce fut comme s'il venait de lui dire : « Ça fait presque vingt-quatre ans qu'on te passe tous tes caprices, mais c'est fini. » Son intervention lui permit en quelques mots de reprendre sa place de mari et de père qui était restée inoccupée, sans agressivité ni menace. Ce n'étaient pas les mots qu'il avait employés qui avaient rétabli la situation, c'était sa voix grave.

Ma mère quitta le jardin prétextant qu'elle avait un rendez-vous. Ma grand-mère eut du mal à reprendre son tricot. Cette petite phrase : « Maintenant tu te tais », dite avec une implacable justesse et une droite détermination, eut le pouvoir de ramener le silence, et avec le silence la tranquillité et la poésie dans le jardin.

7

François Kramp se présenta début juillet dès son arrivée avec sa sœur pour saluer ma grand-mère avec la dévotion d'un pèlerin. Irène parut plus inquiète que d'ordinaire ; son histoire d'amour avec le soldat Julius en Algérie avait pris de l'ampleur et elle n'en avait toujours pas parlé à son frère. Rose ne dit pas un mot sur le sujet. Cette première visite était le signal de l'été.

— Rose, j'ai une chose très importante à vous dire, déclara François.

Son excitation faisait encore vibrer davantage sa timidité naturelle et Irène manifesta d'un geste qu'elle n'avait rien à voir là-dedans.

— Quoi donc, mon petit François ?

— Voilà...

Elle s'attendait à ce qu'il lui demande la main de sa fille et se réjouissait à l'avance de sa réponse qu'elle avait mûrement réfléchie.

— Allez, François. Vous me mettez au supplice, là !

— Rose !

— Oui !

— J'ai décidé d'écrire un roman. Non ! J'ai commencé un roman.

Il le lui dit avec un empressement qui ne laissait aucun doute sur le plaisir qu'il croyait lui faire. Mais ce qui aurait dû la ravir provoqua en elle un réel recul. Elle était presque embarrassée par cette annonce même si elle lui répondit de manière positive, enfin presque :

— Quelle bonne nouvelle, François. Surtout quand on sait à quel point c'est difficile d'écrire un roman.

Il n'était pas dans ses habitudes quand elle encourageait quelqu'un de commencer par lui faire remarquer la difficulté du projet.

— Oui, vous avez raison. Mais serez-vous au jardin demain ? À moins que la « saison » ne soit pas encore ouverte, osa-t-il en souriant comme pour désamorcer le léger malaise qu'elle venait de provoquer.

— Si, si, François, la saison est ouverte. On n'attendait plus que vous.

— Demain au jardin, alors. Tradition oblige. Votre avis est important pour moi, vous le savez ?

— Oh ! Mon avis... Je n'ai plus les mêmes facultés qu'avant. Je vieillis, vous savez. Mais oui, au jardin ce sera bien.

— Vous avez bien de la chance, Rose, ajouta Irène, parce que même moi je n'ai pas pu en savoir plus. On dirait un secret d'État. Et ce n'est pas faute de l'avoir questionné.

Rose n'allait pas fermer l'œil de la nuit pour une raison que François ne pouvait même pas imaginer. D'une part, il n'avait pas demandé de nouvelles de Louise et, d'autre part, quelque chose dans ce projet de roman la tracassait. C'était comme si François lui échappait non pour elle-même mais eu égard à sa fille. Louise risquait d'être bien trop impressionnée par un homme capable d'écrire un livre. C'est une chose que Rose avait souvent remarquée : l'incroyable capacité à idéaliser les écrivains chez ceux qui ne lisent pas.

Rose pensait sincèrement que Louise aurait pu être la femme d'un professeur mais pas celle d'un écrivain. Livrée à elle-même, elle n'aurait pas supporté l'isolement dans lequel l'écriture de son mari l'aurait jetée et se serait perdue dans cette vie moderne à laquelle elle aspirait. Qu'aurait-elle fait de ce temps libre dans le silence de la maison d'un écrivain ?

*

François n'arriva pas en début d'après-midi mais vers les seize heures. Ma grand-mère était plongée dans son livre, bien installée, les coudes sur la table, attendant que s'ouvre la porte du jardin et qu'apparaisse enfin François. Elle était prête. François salua mon grand-père avec qui il échangea quelques mots avant de s'installer sous la tonnelle où il reprit la même place que les autres années, à la droite de ma grand-mère qui avait prévu un siège à cet effet, une chaise paillée.

— Bonjour, Rose, veuillez pardonner mon retard mais après le déjeuner je suis allé faire une sieste, comme un petit vieux.

— Je dirai plutôt comme un enfant… Asseyez-vous vite.

— Oui, c'est surtout ma sœur qui me fait trop à manger et comme elle est bonne cuisinière je ne résiste pas. Je me demande si elle va se marier un jour.

— Ça finira bien par arriver.

— Vous croyez ?

— J'en suis sûre. J'en suis même bien plus sûre que pour Louise.

Là non plus, François n'eut aucune réaction.

— C'est difficile de savoir si elle va bien ou pas mais elle sera là en fin de semaine. Elle ne sera en congés qu'au mois d'août.

— Je serai sûrement en train d'écrire justement. Je voudrais profiter de cet été pour avancer.

Il allait avoir peu de temps à lui consacrer. C'est ce qu'il voulait dire et Rose le comprit parfaitement.

— Alors ce roman ? Je suis impatiente.

François se remua comme un ver de terre sur sa chaise. Puis il commença après avoir allumé une cigarette pour se donner une contenance.

— Si je vous dis Serge Ivanovitch et Marie Filimonovna mais aussi Stépane Arcadiévitch et enfin Lévine et Kitty, vous, vous savez de qui je parle ?

— Oui, ce sont des personnages d'*Anna Karénine*. Où voulez-vous en venir ?

— Le roman de Tolstoï date de 1880. Trente-sept ans avant la grande révolution de 1917. Alors voilà, je vais imaginer ce que ces personnages sont devenus. Pas les plus importants, ni les aristocrates qui ont sûrement dû fuir à l'étranger, mais les personnages secondaires qui occupent malgré tout une place importante chez Tolstoï. Même essentielle, il me semble. Ont-ils participé à la révolution russe ? L'ont-ils subie ? La révolution les a-t-elle transformés ou a-t-elle révélé leur vraie personnalité ? On peut imaginer qu'ils ont pour la plupart une trentaine d'années en 1880. Certains sont plus jeunes comme Lévine et Kitty ou même Marie Filimonovna. Avoir vingt ans au moment d'une révolution est sûrement l'âge le plus facile pour la supporter ; mais connaître une révolution à quarante, cinquante ou soixante ans, c'est autre chose, non ? Sergueï par exemple aurait eu soixante-quatre ans en 17 ;

— Le frère de Lévine ?

— Oui, malgré ses origines aristocratiques et terriennes il a toujours rêvé sinon de la révolution – il ne prononce le mot qu'une seule fois dans le roman –, du moins d'un grand changement en Russie. Je me dis qu'il a dû vivre cette révolution avec un enthousiasme incroyable !

— C'est un alcoolique et les alcooliques sont de grands insatisfaits. Même s'ils ont rêvé la révolution ils seront toujours déçus.

François marqua un temps d'arrêt, surpris et légèrement décontenancé.

— François, on peut imaginer qu'une révolution ne soit pas tout à fait conforme à ce qu'on a rêvé ou imaginé. Vous ne croyez pas ?

— Oui, oui, bien sûr...

— D'autant que le frère de Lévine est un dilettante. Il a une vision juste de l'avenir mais il est possible qu'il ait confondu Révolution et Paradis. Si c'est le cas, il ne peut pas y trouver son compte.

— Et qu'est-ce qu'il lui arriverait alors ?

— Une balle dans la tête, je suppose. Que voulez-vous faire d'autre ? D'ailleurs ce n'est peut-être pas seulement la déception qui peut nous conduire à ce geste fatal, c'est, je crois...

Elle s'interrompit comme si François, malgré lui, venait de la replonger dans un épisode douloureux de sa vie passée. Elle luttait. On le voyait à sa façon de ranger soudain tout ce qui se trouvait sur la table, les pelotes, les serviettes du déjeuner, son livre ; une façon de tromper le temps en se servant des objets pour tenter de reprendre le cours de sa phrase, et une fois la phrase prononcée, sans émotion, reprendre le cours de sa vie ordinaire. François ne chercha pas à intervenir et supporta cette interruption comme le silence qui s'ensuivit, même si au fond de lui il brûlait d'envie de savoir à qui elle avait manifestement fait allusion sans le vouloir. L'histoire devait être d'importance pour que si longtemps après elle parvienne encore à la bâillonner.

Enfin, par une espèce de miracle inexplicable, elle se mit à sourire, se moquant presque d'elle-même avant de reprendre le cours de sa pensée.

— Je parle trop vite. La déception ne serait peut-être pas le déclencheur du suicide d'un Sergueï. Imaginez que vous mettiez tout en œuvre dans votre vie pour que vos vœux se réalisent et qu'une fois réalisés ils ne correspondent pas à votre idéal, ça c'est la déception. Mais ce n'est pas suffisant pour mourir, vous ne croyez pas ? Imaginons que vous rêviez d'une révolution, que celle-ci ait lieu mais qu'elle ne serve pas vos rêves, alors vous savez qu'il ne pourra pas y avoir une seconde révolution. C'est foutu !

— Et ça, pour vous, Rose, c'est le désespoir ?

— Non, non, non ! Je me fais mal comprendre ! Au contraire, vous vous mettez à espérer à nouveau, comme un fou. C'est ce que vous avez fait toute votre vie mais, vous savez, François, il n'y a rien de plus épuisant que de passer sa vie à espérer. Il faut entendre le désespoir comme la fin de l'espoir épuisant, ça vous apaise dans un premier temps et ça vous tue dans un second. Enfin, je crois. Dans le cas de Sergueï qui est un alcoolique notoire, une balle dans la tête paraît plus efficace. Mais je n'en sais rien. Après tout c'est vous l'écrivain.

— Je savais bien que je devais venir vous voir, Rose ! Pourquoi n'ai-je pas pensé à ces choses avant ?

— Vous n'avez jamais remarqué que, lorsqu'on finit d'espérer, quelque chose s'apaise en nous ? Mais la contrepartie c'est que notre esprit et notre corps se ramollissent.

— Et vous, vous continuez à espérer ?

— Oui, puisque la révolution n'est toujours pas arrivée. Celle que j'attends.

— Ce qui veut dire que vous n'avez pas renoncé ?

— C'est ça. La révolution russe a été un déclencheur, je le reconnais. Même si j'étais très jeune, je ne l'ai jamais vraiment idéalisée. Quant aux Chinois, il faut les remercier, ils nous montrent tout ce qu'il ne faut pas faire au nom du marxisme. Avez-vous refait les liens des discours révolutionnaires de 1917 avec les discours de Sergueï dans le roman ?

— Oui, bien qu'ils restent vagues. Ce sont plutôt des professions de foi contre le système tsariste que des discours proposant une autre manière d'envisager l'économie et la société.

— C'est un bon début. Vraiment, François, je trouve votre projet ambitieux mais il doit vous demander un travail considérable. Il est possible qu'après la révolution Serge Ivanovitch ait occupé un poste clé dans la nomenclature du Parti, c'est même probable, et peut-être même auprès de Lénine, voire de sa magnifique femme Nadejda Kroupskaïa, ou d'Alexandra Kollontaï.

— Qui ?

— Alexandra Kollontaï. Ce n'est pas une héroïne de Tolstoï. Vous ne la connaissez vraiment pas ?

— Non. Il me semble avoir déjà lu son nom mais je ne la connais pas.

Si, d'un côté, Rose tentait de décourager François d'écrire un roman, elle ne pouvait s'empêcher de se laisser emporter par le plaisir qu'elle avait d'échanger sur des sujets aussi rares.

— Voilà un grand sujet de roman. Enfin, moi, si je savais écrire un roman c'est sur cette femme que j'écrirais. D'abord elle a les mêmes initiales qu'Anna Karénine. A. K. Ensuite elle vient du même milieu et elle est aussi d'une grande beauté. Vous conviendrez que cette beauté est le piège d'Anna Karénine. Elle n'est pas aimée pour ce qu'elle est, pour ce qu'elle pense, pour sa capacité à enthousiasmer les idées et les projets. Elle est juste aimée parce qu'elle est d'une beauté exceptionnelle. Mais à la différence de l'héroïne de Tolstoï, Alexandra Kollontaï a un cerveau qui lui permet de penser le monde et non plus de sonder ses sentiments et ses émotions de femme. Or, quand on pense, vous le savez bien, François, on ouvre son regard, et quand on ouvre son regard on est capable d'affronter la réalité. C'est ce qu'elle fait très jeune, la petite Alexandra. Et très jeune, elle s'oppose aux mauvais traitements que subissent les serviteurs et les paysans que sa famille retient en esclavage. Elle s'y oppose. Tout est là. S'opposer. Dire non. Comme Antigone. On a beau faire et on a beau dire il n'y a pas d'autre moyen pour s'indigner. Ce n'est pas grand-chose ce petit mot de rien du tout, trois lettres, mais c'est le plus beau mot de la langue française ; et il en va de même dans toutes les autres langues je suppose. Alexandra dit non. Elle épouse quand même un aristo auquel elle fait un enfant, comme Karénine. Elle ne pressent pas les changements qui s'annoncent en Russie, elle est seulement en rupture avec son monde d'origine.

Très vite elle se reconnaît et sympathise avec la pensée socialiste, puis communiste. Très vite aussi, elle comprend qu'elle a besoin de se forger une culture politique solide si elle veut affronter les années à venir. Elle quitte non seulement la maison paternelle mais aussi le pays natal et se rend en France pour faire son « apprentissage ». Tous les grands révolutionnaires sont passés par la France. Et il ne fait aucun doute que c'était pour embrasser le sol du pays qui a inventé la Révolution et la Déclaration universelle des droits de l'homme. Ceux de 1789 nous protègent, comme les saints protègent les croyants.

François était quasiment en état d'hypnose et mon grand-père qui entendit du fond du jardin la voix de sa femme s'emballer ne manqua pas de les rejoindre pour écouter.

— Je lui parle de notre Kollontaï. Il ne la connaît pas.

Mon grand-père se contenta de soulever sa casquette en même temps que ses gros sourcils, ravi de connaître quelque chose que le jeune professeur ignorait.

— Il y a vraiment beaucoup de points communs entre Alexandra Kollontaï et Anna Karénine en plus de leurs initiales. Ce sont de grandes amoureuses et leurs maris ont pris leurs enfants avec la bénédiction de toute la société russe. Mais pas question qu'Alexandra meure en se jetant sous un train ! C'est Tolstoï, j'en suis sûre, qui a aidé Alexandra quand elle a tout perdu jusqu'à son fils. La seule question qu'elle se pose, la seule qui soit légitime pour une révolutionnaire est : quelle image laissera-t-elle plus tard à son fils si elle n'a pas participé au soulagement du monde et à son évolution ? C'est pour ça qu'elle accepte de perdre son enfant. C'est une vraie question, François, dont la réponse dépend de la réussite ou non de la révolution.

François écoutait avec une attention d'écolier, sans vraiment participer, comme si elle voulait lui démontrer qu'on ne pouvait pas écrire un roman sans avoir vécu un certain nombre de choses, et de choses difficiles.

— La rupture entre cette femme et son enfant a dû être déchirante mais le plus extraordinaire c'est que non seulement elle ne se jette pas sous le train comme Anna, mais elle le prend ! Elle prend le train, François, et elle quitte son pays pour la France. C'est là qu'elle retrouve Lénine et la magnifique Nadejda. J'ai une affection particulière pour la femme de Lénine.

— Ça, j'avais compris il y a longtemps, Rose ! Parce qu'elle était une grande révolutionnaire ?

— Pas seulement. Avez-vous vu des photographies d'elle ?

— Oui

— Jeune ?

— Non, quand elle était plus âgée, les photos de l'enterrement de Lénine.

— Je les connais aussi, elle semble détruite. Pas seulement parce que son homme est mort. Elle s'y attendait un peu après sa paralysie... C'est parce qu'elle comprend que la révolution est finie et que non seulement elle restera inachevée mais qu'elle sera pervertie. Y a de quoi être détruite. La littérature est pleine de femmes détruites par l'amour et c'est épuisant, mais là c'est autre chose : c'est la ruine de toute une vie à espérer tout en sachant que si les souvenirs d'une grande histoire d'amour peuvent vous consoler, les souvenirs des combats et des privations seront comme un poison. Vivre avec Lénine ne devait pas être une sinécure, surtout qu'elle a tout supporté, ses infidélités et ses maîtresses. Ses maîtresses qui l'accompagnaient dans le train le ramenant en Russie. La belle Inès Armand et Alexandra. Nadejda a tout accepté au nom de la révolution et de ce monde nouveau qu'ils allaient inventer jusqu'à faire exploser la vision bourgeoise et romantique de l'amour.

— Et... Alexandra, elle a retrouvé son fils quand elle est revenue ?

— Ah, vous êtes bien un romancier, François ! Eh bien non ! Même si je crois qu'elle l'a retrouvé plus tard. Mieux que ça. Elle va d'abord rencontrer l'homme de sa vie ! Un jeune moujik de vingt ans son cadet. Il est à peine plus vieux que son fils. Entre eux c'est la passion. Et leur histoire est la preuve même que la révolution est possible. Mais je vous embrouille, il y a si longtemps que je n'ai pas parlé d'elle. Elle est bien plus pour moi qu'une de ces grandes femmes de l'Histoire, elle est le lien indéfectible qui me relie à une femme que j'ai connue et aimée même au-delà de sa mort. Je suis désolée mais ce souvenir me fait encore pleurer. Il faut me pardonner.

— Vous êtes largement pardonnée.

Elle essuya ses larmes avec une des serviettes du pique-nique et reprit là où elle s'était arrêtée.

— Mais vous imaginez ça : un moujik analphabète et une aristocrate cultivée ! Comment ne seraient-ils pas devenus le symbole ardent de cette révolution ? C'est normal, non ?

— En quoi est-ce normal ? Je trouve ça plutôt exceptionnel.

— François ! Romancier peut-être bien mais j'oublie quelquefois que vous êtes si jeune. Ce qui n'est pas un défaut puisque c'est ce que tout le monde voudrait revivre, moi la première... Il n'y a pas de grands événements historiques sans grandes histoires d'amour qui les accompagnent. Ce sont peut-être bien les seules histoires d'amour qui vaillent parce qu'elles ne nous isolent pas du monde. Au contraire elles le transforment.

François alluma une cigarette, vaincu, et fit mine de réfléchir pour ne pas avouer son ignorance dans ce domaine.

8

À cause d'infimes changements, des fleurs qui s'étaient davantage ouvertes après la fraîcheur de la nuit, des rangs de légumes qui avaient été ramassés la veille, de la lumière jamais la même et du bourdonnement des insectes, le jardin avait le pouvoir d'effacer chaque jour et de le remplacer par un nouveau. Un inconnu d'un certain âge entra dans le jardin. Grand, d'une belle prestance malgré son âge, chauve avec une moustache fournie. Mon grand-père l'avait reconnu tout de suite et s'était arrêté de travailler sans pour autant se déplacer jusqu'à lui pour le saluer. La myopie de ma grand-mère l'empêcha de le reconnaître mais quand elle réussit à mettre un nom sur cette silhouette en contre-jour qui s'avançait vers elle, juste après avoir mis sa main en visière, je l'ai vue chanceler. C'était surprenant de voir une femme de cet âge redevenir en quelques secondes une jeune fille. Comme si ce double en elle, longtemps enfoui, ne demandait qu'à se manifester. Comme si la jeunesse n'était pas morte à tout jamais et qu'il suffisait d'un événement miraculeux pour la ressusciter. Je lui servis d'appui bien plus que de dévidoir pour les pelotes et il ne lui était pas venu à l'esprit de me congédier comme si elle avait voulu que je sois témoin de la suite du miracle. L'inconnu s'approcha de la tonnelle. Pour échapper au sortilège Rose rompit le charme de cet état de bonheur apparemment absolu par une phrase d'une grande banalité.

— Léon ! Si je m'attendais !

Elle ne l'avait pas vu depuis vingt-quatre ans. Debout, son corps tout entier d'ordinaire si présent, si rassurant, trahissait son malaise : elle avait vieilli, elle avait pris du poids, elle portait des lunettes qu'elle retira d'ailleurs pour dégager son regard. Mon grand-père reprit son travail après avoir salué d'un geste de la main et de la casquette l'intrus comme il l'aurait fait pour n'importe qui.

L'apparition de la silhouette vigoureuse de Léon avait dérangé quelque chose dans l'ordre parfait que mon grand-père avait savamment organisé dans son jardin. Léon occupait tellement l'espace de tout son corps d'homme qu'on ne voyait plus que lui. Elle n'était plus ma grand-mère à ce moment-là, elle était redevenue Rose. Et, pour la seule fois de ma vie, mon grand-père, bien qu'il ne quittât pas sa place, m'apparut en guerrier, prêt à bondir, peut-être à tuer si la situation tournait à son désavantage. Tout comme la jeune fille enfouie dans le corps de Rose ne demandait qu'à surgir, de la même façon le soldat de la guerre de 14, pas plus éteint que les volcans, ne demandait qu'à montrer sa bravoure face à l'ennemi. L'équilibre des forces était à son paroxysme. Le jardin devenait un théâtre dont la tonnelle était la scène.

— Si je te dis que tu n'as pas changé tu ne me croiras pas.

— Je ne te crois pas. Tu boiras bien quelque chose.

— C'est gentil mais je passais à tout hasard, on est venus au cimetière et ma femme doit m'attendre dans la voiture.

— Bien sûr, Marie-Louise ! Comment va-t-elle ?

— Je crois qu'elle va bien mais tu sais…

— Je suis contente de te voir.

— Moi aussi je suis heureux de te voir. Tu es… Enfin… Ça fait longtemps que je n'ai pas eu de tes nouvelles. On m'a dit que ta mère était morte.

— Oui.

Je ne savais rien de leur histoire, je sentais seulement que cet homme occupait encore une place essentielle dans la vie de ma grand-mère qui n'avait pourtant plus rien d'une femme séduisante, comme ses filles pouvaient l'être de la façon la plus ostensible, voire sulfureuse. Tout se passait dans leurs regards, dans la façon si évidente qu'ils avaient de se regarder, comme si l'image des corps transformés par la vie et le temps n'avait plus d'importance. L'espace d'un instant Rose et Léon ne furent plus dans le jardin, plus dans le village, plus dans le présent. La puissance de leur histoire avait eu le pouvoir d'abolir le jardin. Prise soudain d'une extrême fatigue comme si ce voyage temporel l'avait épuisée, elle se rassit et mit fin à cette effraction.

— Préviens-moi la prochaine fois que tu viens au cimetière.

— Je voulais juste te poser une question.

— Je t'écoute.

— Est-ce que c'est toi qui entretiens la tombe de ma mère ?

— Pourquoi tu me demandes ça ?

— Parce que je ne vois pas qui d'autre pourrait le faire. Elle n'a plus personne ici. Et elle n'était pas non plus très aimée.

— Oui, ça m'arrive de temps en temps. Je remets juste les choses en ordre sur sa tombe.

Elle venait de dire la phrase qu'il attendait, celle d'une belle-fille aimante qui prendrait soin de sa belle-mère. Toutes les erreurs commises, toutes les beautés, tous les regrets venaient de le traverser. Ses yeux d'un vert fatigué se remplirent de larmes sans couler. Et pour mettre fin à cette parenthèse du passé le plus douloureux pour eux deux, elle tint à préciser les choses et à les remettre à leur place.

— Je relève les pots que le vent a fait tomber, c'est vrai, mais je ne la fleuris pas.

Léon prit cette mise au point comme il se devait, eut un léger sourire comme s'il retrouvait la Rose qu'il avait aimée, d'une droiture et d'un naturel sans concession. Il avait l'air heureux d'avoir réussi ce prodige.

— Je dois y aller, je suis vraiment très heureux de t'avoir revue.

Rose se tourna vers mon grand-père :

— Antoine, Léon s'en va !

C'était une façon de lui dire : baisse la garde, tout va bien, tu n'as plus besoin de t'inquiéter. Et mon grand-père, comme il l'avait fait quand Léon était entré dans le jardin, donna un coup de pouce dans sa casquette en signe d'adieu. Avant de partir Léon jeta un coup d'œil rapide sur la table et son regard se posa sur le livre que lisait ma grand-mère.

— *Crime et châtiment* ! Tu ne l'avais pas lu ? demanda-t-il en s'emparant du volume.

La question ne lui parut pas déplacée. Bien au contraire elle eut la certitude à ce moment précis qu'il venait d'ouvrir une brèche dans la masse des souvenirs afin de lui rappeler ces heures lointaines passées ensemble à lire les auteurs russes.

— Vois-tu Léon, l'avantage avec les livres, à la différence de la vie il faut bien le reconnaître, c'est qu'on peut revivre toutes sortes de choses en les relisant.

Aucun autre mot ne fut ajouté. Léon reposa le livre sur la table.

— Moi j'ai peur de relire les livres.

— Ta femme doit s'impatienter, Léon.

Léon, sagement éconduit, prit la direction de la sortie en regrettant sûrement de ne pas être celui qui avait conçu et travaillé ce jardin pour elle. Jamais je n'avais vu auparavant dans le regard de ma grand-mère autant d'émoi ou d'effroi. Difficile de distinguer les deux états. Elle le regarda s'en aller. Mon grand-père regardait ma grand-mère. J'avais l'impression que le jardin s'allongeait, tant cet homme robuste prenait son temps pour atteindre la porte. En chemin il coupa une rose jaune qu'il emporta avec lui. Rose ne le quitta pas du regard jusqu'à ce qu'il ait disparu. Elle se rassit et respira à nouveau. Je repris mon rôle de dévidoir, et elle, le travail de la pelote.

Huitième partie

1924

La lettre d'Alice

Rose, ma très chère Rose,

Je ne désespère pas du monde. Je désespère de sa capacité à contenir en lui les germes d'un changement en profondeur. Tout me semble si entravé. Même les discours de nos amis ne remplissent pas mon ambition. Est-ce une ambition ? Un rêve ? Une idée folle ? Je ne sais plus comment définir cette révolution. Mais il y a pire. Je désespère de ma capacité à réussir ce tour de force pour moi-même. Je pourrais faire comme beaucoup et m'arranger de ces grandes idées qui finissent par n'être plus que des mots habiles pour accéder au pouvoir. Mais au fond, et si je veux être honnête, c'est de moi que je désespère le plus. Il y a quelques jours tu m'as fait remarquer que j'évoquais souvent la mort. Je ne m'en rendais pas compte et j'ai dû te répondre une banalité, comme toujours quand on est surpris. J'y ai beaucoup réfléchi et je me dis aujourd'hui que c'est sûrement une façon de m'habituer à l'idée que ma vie touche à sa fin. Ai-je eu besoin de banaliser cette idée au point d'effacer toute crainte et de placer dans la mort une plus grande confiance que dans la vie ? On ne peut pas accepter de mourir sans être sûr, ne serait-ce une seconde, que la mort vaut mieux que la vie. Tu vois, j'écris cette phrase sans être certaine d'avoir atteint cette plénitude. Mais si tu lis cette lettre, alors cela voudra dire que j'ai réussi. Et si j'ai réussi ce prodige, cela voudra dire qu'à ce moment-là j'ai été heureuse de franchir le pas. N'en doute pas !

Le combat révolutionnaire, l'utopiste combat pour une révolution totale du monde ne m'a au fond servi qu'à supporter la mort de Pierre.

À force, je le crois sincèrement, je me suis fatiguée à produire et prolonger ce rêve chaque jour, chaque minute, pour donner un sens à ma vie qui sans Pierre n'en avait plus. Fatiguée de me battre. Pas des combats que nous menons, ni de me battre contre les autres, mais contre moi-même qui ne crois plus en rien. Je n'ai plus de rêve et tu m'impressionnes quand je vois à quel point tu es une aussi grande passeuse de rêves que ton frère. S'il s'est engagé dans cette guerre avec l'ardeur que tu lui connais, c'est parce qu'il avait déjà rêvé l'après-guerre. Il pensait que le sacrifice en valait la peine. Il a vécu la guerre comme une révolution, comme un acte politique. Aucune naïveté à cela. Ou la pire de toutes.

Ma fatigue vient aussi d'une chose presque honteuse, « presque » parce que j'en ai éprouvé du plaisir : croire que Pierre viendrait frapper à ma porte en pleine nuit. Ce n'est pas de la folie d'espérer une chose impossible tout en la sachant impossible, c'est la preuve d'un désespoir réel, celui qui te fait espérer au point de ne pas te laisser tranquille. Ne plus en dormir. Attendre. Écouter le moindre bruit. J'ai épluché les journaux, non plus pour y trouver les prémices ou les signes de la révolution comme je l'avais si longtemps fait, mais pour y trouver une de ces histoires qui racontent le retour de soldats que l'on croyait morts. Pourquoi n'ai-je pas eu cette chance aussi romanesque, un miracle en somme, dont seuls les romans sont capables ? Un colonel Chabert que j'aurais reconnu sur-le-champ et avec qui j'aurais repris le cours de ma vie. Et le cours de notre vie aurait nécessairement été heureux. Comment reprendre le cours de ma vie sans lui ?

Et dire que j'ai toujours pensé que le romantisme, cette paralysie de la pensée, était l'état le plus dégradant de la condition humaine. Et voilà que j'y suis entièrement soumise. C'est cela qu'il faut que tu comprennes, ma petite Rose : rien de tout ce que j'avais construit intellectuellement n'est venu à mon secours. Tout est entré en collision, cette révolution qui ne vient pas et qui ne viendra pas comme je l'ai rêvée, et Pierre qui ne viendra plus m'aimer comme je l'ai rêvé aussi. Rien ne vient. Tout se fige. Les morts ne continuent pas à nous aimer avec la même ardeur. Les fantômes d'amour n'existent pas. Le miracle d'amour pèse de tout son poids et demande son tribut. L'amour de Pierre – et je sais qu'il m'aimait – est mort avec lui ici-bas. Quant à l'amour que je ressens toujours, à chaque seconde, et qui fait encore battre mon cœur, il n'est plus que douleur. Il y aurait quelque chose d'injuste à vivre ces grands changements sans lui. Je sais qu'avec lui nous aurions fait bien plus que les traverser, nous aurions été les acteurs passionnés de cette révolution. Nous l'avions déjà faite dans notre vie, tu sais ; mais nous n'avions jamais évoqué ce qu'il adviendrait si l'un de nous disparaissait. Notre mort était si loin, si inconcevable, même quand il est parti à la guerre. Nous étions invincibles. Je m'en veux presque d'avoir banalisé cette guerre qui a tout pris sur son passage. Si j'étais la femme lucide que j'ai toujours cru être, je devrais mieux raisonner et me persuader que quelqu'un d'autre m'attend, que ma vie n'est pas finie, croire ou espérer que quelqu'un que je ne connais pas serait capable, un jour, de me donner autant de bonheur que Pierre. Sa disparition ne devrait pas m'entraîner sur ce chemin funeste, comme on dit dans les tragédies. Mais c'est une tragédie. Et il n'y a pas de tragédie sans une certaine joie d'en finir. Pourquoi vivrais-je alors que sa vie s'est arrêtée dans une guerre ? Une guerre n'est pas une maladie ou un accident, c'est une machine à tuer les jeunes hommes, c'est le Sphinx à l'entrée de Thèbes qui ne trouve aucune réponse satisfaisante à la peur.

Le romantisme est ce contre quoi j'ai lutté toute ma vie, c'est une bassesse, une baroquerie des sentiments, et voilà que je m'y englue si profondément que je n'arrive plus à m'en extirper. Je suis rattrapée par le siècle passé dans lequel je suis née. Une question me vient en t'écrivant : est-il possible que le romantisme se soit immiscé sournoisement dans la grande idée de la révolution ? Ce serait la pire des choses.

Avant de connaître ton frère (j'aime dire qu'il est ton frère parce que dès l'instant où je t'ai vue je t'ai mise dans mon cœur), avant donc de connaître ton frère, j'étais entièrement dévouée à l'idée de la révolution. Pas d'une révolution mais de LA révolution, celle qui allait remettre tout à plat, bien plus encore qu'elle ne l'avait fait en 1789. On oublie que les révolutions ont lieu parce qu'elles ont nourri notre conscience des injustices. Et la plus grande d'entre elles est la condition des femmes. Écoute les grands hommes qui font les révolutions, ils n'ont jamais un mot pour les femmes si ce n'est pour les condamner. Toutes les femmes qui ont soutenu la Révolution française ou ont cru que cette révolution était une opportunité pour se faire entendre ont fini sur l'échafaud ou dans des asiles, comme la vaillante Théroigne de Méricourt qui, dans son isolement psychiatrique, dans ce tohu-bohu, ce désordre intérieur jeté dans le silence et dans le vide, écrivit sans fin sur les murs de sa cellule son testament de femme, à tel point qu'il en devint illisible. On pourrait se dire que plus d'un siècle plus tard les choses ont changé, mais non. Crois-moi, la condition des femmes est le seul véritable combat que les hommes ne voudront jamais mener. Les femmes socialistes sont leur épine dans le pied. Ils pensent aux ouvriers, jamais aux ouvrières. Ils conçoivent des systèmes économiques, mais aucun système social cohérent et réellement viable où les femmes tiendraient un autre rôle que celui de ménagère et de mère. Observe-les. Ne les juge jamais. Ne te fais pas embobiner, ma colombe, par les beaux parleurs qui ne savent que répéter la pensée du Parti. C'est valable pour tous les partis. Mais c'est impardonnable pour des socialistes, et pire encore pour des communistes. Tous les communistes croient en un paradis sur terre. Les militants ! Ni Marx, ni Engels. Tu vois bien que nous ne sommes pas capables d'inventer un mot et qu'il nous faut emprunter cette idée au vocabulaire de la religion. Un nouvel ordre du monde, oui, mais comment y parvenir dans une société où les principes de la famille bourgeoise resteront inchangés au cœur du projet ? Ce n'est plus une promesse, c'est un mensonge. Je le sais maintenant. La famille est une organisation hiérarchisée à l'image des pouvoirs en place. Si le monde n'évolue pas avec la volonté de détruire la structure de base de la famille, de la repenser, tout le reste ne peut être qu'un piège.

Pierre n'appartenait pas à ces hommes qui imaginent l'avenir du monde sans les femmes. Ils sont peu nombreux mais ils existent. Je n'étais déjà pas d'une nature docile, je le reconnais, mais j'avais sans cesse l'impression de me cogner aux murs de ma cage dorée, que ce soit avec mon père ou avec mon mari. Ce qui faisait de moi dans le meilleur des cas une femme impossible ou infernale, et dans le pire une capricieuse ou une folle. Pierre était l'homme que j'attendais sans le savoir, même s'il était plus jeune que moi. J'aurais dû me douter que seul un homme jeune pouvait me délivrer des hommes des autres temps. Il a permis que toute cette partie enfouie dans ma forteresse se libère. La forteresse ! Notre forteresse. Tout dans nos vies de femmes concourt à construire autour de nous une forteresse invisible qui contient notre malheur d'être nées femmes, à grands coups d'éducation, de principes qu'on nous met dans le crâne, sur la tenue à adopter, sur notre place discrète et décorative dans le monde, sur la conduite respectable à tenir selon les circonstances, et surtout sur l'Amour qui serait une faiblesse, tandis que la fidélité serait la plus grande des vertus, et le sacrifice de nos vies à la famille avec un mari et des enfants, le plus beau des sacerdoces. Pourtant nous ne sommes rien puisque nous ne créons rien, et surtout nous ne produisons rien (pour utiliser une expression si chère à nos amis communistes). Mais si, vous créez ! répondront les plus hypocrites, mais ils savent que nous ne créons rien d'autre que de la chair à canon ou des travailleurs. Nous n'engendrons que des morts et des opprimés. Voilà pourquoi les hommes qui jouissent de leurs pouvoirs, quels qu'ils soient, pensent profondément que nous ne valons rien. Voilà pourquoi je n'ai jamais voulu d'enfant.

Neuvième partie

1962

Le renversement

1

Sur la place, ma mère se tenait dans les bras d'un homme appuyé sur sa moto et que personne ne connaissait. Toute l'attention se portait vers elle qui inondait de son chagrin le blouson de l'inconnu. L'étreinte était si puissante que je l'ai crue prisonnière de cet étau. Il fallait que je la délivre. Je courus jusqu'à elle, pressentant le pire avec cet inconnu d'une beauté sèche et osseuse. Ses joues creuses donnaient une profondeur au regard sombre qu'il posa sur moi. Ce fut la première fois que je vis ma mère, non pas abandonnée, mais dissoute dans les bras d'un homme. Je l'avais vue avec René éviter l'étreinte ou ne la prolonger jamais très longtemps. Avec l'inconnu, leurs corps semblaient aimantés, indissociables, une personne ou un animal à deux têtes. J'avais beau essayer de forcer le passage, tenter de me faufiler entre eux, m'acharner à vouloir les séparer, elle restait collée à cet homme et n'avait de toute évidence pas l'intention de s'en éloigner, jamais. Ce fut comme si je venais de comprendre ce que je vivais avec elle depuis toujours : cette impossibilité de l'atteindre vraiment. Et si j'avais quelquefois eu l'impression d'y parvenir, ce n'était que lorsqu'elle avait besoin de jouer avec moi à me transformer. Elle et lui étaient devenus ensemble une forteresse impénétrable. Je restais accroché à la ceinture de sa jupe bleue, à grogner, à cogner l'homme à coups de pied avec le même acharnement que j'aurais mis à défoncer une porte fermée à double tour. J'étais dehors, hors d'eux. Bien qu'à l'extérieur de la forteresse je me sentis enfermé, prisonnier pour de bon.

Trop de choses arrivaient en même temps : la mort de la vieille grand-mère et ma mère perdue dans les bras d'un homme qui n'avait pas de nom, pas d'existence jusque-là dans ma vie et dont elle était folle amoureuse. Folle : comme si elle avait trouvé un sens à la folie dont je n'avais manifestement pas réussi à la guérir complètement. J'ai su, ce jour d'été, qu'elle avait effacé le marin et tous les autres hommes.

— Il faut que tu me laisses tranquille.

Jamais elle ne m'avait dit ça, et surtout pas avec cet agacement dans la voix comme si j'étais devenu un inconnu. Mais j'insistais avec toute la maladresse d'un enfant qui ne sait rien des stratégies de reconquête.

— Il faut que tu comprennes que je ne suis pas ta mère.

Ma vie aurait pu s'arrêter là.

2

La vérité avait été dite avec légèreté et le plus grand agacement. « Il faut que tu comprennes que je ne suis pas ta mère. » C'était arrivé à un moment où je ne m'y attendais pas, même si depuis longtemps je pressentais un danger ou une catastrophe. Pas une seconde je n'ai imaginé qu'elle mentait. Ce fut d'abord la sidération, celle qui anesthésie comme une morsure de vipère. Dès cet instant, j'ai su que je devais me contenter de cette phrase, qu'il n'y aurait pas d'explication puisque je n'allais poser aucune question et qu'il allait falloir que je l'avale comme un poison. La prophétie, des années plus tôt, dans le trou de la fontaine venait de se réaliser. Il ne s'agissait pas d'un effondrement comme je l'avais imaginé où tout se serait écroulé pour ne laisser qu'un champ de ruines. Rien ne s'écroula autour de moi, tout resta sur place et le temps sembla s'arrêter. Le monde autour de la place était comme anesthésié.

*

L'idée qu'il puisse y avoir une autre vie pour moi, loin de cette place, provoqua une réaction inattendue : je refusai toute nourriture. Au début, tout le monde pensa que j'étais devenu difficile, « trop gâté par sa mère, trop entouré par ses grands-parents », disaient les uns ou les autres, puis ma grand-mère à force d'observation finit par croire que je voulais mourir. Elle avait raison, je n'arrivais plus à envisager ma vie. Devant ce qui lui apparut comme une évidence, elle ne cessait de répéter : « Ça ne va pas recommencer, ça ne va pas recommencer, je ne le supporterai pas. » Je l'ai vue me supplier de manger, presque s'agenouiller, puis ce fut au tour de mon grand-père, prêt à tout pour que j'avale une bouchée. Il m'apparaissait très nettement qu'il voulait que je mange pour soulager ma grand-mère davantage que pour me sauver. Ce n'était, semblait-il, pas la première fois que quelqu'un refusait de s'alimenter dans cette maison.

L'enfance silencieuse, muette, mutique, bâillonnée, aveugle et sourde m'empêchait de nuancer mes pensées jusqu'à défigurer les intentions véritables de ceux qui m'entouraient. Je n'attendais plus que le retour de ma mère, le samedi, pour tout mettre entre parenthèses. Sauf qu'il lui arrivait de plus en plus souvent de ne même plus revenir en fin de semaine. « Je ne suis pas ta mère » emplissait tous mes silences d'enfant. J'étais perdu.

3

Les passants souriaient en me voyant jouer à l'aveugle mais les murs me blessaient. Ou alors devrais-je dire que les murs souriaient et que c'étaient les passants qui me blessaient ? Le visage et les genoux aussi égratignés que mon enfance, il ne me restait plus qu'à franchir la porte Robin pour entrer dans la cour du château, c'est-à-dire sur la place. Toujours les yeux fermés comme des poings serrés, j'ordonnais que le pont-levis se referme derrière moi, je jure que j'entendais jusqu'au grincement de ses essieux et aux hennissements d'un cheval fougueux qui se cabrait entre mes cuisses d'insecte. Je croyais être sauvé puisque j'avais réussi à atteindre la place aussi épuisé qu'un chevalier revenant des croisades, pris par des odeurs de fruits trop mûrs éclatés au soleil et les bourdonnements des guêpes. Le marché était fini. La place était vide et sale.

Ce jour-là, par un jeu de lumière qui éloigne les objets et perturbe les distances, j'avais surpris l'horizon plus loin que d'habitude comme un mauvais présage. Si tu ne bouges pas, tu n'atteindras jamais l'horizon. Une envie irrépressible me prit alors de faire de nouvelles choses, rien d'impossible, ni rien d'extravagant ; je ne m'imaginais pas voler au-dessus des paysages, mais plutôt me dépasser comme si j'avais conscience qu'une autre partie de moi-même se trouvait au-delà de l'horizon. Quelque chose qui avait à voir avec le jeu dans le miroir de l'armoire à glace où je cherchais à me reconnaître. Réussir ce prodige mais sans miroir, comme si la solution se trouvait dans une contrée hors d'atteinte et que je décidai de nommer « là-bas ». Là-bas, tout était possible. Tout pouvait continuer mais sans ma mère. Elle n'était pas ma mère. Je ne connaissais pas l'autre, la vraie. Pas encore. S'il y avait eu la mer ou l'océan, c'est par là que je serais parti. Pas juste parti, je me serais enfui. Sur une barque. Loin. Mais il n'y avait que de la terre, des arbres et des champs séchés par le soleil, un désert d'herbes jaunes à perte de vue et qui tenait l'horizon à distance. Alors pour me rassurer j'ai commencé à me répéter cette phrase : « Ce que je ne vois pas existe, ce que je ne vois pas existe. » Une formule qui avait le pouvoir de me garantir toutes les conquêtes à venir. En finir avec la réalité affolante qui avait engendré mon enfance et la martyrisait dans le même temps. La vérité était tombée sur moi et il fallait que je me contente de ça. « Il faut que tu comprennes que je ne suis pas ta mère. » Impossible de savoir d'où cette vérité était venue, ni pourquoi elle avait pu la dire ce jour-là et pas un autre jour. Il y avait d'autres histoires qui se cachaient dans cette phrase. Mais il fallut que je me contente de ça, de ces pauvres mots qui allaient s'encastrer en moi, dans mon corps d'enfant, un coffre, une malle, un paquet dans lequel j'allais laisser pourrir cette phrase : « Il faut que tu comprennes que je ne suis pas ta mère. »

Tout, ce jour-là, devint étranger. Tout, c'est-à-dire tout le monde, jusqu'à ma famille. Et puis, était-ce bien ma famille ? Il faisait chaud. Aujourd'hui, je me dis que j'étais en train d'étouffer. J'avais envie de me coucher par terre, de fondre dans le goudron brûlant ou d'être tué par les piqûres des guêpes. Hissé sur la pointe des pieds, j'ai saisi le lourd marteau en fonte de la porte d'entrée entièrement cloutée de gros clous centenaires. Je frappai deux fois, puis deux autres fois plus fort. Je n'avais pas d'autre moyen d'appeler au secours. Mais de l'autre côté de la porte, ce bruit ne faisait résonner que le vide du long couloir. Je savais qu'il fallait du temps pour que Rose et Antoine entendent les coups. Ils n'étaient plus très lestes et il leur fallait encore plus de temps pour descendre l'escalier et traverser le couloir sous la voûte en berceau. Attendre, c'était tout ce que je pouvais faire, en sachant obscurément que, dans ce laps de temps, le pire pouvait arriver. Ordinairement, j'ouvrais la porte et entrais sans frapper. Mais j'avais peur de ne plus être chez moi dans cette maison et je ne savais pas où aller. Je restai planté devant la porte, incapable de me retourner. La place vide dans le dos. Je repris mon incantation. « Tout ce que je ne vois pas existe, tout ce que je ne vois pas existe. »

Et si la place dans mon dos se transformait en monstre ? Une grande tête démente dont la fontaine serait la gueule ? Vite ! Ouvre, je t'en supplie, ouvre !

La lourde porte s'ouvrit enfin. Rose apparut.

— Qu'est-ce qui se passe ?

J'étais planté devant elle. Sur la marche, elle paraissait plus grande que d'habitude, plus puissante, tout habillée de noir, ses pauvres cheveux en bataille et ses charentaises aux pieds. Elle était énorme. Plus énorme encore que d'habitude.

— Tu veux bien me répondre : je viens de te demander ce qui se passe ?

Je savais que je devais répondre, dire par quel malheur je venais d'être touché, mais j'ai à peine balbutié : « Rien, y a rien, rien du tout. »

— Alors, s'il n'y a rien, pourquoi tu frappes à la porte ?

— Parce que...

— Ce n'est pas une réponse ça.

C'est vrai, ce n'était pas une réponse mais c'était la seule que je pouvais donner, presque rien, un début de réponse qui se heurtait à chaque fois à une immensité sans mots, comme si les mots n'existaient pas après ce mot de « parce que » ou à cet endroit de l'inquiétude, une espèce de vide du langage qui m'éblouissait au point de me faire perdre l'équilibre.

— La porte est ouverte et on ne frappe pas pour rentrer chez soi enfin ! On t'a fait du mal, c'est ça ? Qui ? Dis-moi si on t'a fait du mal !

Je la voulais elle, maintenant, tout de suite. Je me disais que si elle s'asseyait sur le banc près de la porte et qu'elle m'attirait près d'elle comme elle le faisait toujours pour me tenir tranquille quand elle me coiffait du temps de mes anglaises, tout pourrait se calmer en moi. Elle glissa sur le côté et s'assit sur le banc en pierre pour m'accueillir entre elle. « Entre elle » parce qu'elle écartait légèrement les jambes pour que je vienne m'encastrer tout entier contre son ventre, coincé entre ses cuisses. Elle voulait juste que je m'arrête de pleurer. J'avais posé mon visage contre sa poitrine, elle avait chaud, elle transpirait à cause de la chaleur de l'été et des conserves qu'elle était en train de faire cuire. Elle me tenait serré contre sa poitrine. Elle aurait pu me dire : « Ne pleure plus, mon petit rat, c'est rien, ça va passer », mais elle ne dit rien de ces niaiseries. Elle savait qu'on ne pouvait pas arrêter le sanglot d'un enfant qui a mal, elle n'avait plus peur de mes crises de larmes, moi qui ne pleurais jamais.

Elle savait que je devais pleurer, que j'en avais le droit, et elle m'y aida en me berçant contre elle.

Elle m'aimait plus qu'elle n'avait jamais aimé aucun de ses enfants. Elle avait un peu honte mais c'était la vérité, et je l'ai senti ce jour-là. Pourtant ça ne m'empêchait pas de pleurer, au contraire. Tout en me tenant contre elle, elle interrogeait le silence de la place vide et le bourdonnement des guêpes. Il n'y avait plus qu'elle, moi en elle et le silence de la place.

— Il faut dire que tu n'as pas eu de chance jusque-là, mais c'est fini.

Je crois qu'elle reconnut quelque chose d'elle en moi qu'elle ne pouvait pas plus identifier que je ne pouvais exprimer, à ce moment précis, ce que je ressentais. Le fil invisible qui me reliait à « ma mère » s'était brisé et commença à nous relier, elle et moi. J'eus même la conviction que c'était elle qui avait savamment tressé, cousu jour après jour depuis ma naissance, ce fil solide et transparent.

D'habitude, l'odeur de cette femme était la seule odeur qui m'apaisait, une odeur de transpiration douce, que seules les femmes trop grosses exhalent en été, une odeur de peau et de savon de Marseille, une odeur qui permet d'entendre battre le cœur tant il faut être près pour la sentir. Si je n'étais pas contre elle, tout près d'elle, ou « entre elle », j'étais perdu. Là, j'étais bien et pourtant je ne m'étais jamais senti autant perdu. Je ne reconnaissais pas son odeur. J'étais inconsolable. Il fallait que j'ouvre grand les yeux pour la voir. C'est à ce moment-là que je l'ai vue pleurer sur l'enfant que j'étais.

Une voisine passa. Mme Bonnafieux, grosse et habillée de noir elle aussi, mais plus riche que Rose.

— Alors on pleure ? Mais il n'y a que les filles qui pleurent.

Je m'évanouis.

*

— Une insolation, a dit le docteur, une insolation et peut-être la croissance... Il a encore beaucoup grandi cette année... S'il continue comme ça ce sera un géant. Il sera bon pour le cirque !

4

Dans cette recomposition du monde, mon grand-père fut une nouvelle fois oublié. Pas consulté. Pas partie prenante. Gardien des secrets. Muet. Je ne crois pas qu'il ait approuvé aucune des décisions que Rose et ses filles avaient prises pour en arriver là. Un échange d'enfant !

Ce fut plus qu'une recomposition, une simple réorganisation des objets ou des choses composant le monde ordinaire. Ce fut un renversement. Après le souvenir de la fontaine, celui-ci est le seul dont je me souvienne dans ma chair.

Un renversement du monde. Je ne peux pas le dire autrement. Rien n'avait été à sa place jusque-là, mais j'avais réussi à y faire « mon trou » malgré la situation qui me paraissait étrange au regard des autres familles de la place. Mais c'était un monde. Mon monde.

Pris d'une immense fatigue, une sorte de décalcification de mes os qui ne me tenaient plus, je tombais sans cesse. J'allais devoir grandir en tenant compte de cette nouvelle donne.

J'avais voulu tuer ma mère au moment de ma naissance, cela ne faisait aucun doute et devint une obsession. Car si, pendant les sept premières années de ma vie, je m'en voulais d'avoir blessé presque mortellement le corps si fragile de Louise, je devais désormais me dire que je m'en étais pris au corps robuste de Véronique. Quand je la voyais je me disais que j'aurais dû la tuer. Que tout serait revenu à la normale avec Louise. Ils m'auraient caché son assassinat et je continuerais à connaître le bonheur auprès de ma vraie mère. Le paradoxe consistait à reconnaître Véronique comme la fausse mère. Elle avait beau se tenir devant moi, ses yeux peints que les larmes avaient rendus charbonneux, le col de son manteau d'astrakan renversé vers l'arrière. Démunie. Incapable de me toucher. Pas un geste vers moi. Aujourd'hui je peux me dire qu'elle était trop intimidée. Peut-être aussi pas vraiment préparée. Tout le monde pensait que la vérité éclaterait bien un jour. Un jour, mais pas comme ça. Véronique fumait cigarette sur cigarette sans pouvoir s'arrêter de pleurer, mais aucune de ses larmes n'avait le moindre effet sur moi. Je me suis réfugié entre les jambes de ma grand-mère, de ma Rose, de mon énorme Rose comme je l'appellerai plus tard. Mon énorme Rose qui sentait le savon frais de Marseille. Je peux aujourd'hui encore me shooter au savon de Marseille. Ce n'est plus un parfum, c'est un chemin qui ne me ramène pas vraiment dans mon enfance mais dans les bras de ma grand-mère. Pas une sainte. Bien plus que ça. Une divinité. Immortelle puisque je ne l'ai pas vue mourir et que je ne l'ai pas enterrée. Divinité parce qu'elle fut celle qui ordonne. Celle qui fait et qui défait. La deus ex machina. C'est le seul moment que j'aime et que j'attends dans les opéras baroques, le moment où le Dieu apparaît, dénoue l'histoire et apporte le bonheur sur terre. Je n'ai pas d'autre définition pour elle. Elle avait joué un rôle déterminant dans cet échange qui apparut aux yeux des autres comme le simple glissement d'un enfant, des bras de Véronique aux bras de sa sœur Louise.

À ce moment-là j'ai réellement voulu que ma vraie mère meure. J'aurais voulu que Véronique disparaisse à tout jamais. Je ne comprenais pas pourquoi elle m'avait abandonné. Pourquoi n'avait-elle pas abandonné Marie-Claire ? Ou plutôt pourquoi avait-elle gardé sa jeune sœur avec elle ? La seule réponse que je trouvai fut simple et évidente : parce que Marie-Claire était une fille. De toute évidence il y avait une haine des hommes dans cette famille de femmes. Et s'ils ne mouraient pas à la guerre, ils devaient être réduits au silence ou encore être abandonnés ou détruits. Peut-être que Louise en me travestissant voulait déjouer cette règle ?

Je suis né à moi-même ce jour-là.

Postface

Jean-Luc Seigle nous a quittés. Son cœur ardent et si généreux s'est définitivement arrêté de battre un triste jour de mars 2020 après qu'une première attaque l'eut fauché deux semaines plus tôt en pleine relecture de *L'Enfant travesti*. Il repoussait sans cesse la remise du manuscrit qu'il me promettait depuis quelque temps déjà. Combien d'heures, de jours, de semaines aurait-il encore passé à retoucher son texte avant de se décider à me le remettre enfin ? Sur la table de changeur surchargée de livres qui lui servait de bureau il avait disposé près de lui, dans un dialogue improbable, son édition fétiche d'*Anna Karénine*, le *Manifeste du Parti communiste*, une reproduction du tableau de Soutine qui ouvre le roman et un carnet de croquis dans lequel il avait peint à l'aquarelle ses principaux personnages. Seule manquait la photo sépia de Rose, adolescente, le défi aux lèvres et le regard audacieux d'une héroïne de roman russe, qu'il avait récemment remontée dans sa chambre.

L'Enfant travesti devait être le premier tome d'une trilogie qu'il nous avait proposée à l'automne 2017, intitulée *La Beauté des femmes*. Son ambition était « non de retracer la conquête de ma vie d'homme – ma vie n'est pas suffisamment intéressante pour constituer une telle somme – mais de faire sentir l'onde de choc de la grande histoire sur les vies ordinaires à travers les générations, comme je l'ai plus ou moins abordé dans *En vieillissant les hommes pleurent* ». Une note d'intention de dix-sept pages, brassant événements historiques et légendes familiales, avait enthousiasmé tous les membres du comité de lecture et Jean-Luc s'était ainsi retrouvé à la tête de l'entreprise littéraire dont il avait rêvé toute sa vie.

Nous n'irons jamais jusqu'au bout de « cette course insensée pour qu'un petit garçon travesti en fille devienne un homme ». Nous ne percerons pas les secrets du mariage de Rose et d'Antoine, comme annoncé dans le deuxième tome qui devait également nous éclairer sur les liens de Léon et Louise ou les motivations de Véronique ; nous ne saurons rien du rite de passage à l'âge adulte qui devait « rendre à Jean son corps d'homme » dans le dernier volume de cette trilogie inachevée. Mais *L'Enfant travesti* remplit pleinement son office en ce qu'il nous fait partager tous les sentiments que Jean-Luc a voulu nous livrer : la folle inquiétude d'un enfant chahuté dans son identité mais aussi sa fascination pour la beauté des femmes qui affolait les hommes et éveilla chez lui une *attention absolue* aux autres, au sens où l'on parle d'oreille absolue. Cette attention extrême, palpable dans chaque portrait, chaque description, se porte sur les gens comme sur les objets ou les idées, et franchit la barrière du temps. Nous sommes hypnotisés par le tempérament enflammé de Rose, adolescente emportée par la révolution des sens et des idées, et infiniment reconnaissants envers la grand-mère qui sut trouver les mots, les gestes, seuls capables de rassurer cet enfant perdu ; nous apprécions le courage qu'il aura fallu au jeune Antoine pour survivre à son retour du front et nous comprenons d'instinct quel guide réconfortant aura été ce grand-père silencieux dans le monde peuplé de fantômes où se débat son petit-fils. Comme dans tous ses romans, le temps passe, l'histoire reste et frappe à la porte.

C'est grâce à Antoine et Rose, et tous les autres, que Jean-Luc est devenu l'écrivain que l'on sait. Qu'ils en soient remerciés à jamais. Mais ce n'est pas seulement parce qu'il a fait le choix d'écrire un roman que l'auteur de *L'Enfant travesti* a décidé de changer tous les noms des personnages qui l'ont inspiré à l'exception de ceux de ses grands-parents. Comme il a tenu à le préciser dans une lettre accompagnant son manuscrit : « J'ai beaucoup écrit sur mon enfance depuis vingt ans, noirci des pages de souvenirs, de sensations, d'émotions ressenties, mais quand je me relis en mettant les années qui ont passé entre moi et ces textes je comprends pourquoi j'ai laissé s'installer le temps : parce que rien n'est vrai de ce que j'ai écrit, que les choses ne se sont pas passées comme je les ai écrites. Les choses ne se sont pas passées non plus comme les autres écrivains les ont écrites. C'est une réinvention, je le sais, une vie plus intéressante que la vraie vie. Mais je ne veux pas réinventer, je veux que mon enfance, qui ne fut pas une enfance transparente mais une enfance sans corps, me revienne, comme si je ne pouvais pas quitter ce monde sans avoir réintégré en moi cet enfant perdu. » Réinvention revendiquée et, à l'entendre, indispensable pour écrire le roman tant désiré avant de tirer sa révérence. Le romancier fournit ici une illustration saisissante de la vision du poète Fernando Pessoa, exprimée dans un de ses plus beaux poèmes, si cher à mon cœur :

L'enfant que j'ai été pleure sur le chemin,
Je l'ai quitté en devenant ce que je suis ;
Et maintenant que je ne suis plus rien,
Je veux aller chercher cet enfant que j'ai fui[1].

J'ai eu l'immense bonheur, la joie, l'honneur, de devenir son éditeur et de voir à de multiples reprises s'illuminer son visage d'enfant timide, éternellement illégitime, qui doit toujours se pincer pour croire qu'une marque de reconnaissance ne se paiera pas au prix fort l'instant d'après. C'est à cette condition qu'il pourra laisser éclater sa joie à l'annonce d'un prix littéraire, d'une critique élogieuse ou, plus encore,

1. *A criança que fui chora na estrada*, in *Poètes de Lisbonne*, traduit par Élodie Dupau, Lisbon Poets & Co., © In a Poem, 2016.

lors d'une rencontre bouleversante avec ses lecteurs. Mais je resterai à jamais celui qui, à dix-sept ans, tira à ses côtés entre la gare et les calanques de Cassis une énorme malle et deux valises chargées, parmi beaucoup d'autres effets, d'un tapis, d'une nature morte joliment encadrée, de deux bougeoirs, d'un coffret de peinture, de toutes sortes de carnets et d'une planche à dessin, d'une quinzaine de livres pour la plupart déjà lus, de vaisselle ancienne, de conserves en verre et autres provisions dignes des pâtés du bon maître Ragueneau, qu'il avait jugés indispensables pour une semaine de camping sauvage avec quelques camarades. Sa tente minuscule est vite devenue une auberge accueillante où nous étions conviés à deviser des nuits entières en nous restaurant. Ses amis avaient déjà table ouverte ; un peu plus tard ce sont les lecteurs qu'il conviera au banquet. Je ne mesurais aucunement, à l'époque, l'importance qu'allait revêtir ce bref voyage pour un frère d'adoption rencontré un an plus tôt à la sortie d'un lycée en grève. Il me semble que les lecteurs de *L'Enfant travesti* l'auront, eux, parfaitement compris.

Patrice Hoffmann

Remerciements

Nous tenons à remercier l'épouse de Jean-Luc Seigle, Isabelle Dutilh-Lafrance, sans l'aide de qui ce livre n'aurait pu voir le jour, tant pour la mise à disposition des différentes versions du manuscrit de l'auteur que pour ses précieux conseils et corrections.

Tous nos remerciements vont également à Sandrine Bourguignon pour sa relecture minutieuse du manuscrit.

Table

14257

Composition
NORD COMPO

Achevé d'imprimer à Barcelone
par CPI Black Print
le 13 octobre 2024

Dépôt légal octobre 2024
EAN 9782290363263
OTP L21EPLN003186-399254

ÉDITIONS J'AI LU
82, rue Saint-Lazare, 75009 Paris

Diffusion France et étranger : Flammarion